POR NUESTRAS LIBERTADES

(ANTES DE QUE SEA DEMASIADO TARDE)

Claves para entender el Medio Oriente
y el oscurantismo que se avecina en Occidente

SILVIA CHEREM S.

Prólogo de **Xavier Velasco**

AGUILAR

El papel utilizado para la impresión de este libro ha sido fabricado a partir de madera
procedente de bosques y plantaciones gestionadas con los más altos estándares ambientales,
garantizando una explotación de los recursos sostenible con el medio ambiente y beneficiosa para las personas.

Por nuestras libertades (antes de que sea demasiado tarde)
*Claves para entender el Medio Oriente
y el oscurantismo que se avecina en Occidente*

Primera edición: septiembre, 2024
Primera reimpresión: octubre, 2024

D. R. © 2024, Silvia Cherem

D. R. © 2024, derechos de edición mundiales en lengua castellana:
Penguin Random House Grupo Editorial, S. A. de C. V.
Blvd. Miguel de Cervantes Saavedra núm. 301, 1er piso,
colonia Granada, alcaldía Miguel Hidalgo, C. P. 11520,
Ciudad de México

penguinlibros.com

D. R. © 2024, Xavier Velasco, por el prólogo

ISBN: 978-607-384-928-9

Impreso en México – *Printed in Mexico*

*Un libro no acabará con la guerra
ni podrá alimentar a cien personas,
pero puede alimentar las mentes
y, a veces, cambiarlas...*

PAUL AUSTER

A todas las víctimas de la crueldad barbárica acontecida el 7 de octubre,
una página que inauguró una peligrosa normalidad.

A los israelíes residentes en los kibutzim *del sur de Israel*
y a los asistentes al Festival Nova por la paz,
personas de todas las nacionalidades que padecieron la ira,
el sadismo y la insaciable sed de sangre de los terroristas.

A los 121 secuestrados que, ocho meses después,
aún resisten en el precipicio de la cruel y salvaje oscuridad.
Kfir Bibas, un bebé en cautiverio
cumplió su primer añito de vida en un túnel de Hamás.

A las mujeres, botín de guerra, porque el #MeToo es para todas;
porque la violencia sexual jamás será un acto libertario o de resistencia.

Al mexicano Orión Hernández Radoux,
víctima de la barbarie yihadista.

A los palestinos que levantan
o quisieran levantar la voz contra el terrorismo de Hamás.

A todos los que han perdido la vida a consecuencia de esta guerra retorcida
que nunca debió suceder. Porque todos los muertos inocentes duelen.

A los míos, porque sueño con legarles
un mejor mundo del que se avizora...

ÍNDICE

EL TERROR Y LA INDOLENCIA

Xavier Velasco

La libertad es como la salud: pasa de noche, hasta que un día nos falta. Damos por hecho lo mejor que tenemos, al modo de aquel niño que asume que sus padres siempre estarán ahí para cuidar sus pasos. Nada nos ha costado sentirnos saludables, ni hacer o decir lo que nos da la gana. Tampoco nos soñamos despojados de esas prerrogativas esenciales, que por cierto, no todo el mundo tiene y más de uno las mira con inquina.

Algunos no toleran la libertad ajena, y entre ellos menudean quienes darían todo —la propia vida incluso— con tal de suprimirla. En su burda opinión, un ser humano sólo puede ser tal si piensa exactamente como ellos. Es decir, si no piensa y apenas obedece, y quien así no lo haga es víctima de un odio maquinal lo bastante dogmático, virulento e impune para jurarse caído del cielo. Conocemos los frutos de esa rabia, así como sus síntomas infames —la historia está repleta de sus huellas hediondas—, aunque no siempre los tenemos presentes. "¡No seas exagerado!", reparamos, ávidos de sosiego, cuando alguien los señala con preocupación.

"El camino hacia Auschwitz fue construido por el odio, pero pavimentado por la indiferencia", escribió Ian Kershaw, conocedor profundo del Tercer Reich y biógrafo del asesino más notorio del siglo pasado. Mirar hacia otra parte mientras bulle la sangre en el matadero es, al cabo, un impulso defensivo, que a su pesar emula el último recurso de las avestruces. ¿Qué más podría pedir un asesino, y todavía mejor una pandilla de ellos, que ver a los testigos de sus vilezas con la cabeza hundida entre la tierra? ¿Es casual que los esbirros de las tiranías arresten a la gente por la noche?

"No sé si los perdemos de vista porque los hechos son aislados y no los miramos en conjunto, o si en Occidente preferimos no ver", se pregunta la autora de este libro, delante de una lista demencial de huellas del terror fundamentalista en las últimas décadas, todas ellas nacidas de un mismo odio fanático y sanguinario contra la civilización occidental, especialmente (al menos por ahora) contra los judíos. No en balde, como apunta Silvia Cherem con entereza lúcida y amarga, "el antisemitismo ha sido la escuela de odio más grande de la historia".

Éste es un libro que duele. ¿Qué más es el dolor, en todo caso, sino un antídoto contra la indiferencia? Si hay algo que se pudre en las entrañas, vale más que el dolor lo haga presente. Si en otras ocasiones Silvia Cherem viajó a Israel para darse el gustazo de conversar con gente como David Grossman y Amos Oz, esta vez fue directo hacia el horror, resuelta a caminar sobre cristales rotos mientras el mundo mira hacia otra parte.

Una forma segura de sumergir la cabeza en la tierra sería dar por hecho que este libro trata del Medio Oriente y nada más. A los ojos de un fundamentalista, David Grossman y Bibi Netanyahu son un mismo objetivo militar. Algo no muy distinto piensa de homosexuales, feministas y liberales, por citar sólo tres entre las numerosas bestias negras del wahabismo. Es decir que al final, en un sentido amplio que ellos mismos insisten en subrayar, ninguno de nosotros está a salvo. Es sólo que la cosa va por turnos.

¿Qué pasó en la mañana del 7 de octubre de 2023? Silvia Cherem lo cuenta desde la perspectiva de quienes lo sufrieron. Entra en sus casas, habla con sus familias, recorre los caminos y los pueblos donde ocurrió la orgía de crueldad, escarba en los recuerdos espeluznados de quienes nunca más serán los que eran y revive las horas del pogromo con una viveza que encoge el alma, al tiempo que alebresta la conciencia.

¿Cómo es posible, o siquiera concebible, tamaña conjunción de atrocidades? Quien esto escribe ha devorado cuatro biografías de Hitler —las clásicas de Bullock, Fest, Kershaw y Ulrich— arrastrado por la misma pregunta, y a la fecha no encuentra respuesta suficiente. Se dirá, con razón, que son casos distintos, incluso muy distintos, pero encuentro que el odio es el mismo y hay detrás un Estado que lo alimenta, amén de toneladas de propaganda que cínicos, ingenuos, comodinos y colaboracionistas dan hoy en día por información. "Ingeniosos aliados de sus sepultureros", diría Milan Kundera.

Se entiende, por supuesto, que el Ministerio de Salud de Hamás disemine los números y datos que mejor acomodan a los terroristas, pero de ahí a tomarlos por fidedignos tendría que haber un abismo de inconsecuencia. A menos que nos diera por llamar *democracia* al gorilato que ejerce Hamás, que como es natural no da cuentas a nadie que no sea su patrocinador. "El símil de esto", escribe Silvia Cherem, "hubiera sido ofrecer los micrófonos a los líderes de Al Qaeda tras el ataque a las Torres Gemelas". Y al fin de datos duros está lleno este libro, que es también una suerte de vacuna contra el oscurantismo predominante.

No es casual que la autora sea mujer, judía, periodista y escritora. Cualquiera de estas cuatro condiciones sería más que bastante para hacer de ella esclava, prisionera o cadáver bajo el régimen de los hombres de Hamás. Antes, pues, que engañarse por cuadruplicado creyendo que no pasa lo que pasa, Silvia echa mano de una valentía poco o nada común en estos tiempos. Nada le simpatizan Netanyahu y su corte de extremistas, y ello la deja en la tierra de nadie de mesura, razón y humanidad: tres virtudes en tal medida escasas que para muchos pasan por excéntricas.

No imagina tal vez la indiferencia el gran servicio que le presta al odio. Cree, en su candor angélico, que hallará en su silencio la supervivencia. Lo cual es tan probable como encontrar clemencia en quien cree que matando se va a ganar el cielo. Y eso explica que el odio, con su vehemencia tóxica, putrefacta y bestial, sea aún menos temible y escandaloso que la indolencia: esa secuaz del diablo que se ignora.

DESDE ISRAEL

Me enseñaron a odiar judíos, a odiar a Occidente.
A punto de viajar de Londres a Pakistán,
para unirme a un grupo terrorista, me topé con
un libro alusivo a Israel que cambió mi vida.
Decidí ir a ver con mis propios ojos si lo que había leído era cierto.
Fue un shock, son tantas mentiras, tanta propaganda…
Si la verdad pudo penetrar en mí, que estuve a punto de ser yihadista,
puede transformar a cualquiera que esté dispuesto a abrir su mente…

KASIM HAFEEZ[1]

---

1   Hijo de padres pakistaníes, de una familia musulmana devota que migró a Inglaterra en la década de 1990, Hafeez mamó desde temprana edad que cualquier occidental era su enemigo. Aprendió que era insignia de honor abominar a Israel y a Estados Unidos, que nada le debía a Gran Bretaña que acogió a su familia. En 2005 se topó con *The Case for Israel* de Alan Dershowitz, y en 2007 viajó a Israel. Constató que no hay *apartheid*, colonización, genocidio o limpieza étnica. Que hay coexistencia entre musulmanes, cristianos y judíos en una democracia liberal, deseosa de alcanzar la paz con sus vecinos. Abandonó el islam para convertirse al cristianismo.

EL CANARIO EN LA MINA

—Papá, papá, abre mi WhatsApp en este instante —está eu-
fórico, en éxtasis, llama a casa desde Israel esa mañana del 7
de octubre—. Papá, abre el WhatsApp, ábrelo ya, vas a ver
a todos los que maté. ¡Mira cuántos maté con mis propias
manos! ¡Tu hijo mató judíos!

—Alá te proteja.

—Papá, te llamo del teléfono de una judía. La maté a
ella, a su esposo. Maté a niños, maté ya a diez judíos con mis
propias manos. ¡Diez, con mis propias manos!, tengo su sangre en mis manos. Abre mi WhatsApp, papá, maté a diez…

—Alá te bendiga, hijo mío.

—Lo juro, llevo diez, mamá. Mamá, maté a diez con
mis manos. Abre el WhatsApp quiero hacer un *Live*.

—Quisiera estar ahí contigo —responde ella.

—Mamá, tu hijo es un héroe. Vamos a matarlos a todos. A todos —grita hilarante—. Soy el primero de la familia que entra a la protección y ayuda de Alá. Enorgullécete,
papá. Mamá, abre mi WhatsApp.

—Regresa, regresa —le pide el hermano.

—No hay regreso... ¡Es la muerte o la victoria! Mi madre nos dio la vida para esto, para la religión. No me pidas volver. Ve a los muertos, velos a todos. Abre el WhatsApp...[2]

El 7 de octubre de 2023 tres mil terroristas acribillaron, desmembraron, quemaron, profanaron, decapitaron, violaron a niñas y mujeres, secuestraron y torturaron durante horas a familias enteras en el sur de Israel, a cualquiera que se cruzó en su camino, a personas de diversas religiones e identidades: judíos, cristianos, musulmanes, drusos, beduinos, hasta perros y animales de granja, sin que pesara, sin que importara, que ahí en los *kibutzim* del sur colindantes con Gaza vivía la población más liberal de Israel, la más comprometida con la paz.

Un Sábado Negro, un dardo envenenado en la mañana de Simjat Torá, una de las festividades de mayor alegría del judaísmo, la que conmemora la continuidad del pueblo judío.[3] Una barbarie sanguinaria y sin precedentes que pilló a la humanidad por sorpresa dejando a más de 1240 personas de 31 nacionalidades asesinadas en un día,[4] dece-

---

2   A unas semanas de la masacre, el gobierno de Israel permitió a periodistas del mundo ver escenas en bruto que quedaron en su poder. Gran parte de ellas eran tomas que los propios terroristas grabaron con las cámaras GoPro que llevaban en sus cuerpos y que transmitieron en *Live*, otras eran de las cámaras de Israel. Este fragmento fue uno de ellos. Fue citado por varios de los primeros periodistas que vieron el execrable corto. Entre otros: Kristina Watrobski de CBS (24 de octubre de 2023) y Manoj Gupta, editor senior de CNN (25 de octubre de 2023).

3   Simjat Torá es el último día de Sucot. Ese día se termina de leer la última parte del rollo de la Torá y se recomienza con la primera parte de *Bereshit*, el primer libro de la Torá. Es un renacer, una fiesta que se celebra con alegría, con cantos y bailes, conmemorando los ciclos de vida, la permanencia del pueblo de Israel. No fue casual el día elegido para el ataque, sería como si a los cristianos los embistieran la noche de Navidad.

4   Asesinaron a un gran número de beduinos y tailandeses que laboraban en

nas de miles de heridos, 252 secuestrados: bebés, pequeñitos, jóvenes y ancianos, también personas con discapacidad, sobrevivientes del Holocausto y una embarazada que probablemente dio a luz en cautiverio.[5]

Octubre 7 de 2023, una fecha imposible de borrar del imaginario colectivo. Ataron con alambres de púas a familias enteras de judíos del siglo XXI: abuelos, padres e hijos y los quemaron vivos como lo hicieron en los autos de fe de la Inquisición. El tufo a carne humana chamuscada se mantuvo durante semanas, el mismo hedor nauseabundo que surgió de las chimeneas de Auschwitz y Majdanek, los campos de exterminio nazis. Un nuevo genocidio, un duelo abismal.

Octubre 7, el banderazo de salida a un conflicto bélico que inició el grupo terrorista Hamás, quien gobierna Gaza desde 2007, cuyo principio fundacional es negar la existencia de Israel, exterminar a los judíos y aniquilar al Estado sionista, como le llama, para que todo el territorio del Medio Oriente sea islámico.

Hamás planeó todo a conciencia, no dejó escapatoria. Si Israel no se defendía, el grupo terrorista tenía todo listo para masacrarlo: una red de kilómetros de túneles, cuantiosas armas y misiles, un ejército de decenas de miles de yihadistas dispuestos a morir y a asesinar en el nombre de dios.[6] *Al-lá-hu-Akbar*, dios es grande, es lo que gritan.

---

los *kibutzim* de Israel, así como a cientos de jóvenes procedentes de todas las latitudes que asistieron al Festival Nova.

5   La cifra de secuestrados fue variando durante meses. A medida que se encontraban cuerpos sin vida, a medida que se estudiaba el ADN en las zonas de desastre y se identificaba a quién correspondían huesos o cenizas, fue cambiando la correlación entre muertos y secuestrados. La cifra final de secuestrados fue 252.

6   Yihadismo es la ideología que utiliza el terrorismo para emprender "la guerra santa", es decir, para terminar con los infieles.

Si Israel contraatacaba, como era de esperarse, la trampa de la narrativa estaba montada. Llevan años instalando bocas de túneles en escuelas, hospitales y oficinas de la ONU, donde también guardan armamento, para que haya más muertos, para usar como escudos humanos a enfermos, niños y supuestos funcionarios internacionales. Para que Israel perdiera la guerra mediática porque Hamás, con apoyo de Al Jazeera —también patrocinada por Qatar—, ha sabido columpiar la balanza de la opinión pública mundial y enfilar los cartuchos en contra de Israel. Porque desde hace décadas, la Hermandad Musulmana, auspiciada por la República Islámica de Irán, ha invertido capital y energía para insertarse en los círculos académicos y de poder de Occidente con una estrategia calculada, a fin de establecer contactos y alianzas; para seducir a ajenos y convertirlos en fieles adeptos y para conquistar posiciones de liderazgo encumbrándose como árbitro del Medio Oriente.

Hamás buscaba sangre. Tenía años preparando la embestida con el apoyo ideológico y militar de Irán y con el dinero de Qatar. Sabía que llegaría el momento, era cuestión de paciencia. Ahmed Yassin, el cofundador de Hamás, se lo dijo desde 2001 al periodista Sam Kiley cuando lo entrevistó clandestinamente y en un sitio que no reveló. Sentado entonces en su silla de ruedas, en la misma silla que ocupó desde joven, dijo Yassin: "Los israelíes aman la vida. Nosotros celebramos el martirio como el mayor regalo para nuestros hijos. Toda madre palestina quiere y querrá que sus hijos se conviertan en mártires".[7]

---

7 Sam Kiley lo contó en una nota publicada en *El País*, el 14 de octubre de 2023.

Arropado con el extremismo religioso iraní, Hamás subyuga, reduce y sacrifica a su gente. Aplasta sin miramiento cualquier disidencia. No respalda ni contempla caminos de paz o prosperidad para los palestinos que dice defender, promueve la violencia y el sometimiento. Desde que son pequeñitos les enseñan a los niños a matar y a morir, aprenden que Israel es su enemigo y que lo más glorioso es ser *shahids*, mártires que asesinen a judíos e infieles. La simple presencia de Israel en la zona —una democracia plural, liberal e igualitaria— significa un choque de dos mundos.

A diferencia, en Israel, donde se privilegia el conocimiento, la justicia social y las libertades individuales como principios existenciales, durante un año completo y hasta el 7 de octubre salieron a las calles poco más de un millón de israelíes cada lunes, jueves y sábado para rebelarse contra las reformas a la Suprema Corte que pretendía imponer el primer ministro Benjamín Netanyahu. Las mayorías buscaban de manera frontal que cayera el gobierno porque, para mantenerse en el poder, Netanyahu se alió con sionistas religiosos mesiánicos de ultraderecha como Itamar Ben-Gvir y Bezalel Smotrich que, con sólo 10% de los escaños de la Knéset, obtuvieron excesivo poder como fiel de la balanza y una legitimidad que la sociedad no les confiere. Si no hubiera sido por el ataque de Hamás, Netanyahu no hubiera podido sostenerse.

Hoy se sabe que desde hacía meses, Hamás, Hezbolá, los hutíes y otros *proxies* de Irán, como las milicias iraníes y sirias, habían acordado atacar a Israel en varios frentes simultáneos, incluidos el norte y el sur del país, así como Cisjordania. Sin embargo, de manera inesperada, a Hamás le llegó la coyuntura que tanto anhelaba para protagonizar el embate por sí solo.

El 22 de septiembre, dos semanas antes del 7 de octubre, Netanyahu hizo público en la Asamblea General de la ONU que Israel estaba a punto de firmar "una paz histórica" con Arabia Saudita, que estaban en la antesala de un pacto de paz para normalizar relaciones. Esa nota, que dejaba a los palestinos al margen, no sólo avizoraba una sorprendente ruptura al pacto de las naciones árabes de no relacionarse con Israel, además precisaba que Irán enfrentaría una dura competencia en la comercialización de su gas que llega a Europa a través de gasoductos rusos, porque Arabia Saudita podría hacerlo de manera más directa a través de Israel.[8]

Irán y Arabia Saudita han sido enemigos de tiempo atrás porque ambos, con sus distintas visiones del islam, han pretendido liderar el mundo árabe. Irán es chiita, Arabia Saudita es sunita.[9] Lo único que los unía era la animadversión a Israel y era eso lo que estaba en juego.

Frente a la noticia del posible acuerdo, en franca solidaridad con Irán que auspicia a casi todos los grupos terroristas, Hamás tomó la decisión de atacar Israel por sí solo con una ofensiva sorpresa que calculó sería "de proporcio-

---

8   Este tema lo abordó José Shabot en el artículo "La ruta del dinero de la guerra", publicado el 12 de noviembre de 2023 en la *Revista R* del periódico *Reforma*.

9   La rivalidad viene desde la muerte de Mahoma en el siglo VII y la disputa en torno a quién debía de suplantar su autoridad. Algunos creían que Alí, primo y yerno de Mahoma, debía de ser el sucesor, pero los discípulos de Mahoma no lo aceptaron como guía. Surgió entonces un nuevo concepto religioso: el califato, un sustituto religioso cuyo liderazgo no estaría determinado por decisión dinástica, sino por el conocimiento de la *sharía*, de la *suna*, es decir de la palabra de Mahoma. Ésos son los sunitas, que constituyen una amplia mayoría, el 90% de los musulmanes. Los chiitas, por su parte, no más del 10% restante, consideran que el sucesor fue Alí, el elegido, el heredero, y que los líderes legítimos del islam deben de ser clérigos con línea descendente directa de Mahoma. Irán, Irak y Yemen son chiitas, así como todas las organizaciones terroristas que auspicia el ayatola iraní, quien asegura que su linaje procede del tronco de Mahoma y de Alí.

nes bíblicas". Con esa hecatombe que llamó Inundación Al Aqsa, no sólo pretendía anegar el Estado hebreo de sangre y dolor, también buscaba polarizar al mundo, que se desbordara el odio hacia los judíos. Y logró su objetivo con creces porque, a partir del 7 de octubre y del perverso ataque, el mundo es otro.

La sociedad israelí, polarizada en términos políticos antes del 7 de octubre, frente al ataque, frente a la guerra, se ha unido como un puño cerrado, porque el salvajismo de Hamás mostró la vulnerabilidad de Israel como país y la inseguridad como individuos. Israel es tan pequeño que todos tienen algún conocido que falleció, alguien que fue secuestrado, uno más que se salvó de manera milagrosa y han sido las personas, y no el gobierno, quienes en franca solidaridad han llenado los vacíos: la necesidad de ayuda y el corrosivo duelo.

Aún hay 121 secuestrados de Israel en Gaza,[10] una llaga que no sana, una exigencia constante, un grito desesperado: *Bring Them Home Now*. Quizá con ello la guerra terminaría, habría una tregua, un descanso del calvario, de tanta humillación.[11]

Meses después del 7 de octubre la guerra sigue y hay demasiados muertos de ambos bandos. Miles de desplazados. Una injusticia infinita. No hay duda: todos y cada uno de los muertos inocentes duelen y lastiman. Todos: israelíes y palestinos.

---

10   Se calcula que 84 rehenes podrían seguir vivos (77 son israelíes y algunos tienen una segunda nacionalidad; hay también seis tailandeses y un nepalí). Además son 37 son cuerpos, incluidos 25 que mataron en el ataque del 7 de octubre, que retienen en Gaza.

11   A un poco más de la mitad de ellos los regresaron a finales de noviembre, después de pasar más de cincuenta días de maltratos, abusos de toda índole y hambre en los túneles de Gaza.

Sin embargo, cuesta trabajo creer la información y los números que aporta el propio grupo terrorista porque la victimización ha sido también arma importante en este conflicto bélico. Israel a diario publica nombre y fotografía de quiénes fallecieron, ventila si eran civiles o miembros de su ejército; no así el Ministerio de Salud de Hamás, cuyas cifras distan de ser confiables porque son los propios terroristas quienes las dictan y maquillan; porque al mezclar civiles con terroristas no hay forma de contabilizar cuántos inocentes realmente murieron. En ocasiones anteriores, al término de los conflictos, cuando las poblaciones vuelven a la normalidad, los números de muertos de Hamás se reducen de manera considerable, pero para entonces ya es tarde porque las noticias, que no siempre se apegan a la verdad, corren como reguero de pólvora provocando reacciones instantáneas en la opinión pública, casi siempre un rechazo frontal a Israel.[12]

Por otra parte, no desdeño ni minimizo la retórica incendiaria de Benjamín Netanyahu quien tendrá que pagar los costos de su soberbia, de esa arrogancia con la que buscó perpetuarse en el poder aliándose con extremistas, fracturando a la sociedad israelí y descuidando la seguridad de su pueblo. Primer ministro de Israel casi de manera continua

---

12   Una nota del *New York Post* del 19 de marzo de 2024 expone una muy sospechosa gráfica de decesos palestinos. Con base en la información reportada por el Ministerio de Salud de Hamás del 26 de octubre al 10 de noviembre de 2023, Abraham Wyner, director del programa de Estadísticas y Data Science de la Universidad de Wharton, realizó una gráfica con detalle día a día, y mostró un patrón sospechoso en los más de 25 mil decesos palestinos reportados en ese momento. Mostró enormes inconsistencias porque la linealidad resultó "exacta", totalmente regular y ascendente, sin la menor digresión entre días de mayor o menor lucha. Concluyó: "Uno esperaría una mínima variación, esta regularidad no puede ser real, Hamás está falsificando la información". Además, explicó que los números son contradictorios porque, para que cuadraran el número de muertes de mujeres y niños reportados, había necesidad de resucitar a un buen número de hombres fallecidos.

desde 2009, Netanyahu no ha hecho ningún esfuerzo para alcanzar la paz con los palestinos, ha incentivado la construcción de asentamientos en la Margen Occidental y ha optado por firmar pactos con las naciones árabes, dejando a los palestinos a un lado. Sin embargo, habría que insistir de manera clara y contundente que la forma de proceder de Hamás no obedece a las acciones de los gobiernos israelíes, sino a su propia naturaleza criminal porque, desde 2007 o inclusive mucho antes, cuando Netanyahu no estaba en el poder, cuando Israel se había retirado de Gaza para entregarles la posibilidad de que se autogobernaran, Hamás ya se preparaba para masacrar y exterminar al Estado judío.

Argumentando una supuesta "defensa del pueblo palestino", Hamás miente, polariza y siembra miedo. En realidad, no le importa que los palestinos vivan en paz en su tierra. Mousa Abu Marzouk, el vicepresidente del buró político de Hamás, hizo una declaración asombrosa el 30 de octubre de 2023 cuando lo entrevistaron en RT, la cadena de televisión rusa. Cuando el reportero le preguntó por qué Hamás no había construido un solo refugio antiáereo como los que tiene Israel para evitar las muertes de los palestinos, dejó ver su hipocresía y maldad, hizo una revelación que quedará en los anales de la historia:

—¿Refugios antiáereos? Nosotros no los necesitamos. Tenemos túneles para nosotros, para los miembros de Hamás, para protegernos y proseguir la lucha contra Israel desde ahí.

—¿Y su gente? —se atrevió a presionar el reportero.

—Todos saben que los gazatíes son refugiados. La responsabilidad de velar por estos refugiados no es de Hamás —dijo—, la obligación de protegerlos es de las Naciones Unidas. La Convención de Ginebra dice que la ONU es responsable de proveerles todos los servicios, no nosotros.[13]

Ante esta respuesta caben preguntas decisivas. Si Hamás es gobierno electo y recibe miles de millones de dólares anuales de UNRWA, dinero del mundo para construir la nación palestina, para velar por el bienestar del pueblo y normalizar su situación, es decir, para que los palestinos dejen de ser refugiados, ¿por qué Gaza sigue siendo un "campo de refugiados" con serios problemas económicos, humanitarios y de toda índole?

Aún más certera la pregunta: ¿Por qué es un campo de refugiados, si de 1948 a 1967 Gaza estuvo en manos de Egipto, y desde 2007 es un mandato independiente, gobernado por Hamás?

Quizá la contestación es que a este grupo terrorista no le interesan ni su pueblo ni la paz; no sólo mata judíos, también destruye las aspiraciones y el futuro de los propios palestinos. Con la complicidad de la ONU que no escruta a dónde va el dinero que le proporciona, Hamás ha construido una narrativa en torno al martirologio y sus mentiras circulan en redes incendiando los ánimos de ingenuos que caen seducidos por la propaganda y la desinformación, crédulos que se suman ciegos a esta causa deshonesta que alimenta el odio sin el menor apego a la verdad.

Fue sorprendente que, a partir del 7 de octubre, cuando Israel debería de haber gozado de la empatía, solidaridad y conmiseración de la humanidad entera, el antisemitismo

---

13 La entrevista fue traducida por MEMRI (Middle East Media Research Institute) y circula en redes.

—considerado hoy el problema de odio más importante del mundo— se disparó a niveles sin precedente desde la Segunda Guerra Mundial. Quienes por años se justificaron argumentando que eran "antisionistas, no antisemitas" salieron desde ese mismo 7 de octubre a "celebrar" en las calles de las grandes ciudades. Durante semanas e *in crescendo*, con el rostro cubierto con una kufiya, en manifestaciones "contra Israel", aprovecharon para pintarrajear suásticas en espacios públicos, gritar consignas antisemitas y atacar a estudiantes judíos en campus universitarios de Estados Unidos y Europa, sin importar si sus presas eran biólogos trabajando en un laboratorio, médicos, ingenieros, profesores, artistas o simples ciudadanos ajenos a la problemática del Medio Oriente.

A los judíos se les señaló y persiguió por el simple hecho de ser judíos.

El *déjà vu* resuena en la historia. Nos remonta a la Alemania nazi de la década de 1930 y nos permite entender cómo se fue empoderando ese monstruo del odio que favoreció el Holocausto y sus vergonzosos crímenes. Hoy se aclaró el panorama para comprender ese ambiente aciago en el que sociedades enteras, por miedo o por intimidación, se van silenciando frente al terror, frente a la barbarie. Amplias mayorías se acostumbran a enmudecer, a justificar, a obedecer, pensando erróneamente que así protegen su pellejo, pero al final, como lo ha mostrado la historia, nadie se salva.

En distintos países de Occidente han habido calumnias, muestras de odio y cacería de judíos. Constantes mítines que incluyen manifestaciones violentas, profanación de hogares, sinagogas y cementerios. Inclusive, golpes y acribillados. Lo peor es que esto va en aumento.[14] Ghazi Hamad,

---

14 Pulo este texto participando en una conferencia internacional feminista

portavoz de Hamás, parte de la cúpula del grupo terrorista, dijo el 24 de octubre de 2023 en una entrevista en la televisión libanesa que todo lo que hicieron el 7 de octubre "se justifica" y que lo repetirán cuantas veces puedan en muchos lugares del mundo. Sin pudor, con total orgullo y aplomo, aseveró Hamad: "Habrá un segundo 7 de octubre, un tercero, un cuarto, y hasta un millón de veces más, porque tenemos la decisión, la capacidad y la voluntad para luchar contra Israel, contra Occidente y contra todos los infieles. Estamos dispuestos a pagar el precio porque somos una nación de mártires. Nos enorgullece sacrificar mártires. No nos avergonzamos de decir esto con toda la fuerza...".[15]

Quizá en los países libres no hemos querido o no hemos podido comprender el enorme riesgo de tolerar a los fanáticos islamistas que pretenden aniquilar nuestra visión democrática. Han comenzado con los judíos, pero, como lo han dicho, seguirán con los cristianos, los protestantes y, sobre todo, con los musulmanes que no sigan "el camino correcto". Ese islamismo radical y oscurantista que interpreta con obcecación la *sharía*, el conjunto de normas que rigen la vida y la conducta de los musulmanes, dicta, entre otras cosas, esclavizar a las mujeres, abatir a los disidentes, decretar la muerte de los homosexuales y, sobre todo, liquidar los

en Nueva York, con cientos de mujeres provenientes de 76 países, mujeres exitosas de todas las profesiones y de todas las religiones. Me deja pasmada la respuesta del guardia de seguridad cuando le pregunto qué busca cuando revisa nuestras bolsas de mano. Responde: "armas". Lo dice titubeante y no despego la mirada de sus ojos. Al ver que no me convence, añade: "bueno, armas o banderas palestinas". Me confiesa que es común que grupos de manifestantes muy violentos ingresen a eventos privados a causar terror, a gritar consignas contra Israel, contra los judíos, inclusive contra Estados Unidos y contra los valores democráticos de Occidente.

15   Se puede ver en el portal de MEMRI, The Middle East Media Research Institute.

valores de Occidente. El ataque a las Torres Gemelas el 11 de septiembre de 2001, cuando asesinaron a más de tres mil personas de todos los credos, individuos desde los dos años hasta los noventa, provenientes de 91 nacionalidades, fue apenas una probadita de esa falta de escrúpulos con la que, sin ningún sentido moral, han cometido cientos, quizá miles de actos terroristas alrededor del globo.[16]

El 7 de octubre fue un cambio de paradigma, avanzaron cien veces más en su nivel de sadismo y crueldad. Antes, sin ver a los ojos a sus víctimas, se inmolaban, tiraban bombas o acribillaban. No así los verdugos de Hamás, desalmados que regodeándose con la sangre y con la muerte, durante 48 horas torturaron, decapitaron y violentaron a familias enteras que les imploraban piedad. Fueron bestias homicidas de niños. Fueron despiadados. Monstruosos carniceros de bebés. Violadores de mujeres. Asesinos de jóvenes que bailaban por la paz, de todos aquellos que tuvieron la mala suerte de cruzarse con ellos.

Los yihadistas no tienen prisa para alcanzar su objetivo. En el nombre de Alá pretenden llevar a la humanidad siglos atrás a un mundo primitivo de ignorancia y miedo, a una teocracia autoritaria, misógina y machista. Con el dinero del petróleo, con una estrategia para embaucar a ignorantes que les resultan útiles, se han ido insertando en las sociedades libres aprovechándose de la libertad de expresión y de asociación, de las libertades democráticas que tendrían vedadas en sus países de origen, a fin de normar el discurso para, eventualmente, acabar con "los infieles" y con las libertades en Occidente.

---

16   En el apartado: "Medio siglo de terrorismo islámico, y contando…" hago referencia a muchos de estos actos de terror y violencia cometidos por yihadistas en los últimos años.

Estamos advertidos. El tic tac nos acecha. Como sucedió en el Holocausto, en la Inquisición y en otros pogromos de la historia,[17] hoy se ha lanzado nuevamente un canario a la mina. A esa cantera ideológica que se está envenenando con dosis de delirio, propaganda, fanatismo e idolatría. Lo hemos visto antes. Cuando con la prudencia cómplice de las mayorías se ha permitido que se violenten los derechos de unos cuantos, el virus del odio termina por contaminarlo todo.

La historia nos observa. Nos toca velar por nuestras libertades, antes de que caiga la noche y no haya forma de sorprendernos con nuevos amaneceres. Antes de cargar con el yerro de la complicidad. Antes de haber guardado silencio cuando debimos de haber levantado la voz. Antes de que sea demasiado tarde....

LA PEOR SEMANA DESDE EL 7 DE OCTUBRE

Debí llegar a Israel la mañana del domingo 14 de abril de 2024, pero escasas horas antes de embarcarme se cerró el aeropuerto Ben Gurión porque Irán, gobernado por un régimen fanático islámico que quizá posee la bomba nuclear, tuvo el

---

17 Linchamientos multitudinarios por parte de no judíos contra poblaciones judías, inicialmente en el Imperio ruso. La palabra pogromo es de origen ruso y significa "causar estragos, demoler violentamente". Se cree que el primer incidente de este tipo ocurrió en Odesa, en 1821. Ya luego, hubo pogromos que arrasaron Ucrania y el sur de Rusia entre 1881 y 1884; en 1917, durante la guerra civil que siguió a la Revolución bolchevique, y entre 1918 y 1920 en Bielorrusia occidental y en la región de Galitzia, Polonia. Cuando Hitler tomó el poder de Alemania en 1933, también alentó la violencia contra judíos. El motivo de los pogromos fue una mezcla de resentimientos económicos, sociales y políticos, a los que se sumó el tradicional antisemitismo religioso promovido por el cristianismo durante casi dos mil años.

atrevimiento de lanzar por vez primera un mortal ataque directo contra territorio israelí: 60 toneladas de explosivos en 170 drones, 120 misiles balísticos y 30 misiles de crucero, a fin de destruir a "el pequeño Satán" como le llama a la nación judía; "el gran Satán", sostiene, son los Estados Unidos.

El 1 de abril de 2024, dos semanas antes, hubo un ataque aéreo a un edificio consular de Irán en Siria, donde murieron dos generales iraníes; uno de ellos era un alto comandante de Hezbolá. Israel nunca ratificó la autoría. No obstante, Irán —enemigo de Israel desde 1979 cuando comenzaron a gobernar los ayatolas, y quien respalda a Hamás, Hezbolá y otros grupos terroristas— encontró la oportunidad que buscaba para dar un giro dramático a la ya tensa relación. Acusó al gobierno de Netanyahu de haberlo perpetrado, juró que se vengaría y comenzó el ataque la noche del sábado 13 de abril.

Los israelíes, aterrorizados y con un pie en refugios antiaéreos contaban los minutos, sabiendo que los misiles tardarían entre seis y nueve horas para llegar.[18] Todo era incertidumbre. La guerra santa contra los infieles escalaba avanzando a pasos agigantados, corría el telón de lo que parecía el inicio de una inminente tercera guerra mundial.

Decidido a causar el mayor daño posible, Irán quizá supuso que Israel tendría sólo una limitada posibilidad de responder de manera simultánea a cierto número de misiles. Jamás imaginó que lograría enfrentar y destruir trescientos cohetes y drones con velocidades y alturas diferentes en escasas horas, como finalmente sucedió. El Domo de Hierro probó ser un capelo protector para sustentar la supervivencia de

---

18   De acuerdo con un reporte de la Agencia de Noticias Tansim del régimen iraní, el ataque contra Israel se lanzó desde Irán, Líbano, Irak y Yemen.

la nación hebrea, pero, a esa cúpula tecnológica, se añadió, además, un elemento insospechado: Jordania y Arabia Saudita, dos naciones árabes musulmanas con liderazgo sunita, temiendo al fundamentalismo chiita iraní, se sumaron de manera inédita al eje de Occidente conformado por Israel, Estados Unidos, Francia y Reino Unido.

El atrevimiento de Irán tuvo la virtud de transformar de facto el mapa de las lealtades estratégicas de la zona, porque todas estas naciones aportaron aviones, tecnología y sistemas de inteligencia para rastrear, perseguir y destruir los cohetes y drones iraníes cargados de bombas, logrando un éxito arrollador: interceptaron 99% de los proyectiles. La única víctima lamentable fue Amina al Hasuni, una niña beduina que vive con su familia en Alfurah, un poblado en el desierto del Néguev, en el sureste de Israel, que recibió un golpe en la cabeza cuando un trozo de proyectil entró por la techumbre de su casa. Esa noche de terror, tan sólo a Israel le costó mil millones de dólares. A la mañana siguiente, el espacio aéreo se reabrió y la vida volvió a "la normalidad".

En el chat colectivo que compartíamos una veintena de periodistas e *influencers* que teníamos proyectado iniciar un programa en Israel esa tarde de domingo, todos escribíamos que estábamos varados en algún aeropuerto de Europa. Cada uno veníamos de un país distinto. Laura Medina, colombiana residente en España, la única que había llegado un día antes, externaba enorme angustia por lo que había padecido esa noche de sábado escuchando explosiones y sirenas, e insistía que debíamos de cancelar el viaje. Ella buscaba cómo salir cuanto antes de Israel y consideraba que seguir con la agenda era una absoluta irresponsabilidad. A cada mensaje de Laura, quien al final sí se quedó, Nurit Tinari, jefa de la oficina de diplomacia cultural del Ministerio de Relaciones Exteriores de Israel, nos instaba a proseguir. Estaba segura de que la vida volvería a su cauce, señalaba que era la oportunidad de vivir la realidad cotidiana a la que los israelíes se enfrentan a diario.

Casi todos los participantes del grupo claudicaron. Algunos porque, por las cancelaciones de las líneas aéreas, les resultó imposible conseguir un nuevo pasaje; la mayoría, por miedo. Por una preocupación tajante y corrosiva de estar en zona de guerra, en el epicentro del conflicto en un momento de tanto peligro.

Yo estaba atorada en Madrid, ahí era mi vuelo de conexión. Cientos de personas buscaban espacio para viajar a Israel, había padres desesperados por llegar con sus hijos, adultos que imploraban un boleto. Estábamos, además, a días de Pésaj, la Pascua judía que reúne a las familias y requiere de enormes preparativos. Había pocas líneas aéreas dispuestas a continuar sus trayectos al aeropuerto de Tel Aviv. United Airlines, Easy Jet y Delta cancelaron sus vuelos por tiempo indefinido y quienes sí mantuvieron las rutas aseguraban que no habría espacio antes de cuatro días.

Lo dejé al destino. Si lograba partir era porque yo debía de estar en Israel para comprender en primera persona ese Sábado Negro, como le llaman al 7 de octubre, para entender la resiliencia del pueblo judío ante la adversidad, esa fortaleza que, a pesar de las continuas guerras y amenazas, le ha permitido reinventarse como país altamente exitoso durante 75 años.

Para mi buena suerte —o mala, aún estaba por verse— conseguí el único espacio en el siguiente avión de Air Europa. Llegaría con 24 horas de retraso. Esa travesía, impregnada de incertidumbre, significó para mí la oportunidad de alimentar este libro: *Por nuestras libertades*, desde el lugar de los hechos. Entender la realidad *in situ*. Visitar el infierno: los *kibutzim* del sur y escuchar las historias de los sobrevivientes del Nova, abrazar a los familiares que tienen padres, hijos o hermanos secuestrados, platicar con líderes de opinión, inclusive con árabes de la zona.

Todos lo decían, era "el peor momento desde el 7 de octubre", el de mayor nerviosismo. Se temía que Irán lanzara un nuevo ataque o que Israel respondiera a la agresión. Cinco días después, en la madrugada del viernes 19 de abril, Israel provocó una pequeña explosión en una base aérea en Ispahán, donde hay una planta de enriquecimiento nuclear iraní. Por fortuna, la tan temida represalia fue mesurada, más acorde con los nulos resultados del ataque iraní que con su intención de destruir a la nación judía. Fue apenas una advertencia, un estate quieto para mostrarle a Irán su vulnerabilidad, para hacerle saber que el gobierno israelí conoce sus instalaciones nucleares, petroleras y eléctricas, y que, por sus amplias redes de inteligencia, por su cercanía con opositores del régimen, tiene la posibilidad de atacar, inclusive, desde el interior del territorio de los ayatolas.

Esa semana que pasé en Israel fue potente e intensa, de una tensa calma. A cada paso, desde el sur hasta el norte, descubrí el rostro del trauma. La cicatriz abierta. El miedo. La tristeza. El desconsuelo frente a tanta maldad. La culpa que manifiestan los protagonistas por estar vivos. La desconfianza, la tensión y las dudas. El repudio al gobierno que abandonó a su pueblo. La necesidad de gritarle al mundo que conozca y profundice en los hechos, que no se deje llevar por la manipulación, que tenga humanidad y apele a la verdad.

Cada israelí tiene un video íntimo de sus muertos, de cómo los humillaron, de cómo masacraron a sangre fría a los suyos. Te imploran que los veas, que seas empático frente a tanta saña y maldad. Que hables de su dolor y fragilidad, también de su genuino deseo de vivir en paz con sus vecinos. Desean validar sus historias frente a la narrativa de los 1500 millones de musulmanes, el 22% de la población del planeta que invade las redes negando lo sucedido y que, por simple aritmética, determina los algoritmos de Tik Tok, X (antes Twitter) o Instagram, propagando mentiras.[19]

Guardar silencio no es opción, repiten. Los muertos son de todos, como también son de todos los secuestrados. El rostro de los que faltan está en cada poste, en cada rincón, en cada plaza, hotel y espacio público. Invaden el aeropuerto, la ausencia se respira desde el momento en que uno arriba a Israel. Insisten que el tiempo transcurre y asfixia, que se agota. Que cada segundo puede implicar la muerte de uno más. Vivir en vilo se traduce en un grito desesperado. En reclamos al gobierno.

Las exigencias llevan un orden. En primer término, recuperar a los secuestrados, *Bring Them Home Now*, regrésenlos a casa ya. En segundo lugar, liquidar la red de terror y los túneles de Hamás porque no se puede pactar o dar la mano a asesinos que pretenden borrar a Israel de la faz de la tierra. Y tercero, cada vez es más generalizada la consigna de establecer un nuevo gobierno sin Netanyahu ni la extrema derecha, a quienes responsabilizan y culpan del fallo en la seguridad, de polarizar al país, de continuos desatinos, sobre

---

19 Los judíos son apenas 15 millones de individuos, es decir, el 0.18% de la población mundial. Son una de las minorías más notorias. Hay un judío por cada 533 personas del mundo, un judío por cada cien musulmanes.

todo de violentar el código de valores éticos con el que se fundó el Estado de Israel. Les atribuyen una necesidad enfermiza de perpetuarse en el poder, una falta de humildad para reconocer sus errores, para aceptar que deben de irse.[20]

Quisieran una nueva coalición más confiable y decente, capaz de hallar salidas, una tregua, un camino de concordia y reconciliación. Pero primero los secuestrados. Que no se olvide, ¡carajo!, hay un bebé en el infierno. Hay niños muriendo de inanición en túneles sin ver la luz, hace ya más de ocho meses. Hay jovencitas convertidas en esclavas sexuales. Hay civiles que deberían de volver con sus familias.

No hay manera de desdeñar ese maldito 7 de octubre, cuando Hamás rompió el pacto de paz mostrando ser una manada de monstruos sedientos de sangre. Una fecha que pesa como lastre desplomando todas las certezas, la confianza. Un día que aplasta, que huele a rabia. A traición y a congoja.

Hasta los más pacifistas, los más comprometidos con el futuro de dos Estados, desconocen el suelo que pisan. A nadie se le olvida que en Gaza no había un solo israelí desde 2005 y que, al salir, soñando con que los palestinos construi-

---

20   Moshe Kepten, director artístico del Teatro Habimá (teatro nacional de Israel), una leyenda en el país por sus inolvidables producciones, por casualidad estaba montando antes del 7 de octubre una obra en torno a Golda Meir y el discurso de ella resultó premonitorio en este momento. Me dijo Kepten: "Después de la guerra de Yom Kipur, Golda reconoció su falla, tomó responsabilidad y dejó el gobierno. Esa debería de ser la reacción de Bibi Netanyahu, pero no actúa con sensatez. La gente que asiste al teatro aplaude a raudales con las líneas introspectivas de Golda, un mensaje para nuestros tiempos". Israel, es el país con mayor porcentaje per cápita de asistentes a representaciones teatrales. Habimá, la compañía rusa, se instaló en Palestina en 1928 durante el Mandato británico y hoy, casi cien años después, el edificio de Habimá, moderno y recien renovado, tiene cuatro grandes escenarios que se llenan a tope, aun con la tragedia que se respira.

rían un futuro para sus hijos, dejaron en pie edificios, instalaciones e invernaderos de flores, hierbas y otros productos de exportación sustentados en alta tecnología que aportaban más de mil millones de dólares anuales, mismos que Hamás destruyó sin miramiento porque su aversión a Israel, su fanatismo, su odio y su culto a la muerte, siempre han sido mayores a la responsabilidad de velar por su gente.[21]

Entre la densa bruma que enfrenta a los israelíes nuevamente a un problema existencial, a la necesidad de sobrevivir de cara a un rencor irracional que en nombre de Alá pretende aniquilarlos, frente a un antisemitismo que se desborda, se aferran a lo único que pueden, a la esperanza de volver a bailar. Al anhelo de vivir en paz. *Yihiyé beseder*, todo estará bien, repiten como mandato en esa tierra de milagros.

RUMBO AL SUR, RUMBO AL INFIERNO

Viajamos hacia el sur, a la frontera con Gaza. A la zona de los *kibutzim* atacados y del Festival Nova, una zona desértica e inhabitable donde sólo vive, o vivía, el 8% de los israelíes.[22]

---

21   "El objetivo de Hamás —me dice Ron Sinai, guía de turistas— nunca ha sido beneficiar a los palestinos, sino matarme a mí, matarnos a todos los israelíes. A diferencia de nosotros, su culto no es de vida, es de muerte".

22   Del Monte Hermón en el norte, en el límite con Siria y Líbano, a Eilat y el Mar Rojo en el sur, el territorio de Israel son 424 kilómetros de largo, y en su parte más ancha: de la frontera con Gaza al Mar Muerto, 90 kilómetros. Es un país extremadamente chico y la mayoría del territorio no es habitable. 92% de los 9.2 millones de israelíes (incluidos los árabes cristianos, árabes musulmanes, drusos, beduinos y otros, que también son ciudadanos israelíes) vive en la mitad norte del país; 8% en las montañas de la Galilea y 84% en Jerusalén, Tel Aviv y ciudades colindantes, en un espacio de 180 km de largo por 40 km de ancho, en la costa este del Mediterráneo. Tan sólo en el condado de Tel Aviv habitan 7.5 millones de personas. Es decir, sólo una minúscula porción vive —o vivía— en el sur.

La ruta 232 comienza cerca de Áshkelon y corre hacia el sur paralela a Gaza, es la única vía que conecta los *kibutzim* del desierto del Néguev, la zona de Re'im donde se llevó a cabo el Festival Nova y algunos otros poblados, el único camino de entrada y de salida.

En los 7 km que se convirtieron en "la carretera de la muerte", salpicados en el inhóspito desierto se suceden los *miguniot*, búnkers ubicados junto a las paradas de los camiones donde cientos de jóvenes se apelotonaron buscando resguardo de los misiles, sin imaginar que, por las granadas que los terroristas lanzarían al interior, sus cuerpos estallarían en mil pedazos. En uno de éstos, Noam Cohen, de diecinueve años, que fue al Nova como parte de un equipo de cineastas contratados para filmar la fiesta, sobrevivió debajo de los restos desmembrados de sus amigos.[23]

Ahí también, en un espacio para no más de ocho o diez personas, Rafaela Treisman, una joven brasileña de veinte años, contó que se quedó más de diez horas acuclillada y sin aire respirando humo y gas, bajo la sangre y las extremidades de más de cuarenta jóvenes que, huyendo del Nova, ahí se aglutinaron. Mientras rezaban y lloraban implorando ayuda, llamando a sus seres queridos para decirles adiós, algunos con el rostro adherido al suelo para respirar, los terroristas les lanzaban granadas gritando *Al-lá-hu-Akbar*, granadas que, como en un juego de pelota, iban para adentro y para afuera. Hasta que una finalmente explotó en el

---

23 Para la realización del documental *Super Nova Festival. History of a Massacre*, Noam Cohen aportó las escenas en las que él mismo se grabó al interior del refugio con los ojos desorbitados de terror, de pánico. Su suerte fue ser el primero de una treintena de jóvenes que entró a ese lugar porque, cuando las granadas estallaron, él quedó debajo de una montaña de cuerpos desmembrados que recibieron el impacto de los proyectiles. Herido de las piernas, horrorizado y chorreado de sangre pudo salir vivo de ese lugar maldito.

interior y cuando menos treinta jóvenes hallaron en ese espacio blindado una morgue, una trampa mortal, porque quienes no murieron con los explosivos fueron acribillados con ráfagas de metralletas. Ahí perdió la vida Hanani Gleser, el novio de Rafaela.

Nuestra camioneta es casi la única que transita la ruta 232. Revuelve el estómago saber que el 7 de octubre los terroristas convirtieron ese camino desértico enmarcado con lunares de cítricos y olivos, en un embudo, en un matadero. Cientos de coches con sus pasajeros al interior quedaron carbonizados. A muchos jóvenes los taladraron con incesantes descargas de AK-47, a otros los quemaron vivos con fuego y gasolina. De ese sitio donde me encuentro se llevaron rehenes a los túneles de Hamás. De ahí se llevaron al mexicano Orión Hernández.[24]

Nos dirigimos a Be'eri, situado a menos de cuatro kilómetros de Gaza, el kibutz que se convirtió en símbolo de la tragedia porque ahí se llevó a cabo una de las peores carnicerías el 7 de octubre. Cruzamos el portón amarillo por donde también entraron los terroristas.

Como una ironía, en ese entorno colmado de desolación, ruinas y hogares calcinados, ahí donde se interrumpieron los días en una negra agonía de cenizas y hollín, ha regresado la primavera y el canto de los pájaros. A un lado de los fragmentos destripados, las vigas oxidadas y los esqueletos retorcidos de las estructuras, ahí donde ahoga la degradación, la incertidumbre y el desconsuelo, estallan morados

---

24 Durante ocho meses se creyó que Orión estaba secuestrado, hasta que las IDF, Fuerzas de Defensa de Israel, encontraron restos suyos en los túneles de Hamás. Lo habían asesinado el mismo 7 de octubre en Israel y se llevaron su cuerpo a Gaza. Su historia está en este libro.

los algarrobos, el rosa de las malvas reales, el naranja y el azul de los penachos presuntuosos de las aves del paraíso. Ahí donde el tiempo se quebrantó con el tufo de la muerte, el duelo y la congoja, desentonan las flores, como también parecen errados los gorriones y las abubillas que se detienen a mostrar sus penachos de plumas y a vocalizar sus up-up-up, sin constatar que, por respeto, se exige silencio.

"Be'eri", "Kibutz Be'eri", casi nadie sabía que existía, no se hallaba en ningún mapa. Be'eri comenzó a ser noticia internacional a partir de ese 7 de octubre cuando la vida comunal fue envenenada con el tufo del odio. Pocos podían siquiera pronunciar su nombre. ¿Qué es un kibutz?,[25] se preguntaban cuando se hizo público que cientos de terroristas habían ido de casa en casa torturando, disparando, degollando, decapitando, quemando, violando y secuestrando residentes, desde bebés en mameluco, hasta ancianos con el número nazi tatuado en el antebrazo.

Nos recibe Nitzán Peled, su nombre significa capullo de hierro y así se muestra: chiquita y fuerte. Tiene siete meses desplazada viviendo en el centro del país y por segunda vez regresa a Be'eri, una comuna agrícola socialista donde 520 miembros y sus familias lo compartían todo: el trabajo rural, los medios de producción, las riquezas, la educación de los niños, la comida y todas las obligaciones. Los terroristas de Hamás mataron a poco más de cien personas, más del 10% de la población del kibutz. Nos cuenta que los

---

25   Un kibutz es una comuna agrícola socialista. Fueron esenciales para la creación del Estado de Israel. El primero fue Degania, fundado en 1909. Con los años llegaron a ser 270 *kibutzim*. Son quizá el único experimento socialista que ha tenido éxito en el mundo. Todos mantienen los mismos principios, aún hoy: el trabajo agrícola, la rotación de los puestos, los salarios igualitarios, las decisiones democráticas y la propiedad colectiva.

sobrevivientes tuvieron que soportar el dolor de presenciar cien funerales en escasos días, fue tal la agonía que tuvieron que contratar ajenos para escribir las palabras para honrar a quienes murieron. Además, secuestraron a veintiséis miembros de Be'eri, incluidos niños; once adultos aún siguen en Gaza.

Nitzán trae consigo la llave de su casa. Aclara que no pretende hacer turismo de la tragedia, pero se atreve a estar con nosotros porque, a pesar de que hay cientos de videos e imágenes, hay quienes se atreven a negar lo que ahí sucedió. Considera que es su obligación relatar lo que padecieron desde las 6:29 am del 7 de octubre, cuando tres mil terroristas, decididos a llevar a cabo una tarea maldita, dinamitaron y derribaron con retroexcavadoras la cerca que divide Gaza de Israel. Entraron por 98 sitios distintos. El plan de Hamás, perfectamente articulado y sistematizado, pretendía causar el mayor sufrimiento posible. En los mapas que portaban algunos de los terroristas, esto se sabe porque muchos de ellos fueron capturados, todo estaba identificado: dónde estaban las armas de cada kibutz, quién vivía en cada casa, cuántos cuartos había, qué edades tenían los propietarios, si tenían niños, perro o alguna mascota, inclusive si solían salir de la zona los fines de semana.

Divorciada, madre de tres jóvenes veinteañeros, maestra de inglés de los niños del kibutz, Nitzán se empeña en mostrarse estoica y en control. Se esfuerza, pero su mirada se anega en una oscura melancolía. Para no romperse, para que las palabras no se ahoguen entre lágrimas, se apega a las notas que trae escritas a mano. Nuestras preguntas la resquebrajan, reflejan su tristeza, la rabia e impotencia con la que pasa los días. "Pensé que nunca iba a volver. No sé por qué estoy viva, quizá para hablar de mis amigos muertos y secuestrados, para que el mundo nos crea...".

Vivía sola. En aquella ruleta rusa que fue el 7 de octubre se salvó dos veces de manera milagrosa escondida en el *miklat* de su casa, coloquialmente le llaman *mamad* a esos cuartos reforzados con concreto y acero, con puertas y ventanas blindadas que, tras la guerra del Golfo en 1991, todos los israelíes están obligados a construir en sus hogares para protegerse de los misiles. Hasta antes del Sábado Negro ésa era la normalidad en los *kibutzim* del sur porque, durante años, sobre todo a partir de la segunda Intifada,[26] les han llovido miles de proyectiles de Gaza y se acostumbraron a correr a esos refugios cuando sonaban las sirenas. Sabían que tenían escasos dieciséis segundos para salvar sus vidas. ¡Hasta los niños de maternal dominaban el tema! Al escuchar la alarma cubrían sus cabecitas y corrían al *mamad* de su casa o, si estaba más cerca, al gusano de los juegos infantiles que también era un refugio.

Todos tenían plena confianza en la seguridad que les ofrecían el ejército, el gobierno y los sistemas de inteligencia. Vivían convencidos de que esos cuartos seguros y el Domo de Hierro les garantizarían eterna supervivencia. Por eso, cuando casi al amanecer de ese sábado de asueto en el que festejaban Simjat Torá comenzaron a aparecer misiles y a sonar las sirenas, los miembros de Be'eri y de otros *kibutzim* de la zona se atrincheraron con sus familias en esas habitaciones que algunos usaban como cuarto de visitas u oficina y que resultaban de extrema utilidad para lo que habían sido concebidos: para las bombas y misiles que provenían del cielo, jamás para una improbable incursión terrestre.

---

26   Intifada en árabe significa sacudimiento, hacer temblar la tierra.

Como casi ninguna de las puertas blindadas tenía seguro, como se podían abrir por dentro y por fuera, ese día los adultos se empeñaron en detener las jaladeras con fuerza desde el interior para mantener a los terroristas fuera del alcance de sus familias, pero nada sirvió, muchos de ellos murieron o fueron heridos con las incesantes ráfagas de metralleta que traspasaron las puertas.

Nitzán recuerda casi todo: los alaridos en árabe de los terroristas, los *Al-lá-hu-Akbar*, el traquetear de las AK-47, el terror y la desesperación de sus amigos que escribían lo que iba pasando en el chat colectivo, los gritos de horror incesantes. Al mediodía escuchó cuando entraron a casa de sus vecinos donde, en el *mamad*, mataron a su vecino Ohad Cohen, a Yona su madre, que siempre sonreía, y a Mila su bebita de nueves meses, tres generaciones acribilladas en un santiamén. Sandra, la esposa de Ohad, logró huir gravemente herida con Liam y Dylan, sus otros dos pequeñitos.

De las 6:30 de la mañana a la 1:00 de la tarde, los miembros del kibutz estuvieron solos e indefensos peleando contra quinientos terroristas. "El ejército debió llegar en diez minutos, tardó demasiado. Fue un gigantesco error de las IDF.[27] Aún no sabemos los porqués, aún esperamos respuestas". Los pocos soldados que llegaron a las 9:30 de la mañana fueron masacrados. A la 1:00 llegó una brigada más equipada, pero se enfrentó a un problema tan monumental que tardarían más de 48 horas en tomar control de la situación.

A diferencia de quienes trataron de defenderse o escapar,[28] Nitzán se enconchó en absoluto silencio en un rincón

---

27 Israel Defense Forces.

28 Por ejemplo, Yarden y Alón Gat, de visita en Be'eri, salieron corriendo

del refugio de su casa, detrás de un murete adyacente a la entrada. No se movió, no respiró. Escuchaba, sólo escuchaba: los gritos, los rezos, la fiereza y la violencia que se iban acercando... Se empeñó en mantener un mutismo absoluto. Cerca de las 12:30, pasado el mediodía, los terroristas entraron a su hogar. Los escuchó abrir su refrigerador, sacar refrescos, sentarse en las sillas del comedor para descansar, para estirar las piernas. No profirió ni el más mínimo suspiro. Aguzó el oído, fue percibiendo sus pasos cada vez más próximos. Las balas comenzaron a traspasar la puerta blindada del *mamad*, las vio estallar en la pared frente a ella, en ese muro donde ella había colgado, tiempo atrás, la obra de arte en blanco y negro que había pintado Rico Caliso, un exnovio filipino. Un cuadro con la representación de nueve niños sin rostro tomados de la mano, uniformados con la ropa comunal del kibutz, con el mismo calzoncito y playera recién salidos de la lavandería.

Como una ironía, quizá como una aproximación a la suerte que correría Nitzán, las balas sólo explotaban en el concreto y en el negro horizonte del lienzo, ni un boquete logró alcanzar a los niños ahí dibujados. Los terroristas abrieron la puerta, se asomaron desde el vano. Desde ahí, con una vista parcial del interior, no se dieron cuenta de que ella estaba arrinconada detrás del muro de acceso. Para obligarla a dejar su escondite, porque en algún sitio tenía que estar, prendieron fuego a la casa y esperaron. Ella olió el humo, sintió el calor. Pasaron los minutos, la atormentó la duda de si debía o no salir, pero, para su suerte, los terroristas se marcharon sin darse cuenta de que las llamas mermaban y se extinguirían por sí solas.

---

con Geffen, su niña de tres años. El padre y la niña lograron esconderse, pero a Yarden la atraparon y pasó más de cincuenta días en los túneles de Gaza.

Nitzán pasó catorce horas en ese rincón sin luz, sin agua, sin electricidad, sin comunicación, sin moverse, sin ir al baño, sin hacer ruido o pestañear, hasta que a las 8:30 de la noche, cuando todavía había balazos y terroristas en el kibutz, llegó el ejército a rescatarla. *"At levad can?"* "¿estás sola aquí?", preguntaron. Quiso llevarse consigo sus dos computadoras, pero ya se las habían robado. Al dar un paso fuera de su casa, vio de reojo las dantescas escenas, los muertos, los caminos de sangre de algunos de sus vecinos cuyos cuerpos fueron arrastrados por terroristas para llevárselos a Gaza, porque primero se llevaron cadáveres, luego vieron que era rentable también secuestrar personas.

Su kibutz estaba irreconocible, convertido en zona de guerra. Aún había casas en llamas, ajusticiados en hogares completamente chamuscados. Apestaba a carne humana. Luego supo que a algunos de sus amigos los amarraron con sus hijos para prenderles fuego, para causarles una mayor agonía. "Aún siento vergüenza de estar viva —dice—. Fue tan grande lo que aquí pasó, tan inconcebible el salvajismo y la maldad, que muchos de nosotros no sabemos cómo proseguir. Yo trato de ignorar la verdad para salvarme, para protegerme, pero es difícil. Sólo montada en la evasión puedo despertar cada mañana…".

Ahí, entre olivos y palos de rosa donde los colibríes detienen su paso para beber agua endulzada, se propagaron la crueldad y el sadismo. Todo fue quebrantado con vileza: el productivo taller que imprimía tarjetas de crédito, cheques, recibos y licencias para todos los israelíes; la galería de arte, la guardería, la clínica, inclusive el zoológico que albergaba tortugas, venados, gallinas, reptiles y pavorreales que también intentaron huir de la masacre. La vida se mancilló sin el menor pudor, sin misericordia alguna y, para que no quedara duda, los terroristas lo grabaron todo con cámaras adheridas a sus cuerpos y transmitieron orgullosos su crueldad en los Facebook Live propios y en los de sus víctimas.

"Somos una comunidad pacífica de buenos vecinos, de amantes de la paz que defendemos los derechos de los palestinos. Juntos teníamos una visión de futuro, dos Estados para dos pueblos. No quiero pensar que los palestinos con los que convivimos nos entregaron, no puedo concebirlo. Mi motor es tener esperanza para mantenerme viva, si no, no tendría razones para seguir", dice.

Me estremece recorrer lo que quedó de esas viviendas, muchas sin techo o sin paredes, camino pisando pedazos de concreto calcinados, vidrios rotos, escombros, tizne, tejas rotas y ramas secas. Mis ojos se concentran en hallar restos de la vida previa al 7 de octubre. Como si fueran elementos disonantes, descubro la cotidianeidad interrumpida: la llanta de una bicicleta, el columpio en el árbol, el brincolín que quizá pilló en su red los sueños de un niño que se impulsó con inocencia creyendo que podría alcanzar las estrellas.

Pasos más adelante está la tina donde bañaron a un bebé, la portería que sirvió para celebrar goles, un sillón raído, una silla mecedora abandonada entre la maleza, tapetes de yoga donde alguien se sentó a respirar profundo, a meditar, a agradecer la belleza de este mundo. Hay un refresco a medio consumir, un tenis sin su par, un maniquí de costura, el colorido carrito montable de un niño, una mesa blanca que reunió a la familia, un horno de pizzas, una lavadora destartalada, la manguera que brindó agua al limonero o a la buganvilia, una estructura del aire acondicionado, el paraguas que brindó sombra a uno de los pobladores del kibutz ante el sol abrasador del desierto.

Un gato maúlla. Camina encorvado, deambula sin animarse a entrar a aquellas casas en ruinas donde se cometió tanta atrocidad. Pareciera saber... Esas viviendas están marcadas con números y con círculos negros y rojos trazados por el ejército y por los miembros de ZAKA,[29] son señales con las fechas en las que sacaron bombas, cuerpos y restos humanos de cada casa. En la entrada de lo que fueron hogares, hay enormes fotografías de los propietarios que ahí perdieron la vida o que están secuestrados, sonrisas congeladas custodiadas por banderas de Israel, lienzos simbólicos que ondean como una expansiva declaración de principios.

Las 400 viviendas del kibutz estaban divididas en diez sectores. Keren (viñedo) y Zeitim (aceituna) son las áreas más afectadas, ahí estaban las casas más bonitas y los árboles frutales más frondosos, hoy una buena parte de ellos están secos o podridos. Ahí vivía Vivian Silver, activista política, fundadora de Women Wage Peace[30] y del Centro árabe-judío para el empoderamiento, la igualdad y la cooperación, gran promotora de la paz y amiga cercana de Yasir Arafat, quien, además, desde hacía décadas llevaba cada semana a niños gazatíes a ser atendidos en los hospitales de Israel. Primero se creyó que ella estaba entre los 252 secuestrados, pero a mediados de noviembre, mes y medio después, con el avance de

---

29 ZAKA es una organización no gubernamental fundada en 1995 con más de tres mil voluntarios que trabajan para identificar víctimas en desastres naturales o de terrorismo, a nivel internacional.

30 Women Wage Peace fue fundado en 2014 y tiene más de cincuenta mil miembros, es el movimiento pacifista más grande de Israel, enfocado en alcanzar un cambio en el conflicto israelí-palestino a partir de una lente de género.

los análisis de restos de ADN hallados en el kibutz, se confirmó que había sido asesinada el mismo 7 de octubre.

Vivian Silver, canadiense-israelí de 74 años, fue noticia internacional porque dedicó su vida a liderar movimientos en favor de la paz. Tan sólo a principios de octubre, un par de días antes de la carnicería perpetrada por miembros de Hamás, encabezó una marcha de militantes feministas con mil mujeres israelíes y quinientas palestinas donde se pronunció, como solía hacerlo, a favor de una solución pacífica del conflicto. Al final, nada importó. El eslogan de Women Wage Peace era: *There's another way*, hay otro camino. Paradójicamente, ese otro camino no existió ni para ella misma.

Frente al hogar de Vivian Silver, quedó impoluta la casa de la familia Gat, los terroristas se la saltaron. Quizá creyeron que, como solían hacerlo, los Gat salían los fines de semana del kibutz. No se molestaron en investigar, fue su sino sobrevivir.

A unos pasos, vivía Shoshan Haran, fundadora de Fair Planet, organización que ha impulsado proyectos agrícolas en países pobres y áridos. La familia de Shoshan padeció enormemente aquel día. Los terroristas de Hamás primero ultimaron a sangre fría a Avshalom, su esposo, filántropo y uno de los pilares de Be'eri, y a su cuñado, cuando salieron para ver qué sucedía. Ya luego, como los terroristas no lograban sacar a los Haran del refugio, explotaron un boquete en una de las paredes laterales y de los cabellos extrajeron a siete personas que se llevaron secuestradas a Gaza: a Shoshan, a su hija Adi, a su yerno Tal, a sus nietos Naveh y Yahel de ocho y tres años; y a su cuñada Sharon Avigdori con su niña Noam, de doce años. Todos, menos Tal, a quien siguen esperando, fueron liberados después de pasar más de cincuenta días en cautiverio.

Nitzán sigue recordando, así mantiene vivos a los que faltan... Manny Godard, de 73 años, afirma, fue uno de los primeros en ser asesinado. Su cuerpo sigue en Gaza, no han podido darle sepultura. Su esposa Ayelet, una de las maestras más queridas del kibutz, se ocultó entre los arbustos y desde ahí le llamó a su hijo Goni, de veintidós años, para implorar ayuda. Goni llegó pronto, pero era tarde. También a su madre la habían acribillado. Pudo mirar de frente a los terroristas que la mataron. Uno de ellos le apuntó, pero como Goni llevaba la cara cubierta con un pañuelo, el terrorista dudó si era palestino o israelí y no disparó. Aterrorizado y sabiéndose huérfano, se escondió durante horas en su hogar profanado.

Nitzán se refirió al salvajismo que ahí imperó, también al heroísmo de los civiles. Si no hubiera sido por Elchanan Kalmanson, quien al escuchar lo que estaba pasando tomó la decisión de recorrer los cien kilómetros de distancia desde Otniel, asentamiento ortodoxo en Cisjordania donde vivía, a Be'eri, el saldo de muertos en ese kibutz hubiera sido más del doble. Durante catorce horas, desde la tarde del sábado hasta la mañana del domingo, los Kalmanson: Elchanan, su hermano Menachem y su sobrino Itiel, estuvieron rescatando a familias enteras entrando y saliendo del kibutz bajo ataque, cruzando las líneas de fuego. Primero los subían en su camioneta, ya luego en un tanque del ejército.

Los Kalmanson salvaron a más de cien personas que sacaron de los cuartos de seguridad y de casas en llamas, atendiendo la información que fluía en los chats de vecinos. En el centro de Be'eri hay un jardín circular rodeado de casas y, desde ahí, los miembros del kibutz podían darse cuenta de cómo se iban moviendo los terroristas para alertar a otros y buscar rutas de escape.

Según contaron luego Menachem e Itiel a distintos medios de información,[31] su labor fue una odisea porque, al principio, nadie quería abrirles las puertas pensando que eran terroristas. Por increíble que parezca, para probar que eran israelíes, dentro de esa urgencia les cantaban a gritos canciones de Simjat Torá o les recitaban el *Shemá Israel.*[32] En la última incursión, un miembro de Hamás escondido en una casa oscura les disparó. Elchanan, el héroe de Be'eri —capitán del ejército, experto en temas de combate y seguridad, y miembro del Mosad—, agonizó a sus 42 años en los brazos de su hermano Menachem.

En diciembre, los sobrevivientes de Be'eri, numerosas familias con niños fueron a Otniel a expresar gratitud al rabino Benny Kalmanson, historiador experto en el Holocausto, padre de Elchanan, a la viuda y a los hijos. Honraron la valentía, el heroísmo, el sentido de justicia y la generosidad de Elchanan. Partes de ese encuentro tan sentido están en YouTube. Es evidente que en Be'eri jamás olvidarán a su ángel salvador, a quien les permitió renacer aquel día.

Otra historia que merece ser contada porque brinda esperanza respecto a la coexistencia, es la de Aya Bachar Meydan, una triatleta del kibutz.[33] Ese sábado en la mañana,

---

31 Su testimonio está en el portal de Mizrachi World Movement. También en: *Israel Today*, 31 de enero de 2024; *The Times of Israel*, 30 marzo de 2024; *Jerusalem Post*, 21 abril de 2024, entre muchos más.

32 *Shemá Israel* es la plegaria más sagrada de la religión judía, es la afirmación de un único dios, base del monoteísmo.

33 Ella misma la cuenta en un video que se volvió viral: *Partners in Fate, Arab citizens heroic rescue of Jews*, creado por Have You Seen the Horizon Lately, una ONG dirigida por Shir Nosatski, para promover la coexistencia entre palestinos

como solía hacerlo cada quince días, salió a entrenar ciclismo de montaña con su amigo Lior Weizman, quien se preparaba para el Ironman. Al salir de Be'eri, alrededor de las 6:15 de la mañana, cuando comenzaba a clarear y todo estaba en silencio, compartió con Lior su ubicación para encontrarse en el camino. Ella circulaba hacia el norte cuando empezó la lluvia de misiles sobre su cabeza. Se dio cuenta de que era algo diferente a todo lo que conocía, se bajó de la bicicleta y decidió que era mejor no seguir. Para Lior Weizman fue un último viaje, porque poco tiempo después lo asesinaron.

Aturdida, mirando humo por todos lados, esperó un largo rato antes de decidir regresar a casa con su esposo, con sus hijos. A 300 metros de la entrada de Be'eri, tres trabajadores, beduinos árabes-israelíes que laboraban en la cafetería del kibutz, le gritaron que había terroristas al interior, que los estaban atacando a todos, que habían matado al jefe de la seguridad y a algunos niños. Le pedían que no entrara.

Por el intercambio en los chats de WhatsApp entendió que estaban rodeados de terroristas. Con uno de los beduinos, luego supo que se llamaba Hisham, intentó resguardarse en el refugio que estaba afuera del kibutz, pero antes de llegar alcanzaron a ver a un terrorista que lanzaba una granada al interior, volando en mil pedazos a quienes ahí habían buscado cobijo. Optaron entonces por esconderse en los arbustos espinosos tratando de hacer el menor ruido, de no respirar.

Desde el teléfono de ella, Hisham le envió un mensaje a su papá, escribió lo que estaba pasando y mandó su locali-

---

e israelíes. Además, el testimonio se puede leer en: *The Times of Israel* del 5 de mayo de 2024.

zación. El padre de Hisham, líder de un clan en Rahat, uno de los siete municipios beduinos en el desierto del Néguev, les llamó a sus sobrinos y les ordenó que fueran a rescatar a su hijo: "Hagan lo que tengan que hacer, pero me traen a Hisham de regreso".

Cuatro de ellos salieron en una camioneta todoterreno. No pasó más de media hora cuando se toparon con la masacre del Nova. Ismail Alqrinawi contó que vieron cuerpos y más cuerpos regados, gente corriendo, terroristas colmados de maldad. Arriesgándose a ser asesinados, ayudaron a escapar a zonas seguras a medio centenar de jóvenes, quizá a más. Durante varias horas Ismail estuvo mandando mensajes al teléfono de Aya, le pedía a Hisham que no se desesperara, le aseguraba que llegarían.

Bajo fuego, cerca de las dos de la tarde entraron al kibutz. Llegaron a la ubicación, abrieron las puertas del *jeep*, treparon a Aya y a Hisham y emprendieron la huida. Minutos después comenzó una nueva e inesperada ordalía. Aparecieron decenas de soldados de las IDF, quizá centenas. Creían que estaban frente a terroristas que se estaban llevando secuestrada a Aya. Cortaron cartucho, estuvieron a punto de matarlos. Hay audios tremendos en los que se escucha la desesperación de los beduinos tratando de explicar, se oyen también los gritos de Aya en hebreo, exhausta y en *shock*.

Así les tocó salvarse unos a otros: los beduinos a Aya; ella, a los beduinos. Quedaron hermanados para siempre. Su historia dicta fe en el futuro, muestra que la paz y la convivencia son posibles cuando se recupera la humanidad, la generosidad, la capacidad de amar al prójimo sin diferencia de credos. Sin odios, sin barreras.[34]

---

34   La dramaturga israelí Maya Arad Yasur, preocupada por escribir una pie-

Be'eri, fundado en 1946, antes del Estado mismo, era uno de los *kibutzim* más prósperos del país. Se distinguía porque varios de sus miembros mantuvieron durante décadas una relación muy cercana con los palestinos de Gaza. Hasta antes de la primera Intifada de 1987, entre 150 y 250 mil trabajadores palestinos laboraban en los campos agrícolas de Be'eri y en otros *kibutzim* del sur. Los israelíes mantenían reciprocidad yendo de compras a Gaza, visitando las impresionantes playas, disfrutando el buen humus de sus cocinas. Ese Sábado Negro, sin embargo, no sólo mostró la fragilidad y la vulnerabilidad del Estado de Israel dinamitando la confianza en el gobierno, incapaz de prever el ataque, de responder con prontitud y de velar por sus ciudadanos, también se llevó consigo la fe en la paz y la certidumbre en el mañana.

Hoy, gran parte de esos pacifistas de izquierda que tenían claras respuestas para enfrentar el futuro, se reconocen huérfanos de ideología. Desearían tener la fuerza para continuar luchando por la paz para dos pueblos, lo cual siempre ha sido su credo, su privilegio, su prioridad. Pero es demasiado el ruido, excesiva la confusión.

Kibutz Be'eri, me consta, es hoy un cementerio. Tendrán que reconstruirlo. La herida tardará en cerrar y seguramente los sobrevivientes portarán las cicatrices hasta el final de sus días. El dolor sigue acrecentándose a medida que afloran más testimonios que reflejan la cruda y lacerante realidad: la intransigencia y el odio hacia Israel por parte de Hamás. La traición, sin importar tantísimos esfuerzos de paz. Ese infame

---

za después de la masacre, expresó su pesar y su esperanza en una obra teatral titulada: *Cómo permanecer humanista después de la masacre, en 17 pasos*. Señaló que fueron dos motivos que la protegieron física y emocionalmente para no caer en una depresión, sus dos hijos y su trabajo. "Sé que hay madres del otro lado, tenemos que mantenernos humanos, la gente es gente donde quiera que esté. Resiento cualquier cosa que encienda los ánimos", me dijo.

adoctrinamiento tutelado por Irán: *From the river to the sea*;[35] ese financiamiento del terrorismo que lleva décadas envenenando el alma y la mente de los gazatíes bajo el argumento de que toda la tierra de Israel es suya.

"¿Cuándo saldremos de esto?, ¿cómo saldremos de esto?", se pregunta Nitzán. Ella, como casi todos, quisiera recuperar la paz y aferrarse a la fe en el mañana. Si tan solo los dos pueblos pudieran mirarse a los ojos y reconocerse. Si tan solo pudiera haber voluntad de dejar de construir túneles de odio y mejor edificar puentes de entendimiento. Si los líderes se enfocaran en generar bienestar.

Mientras, la tierra se sigue cimbrando. Ahí en Be'eri escuchamos explosiones: *boom*… *boom*… No cesan… No cesan…

EL NOVA, MUERTE Y CRÍMENES SEXUALES

A escasos cinco kilómetros al este de Gaza está Re'im, un descampado en el desierto donde se llevó a cabo la fiesta *rave* Nova. Según me contaron varios de los participantes, esos festivales por lo general son clandestinos, suelen organizarse en lugares abandonados o en zonas rurales. Aunque en este caso aseguran que había permiso de las autoridades y guardias de seguridad, la ubicación se anunció como se acostumbra, sólo dos horas antes del encuentro. Quienes compraron boleto sólo sabían que la fiesta sería en un lugar natural deslumbrante y bello, a no más de una hora y media de Tel Aviv.

---

35   La consigna *From the river to the sea* que alardean en los mítines pro-palestinos no es una frase inocente más, lleva implícita la desaparición de Israel, es decir: una Palestina desde el río Jordán hasta el mar Mediterráneo.

La consigna era gozar, disfrutar la naturaleza al máximo. "Vaya ironía —me dice Chen Malca,[36] joven sobreviviente del Nova, de veinticinco años— estaban prohibidas las armas, los objetos punzocortantes, el plástico y los popotes, pero a nadie se le ocurrió prohibir que nos torturaran, nos acribillaran y nos decapitaran".

La mayoría de los asistentes se dio cuenta de que estaba tan cerca de Gaza casi al llegar a la fiesta. Los jóvenes supusieron, sin embargo, que no había nada de qué preocuparse porque la tan esperada celebración, inspirada en la cultura *hippie* de paz y amor —programada para terminar quince horas después: al final de la festividad judía de Sucot que conmemora la cosecha y la liberación de los israelitas de la esclavitud en Egipto—, estaba perfectamente bien organizada. Todo estaba dispuesto para ser felices, para bailar y rendir culto al hedonismo, al placer más absoluto.

De hecho, cuando al amanecer los misiles comenzaron a caer, los jóvenes creyeron que eran efectos especiales. Sin embargo, muy pronto tuvieron su golpe de realidad cuando aparecieron cientos de terroristas trepados en *jeeps*, cuatrimotos, motocicletas, camionetas de redilas, tractores y parapentes, dispuestos a asesinar sin piedad.

Para los miembros de Hamás también fue una sorpresa toparse con tres mil o cuatro mil jóvenes, con tantos inocentes que, bajo los efectos del alcohol y de buena dosis de narcóticos, bailaban al ritmo de luces psicodélicas y música electrónica. Armados con granadas y kalashnikovs AK-47, comenzaron a dispararles indiscriminadamente, como si fue-

---

36 Se pronuncia Jen. No cambié este nombre y otros en los que la ch se pronuncia como j: Menachem, Elchanan y algunos más, a fin de que el lector pueda hallar con facilidad las referencias en internet.

ran gallinas en un campo de tiro. Fue tal su festín que cambiaron de planes, claudicaron a llegar hasta Tel Aviv, como tenían previsto. Ahí se quedaron para sembrar caos, para ensañarse con ellos.

Los primeros jóvenes que salieron huyendo en sus autos o quienes se resguardaron en búnkeres en la carretera, fueron los primeros en morir, atrapados en caminos sin salida. Quienes intentaron correr para salvar sus vidas, fueron víctimas de persecuciones sin fin. Desplazarse a pie en el desierto no es fácil porque el terreno es un pedernal con agujeros y obstáculos, y como pude constatar, no hay dónde esconderse, son escasos los arbustos, los olivos y eucaliptos son tan delgados que no sirven como resguardo. Parecía imposible salir ileso, pero algunos sí lo lograron.

El Nova se convirtió en el objetivo de la más cruel y sanguinaria violencia sexual. En una fiesta maldita. En un infierno porque los atacantes manifestaron una perversa obsesión con el sexo. Su consigna era "ensuciar" a las mujeres —así lo expresaron varios de los terroristas capturados—, como si humillarlas en lo más íntimo representara arruinar el futuro de Israel, reventar el vientre que engendra descendencia.

Quienes encontraron los cuerpos desnudos de las asesinadas documentaron en reportes públicos que, gran parte de ellas, tenían las piernas abiertas, la ropa interior rota, las pelvis destrozadas. A algunas las acribillaron y cercenaron mientras las penetraban. Hallaron semen de hasta treinta distintos individuos en cuerpos mutilados. Cortaron senos que usaron como pelotas, así se ve en los videos que ellos grabaron; también rellenaron de clavos y objetos metálicos las vaginas.

La enferma obsesión también fue con los hombres, porque cortaron penes y violaron a muchachos.[37]

Los mismos miembros de Hamás divulgaron las escenas de cómo el abuso sexual y la necrofilia fueron armas de guerra en el Nova y, en general, en cada sitio que embistieron el 7 de octubre. En las tomas que hicieron de algunas de las jovencitas que se llevaron secuestradas, se ven sus pantalones profusamente chorreados de sangre en el trasero y la entrepierna. En un aterrador video que se hizo público el 22 de mayo de 2024, los violadores les dicen con lascivia y maldad a Naama Levy, Liri Albag, Karina Ariev, Agam Berger y Daniela Gilboa, jovencitas de entre dieciocho y veinte años de edad, que son "perras", que son "bonitas". Las grabaron aterrorizadas, golpeadas, suplicantes mientras la sangre rodaba por sus rostros, mientras otra de sus compañeras yacía muerta en el suelo. Están rodeadas por una veintena de machos bien armados que presumen la disposición de "usarlas", "pisarlas" y "mancharlas", de violarlas y denigrarlas. Las voces, el tono y la lascivia se escuchan con claridad: "Éstas pueden quedar embarazadas".[38]

Por todo ello, hay que decirlo con claridad: ha sido una inmensa traición que ONU Mujeres y los grupos feministas no se pronunciaran por lo que sucedió en Israel, porque una violación siempre será una violación, porque nada justifica la violencia contra las mujeres, porque fue una barbarie

---

37 Recomiendo ver en YouTube el documental *Screams Before Silence*, realizado por Sheryl Sandberg, quien entrevistó a sobrevivientes, testigos oculares, expertos médicos y forenses, a los primeros que llegaron a la escena ese 7 de octubre, a fin de documentar la evidencia sistemática de los crímenes sexuales perpetrados por Hamás.

38 Cuando a mediados de junio de 2024 yo hacía una última lectura de este texto, ellas seguían siendo rehenes de Hamás. Para ese momento llevaban ocho meses secuestradas, esclavas de malditos mercenarios.

sexual, porque se cometió una enorme injusticia con el silencio. Porque el #MeToo es para todas y, sobre todo, porque al eximir a los terroristas, se sienta un perverso precedente.[39]

En el lugar del Nova, en el árido desierto, hoy hay un memorial para recordar a los 364 jóvenes masacrados en la fiesta el 7 de octubre y a los cuarenta que se llevaron secuestrados de ese sitio. Ese lugar, donde perturba la luz inclemente del desierto, a diario recibe a cientos de visitantes que buscan recordar lo que ahí sucedió, honrar a esos jóvenes que sólo deseaban bailar y divertirse, y que, paradójicamente, encontraron la muerte y la más cruda violencia a manos de salvajes aferrados a un oscurantismo cruel y primitivo.

La fotografía de cada una de las víctimas yace en un poste sembrado en el suelo. Las fechas de nacimiento son variadas, no así el deceso: 7.10.2023. Los visitantes dejan banderas de Israel, velas, flores, mensajes en todos los idiomas, cartas sentidas. Debajo de cada imagen, plantadas en el suelo, hay un puñado de anémonas coronarias de cerámica, un largo tallo con unos cuantos pétalos rojos con centro negro, esa flor silvestre que ahí, en esa zona del desierto, crece ligera para bailar con el viento. *Kalanit*, una de las flores emblemáticas de Israel.

Estremece caminar entre las sonrisas de muchachos tan jóvenes, tan guapos, tan colmados de futuro, veinteañeros que deseando vivir se convirtieron en polvo, dolor y cenizas. En memoria y herida. Jóvenes que bailaron, se rieron y se marcharon de esta vida horrorizados frente a la malicia y la perversidad de los terroristas de Hamás.

El baile se detuvo cuando los misiles aparecieron y los terroristas irrumpieron en Israel. Hoy el lema es: *We will*

---

39 ONU Mujeres tardó tres meses en decir que iniciaría una investigación.

dance again, bailaremos nuevamente. Aun frente a tantísima opacidad, esta frase encarna la esperanza y la resiliencia de Israel. Es un testamento. Un símbolo para abrazar la belleza y recuperar el espíritu judío. Ese credo que apela a la libertad, a dejar un mundo mejor, a soñar con un mejor mañana.

OMER Y LA CULPA DE ESTAR VIVO

Es de noche, es tarde. Estoy frente a Omer Hadad, sobreviviente del Nova. Jamás olvidaré la tristeza infinita en su mirada, un vacío que carcome hacia adentro como si su existencia siguiera encadenada al horror de ese 7 de octubre, al yerro de haber sobrevivido.

Trabaja en Jadar Hadad Hairdresser, el salón de belleza de su padre y de su hermano en el barrio Shikun Tzameret de Tel Aviv, donde también viven el cineasta Quentin Tarantino y Meir Lau, el rabino en jefe de Israel. Una de las únicas fotos que adornan el lugar es la del padre de Omer cortándole el cabello a Itzjak Shamir, quien fuera primer ministro de Israel en la década de 1980.

Omer no ha hablado con nadie de lo que sufrió. Unos días antes de nuestro encuentro, Nurit Tinari, quien concibió y organizó nuestra visita, fue al salón de belleza y por casualidad se enteró de que Omer era sobreviviente del Nova. Le ofreció ser entrevistado, se negó, su respuesta fue un categórico no. Pasaron varios días, lo pensó bien y finalmente aceptó. Quizá porque reconoce que haber sobrevivido es una responsabilidad; quizá porque a pesar de que hay tanta información y es fácil corroborar lo sucedido, muchos en el mundo se empeñan en negarlo.

Omer tiene veinticuatro años. Era la primera vez que asistía al Nova, estaba emocionado, sus hermanos mayores Dor y Hadar eran asiduos a esa fiesta que tenía fama de ser la más profesional, la mejor organizada de todas. A las tres de la mañana, cuando llegó con once amigos en tres coches, se dio cuenta de que estaba cerca de Gaza, pero no se inquietó, todo se veía bien. Montaron su casa de campaña en su *kanta*, como se llama de forma coloquial a las áreas cubiertas para descansar, tomó algo de alcohol, fumó hierbas para ponerse a tono y comenzó a bailar quitado de la pena.

Cuando al amanecer aparecieron los misiles en el cielo, las mujeres de su grupo se pusieron histéricas. Insistían en que había que irse, pero ni él ni ninguno de los hombres estaban dispuestos a partir. Pasaría, pensó Omer, pasaría. No estaba en sus cinco sentidos, su lógica le dictaba que no había de qué preocuparse. Lo más que estuvo dispuesto a hacer fue ir a resguardarse al coche para esperar en la zona del estacionamiento. Estando ahí, a la distancia, comenzaron a ver que había mucha gente en la entrada. "Eran terroristas y nosotros pensábamos que eran *jayalim* —soldados israelíes de las IDF— porque traían las camisas del ejército de Israel", dice.

Omer fue con uno de sus amigos a ver qué estaba pasando. Las mujeres, Ravid y Tal, se quedaron en el interior del coche. Para cuando lograron acercarse, la multitud ya se había dispersado. Vieron gente herida dentro de algunos autos, seguían sin entender. "Nos pusimos muy nerviosos, no podíamos hablar, no captábamos qué estaba pasando…".

Eran las 7:20 am. Los terroristas ya habían cerrado el camino, la ruta estaba en proceso de convertirse en la carretera de la muerte. "Pensamos que quizá había una infiltración de un par de terroristas y que era la policía israelí quien estaba bloqueando el camino. Cientos corrían, decidimos salirnos del coche y seguirlos. Caían misiles junto a nosotros, era un *boom*, *boom* constante, alarmas de sirenas, ráfagas de metralleta. Éramos muchos escapando sin atrevernos a mirar. La gente caía, caía, había que huir. ¿Huir, a dónde?".

"Tengo videos. ¿Quieren verlos?", nos pregunta. Estábamos ahí Nick Potter, periodista inglés que vive en Alemania, Nurit que nos traducía del hebreo porque Omer no habla inglés, y yo. Lo que nos mostró nos dejó mudos. Los tres habíamos visto un par de documentales del Nova, muchas de las escenas que se habían divulgado, pero lo que Omer guarda en su celular es aún más brutal.

Ravid, la amiga de Omer, no se dio cuenta que su teléfono se quedó grabando video mientras corrían. La toma sube y baja, brazos, piernas, se oye el jadeo, la marcha acelerada, resoplan con cansancio, con miedo, con desesperación. Se escuchan los disparos, se ve la maldad de los terroristas, la gente herida en el suelo. Son las 8:16 am. Ella se detiene a vomitar, bufa, está fatigada, llora, padece un ataque de pánico. Ravid se niega a seguir. Es ensordecedor, es despiadado, las ráfagas no cesan.

Omer no había mostrado a nadie lo que tiene en su celular, quizá él mismo no había vuelto a ver las escenas y, mientras nos enseña en lo que se convirtió Re'im, sus ojos, un pozo insondable, se anegan de lágrimas. "Veíamos a muchos tirados en el camino, pero pensamos en un primer momento que, como nosotros, estaban sufriendo ataques de pánico. No nos dábamos cuenta de que los estaban matando".

Las balas rozan sus cuerpos, son el objetivo. Matan a muchos a escasos pasos. La adrenalina y el miedo son motor para correr. Muy pocos están alertas, habían ingerido enormes dosis de alcohol y narcóticos. A lo lejos logran ver que el estacionamiento se está despejando. Van por el coche para regresar por Ravid. Seguía en donde se quedó, obstinada en no dar un paso más.

Tras dos horas de misiles y ráfagas de metralleta, Omer llamó a casa. Su hermano Dor supo por GPS dónde estaba y comenzó a dictarle indicaciones telefónicas para llegar a la ciudad de Ofakim. Había que seguir a campo abierto hacia el este, lejos de Gaza, no tomar la carretera 232, la única ruta israelí de entrada o salida, porque se veía totalmente bloqueada. "Era difícil salir, íbamos y veníamos, íbamos y veníamos brincando sobre piedras y agujeros en pendientes pronunciadas. Al interior del coche eran sólo gritos, no alcanzábamos a escuchar lo que sucedía afuera. Muy cerca de nosotros seguía habiendo terroristas que disparaban a todo lo que se movía, muchos de ellos iban trepados en la caja de camionetas *pick up*".

La única consigna era no detenerse, alejarse. En el camino subieron al coche a una jovencita que les imploró que se la llevaran, pero dejaron a muchos más jóvenes que se les colgaban del coche. "No duermo de pensar que los abandoné, que pude haberlos salvado. Si sólo hubiera sabido…", es eso lo que guarda su mirada. Ese dolor, esa culpa inunda sus ojos de lágrimas.

Su amiga Eden Cohen, que un desconocido recogió cuando quedó desmayada, les llamó para decirles que fueran a Netivot. Aseguró que ahí estaba tranquilo. Por eso cambiaron el rumbo. Su destino fue esa moneda al aire: águila o sol, porque a Ofakim, a donde de inicio pensaron dirigirse, sí llegaron los terroristas, fue la localidad más lejana que invadieron.

Omer y sus amigos arribaron a las 9:30 de la mañana al refugio de la policía de Netivot. A medida que pasaron las horas fueron llegando más y más jóvenes, cerca de sesenta. Unos estaban heridos; otros, en *shock*. "¿Quieren ver otro video?", pregunta. Son las escenas desde ese albergue policiaco. Varios oficiales llegan con terroristas esposados: uno, otro, otro más.

A las cinco de la tarde, ya no cabía un alma en ese sitio y les pidieron a Omer y a muchos más que se fueran a sus casas. Necesitaban el lugar para los heridos que seguían multiplicándose. Las alarmas seguían sonando. Había terroristas desperdigados en todo el sur del país. Ningún sitio era seguro. Dos guardias los escoltaron hasta la carretera a Tel Aviv.

Al llegar a su hogar, cerca de las 6 de la tarde, Omer se tumbó en su cama. De tan exhausto, no despertó hasta la mañana siguiente. Fue entonces cuando se dio cuenta de que de los once amigos sólo nueve habían vuelto. Faltaban dos: Shalev Marmoni y su novio Guy Levi. "Lloré durante horas. Pasé varios días rogando que regresaran. No sabíamos nada, sólo esperábamos", dice.

Tomó siete días reconocer lo que quedó del cuerpo de él; el de ella fue identificado diez días después. "Los terroristas son monstruos, destazaron a mis amigos hasta dejarlos irreconocibles", de nuevo se atoran las palabras en su garganta, le resulta difícil seguir hablando. A Shalev y a Guy, de veinticuatro años, los pudieron identificar sólo por los anillos y los aretes que portaban. El ADN sirvió para confirmar su deceso porque sus cuerpos estaban tan desfigurados, tan mutilados, que resultó imposible saber de inicio si pertenecían a un hombre o a una mujer.

Uno de los amigos de Omer recientemente se suicidó. Sabe de otros más que han decidido matarse o quedarse en el viaje de las drogas. Algunos más están internados en psiquiátricos. Asegura que de eso no se habla. "Es difícil encontrar para qué seguir. Esto no ha terminado. Seguimos atrapados ahí. No dejo de pensar en los secuestrados, pude ser yo... La joven que subí a mi coche me escribió una larga carta diciéndome que le salvé la vida, pero eran tantos, tantos... No puedo quitarme las escenas de la cabeza, no he podido dormir ni una sola noche completa".

Un par de semanas después, Omer se puso su uniforme militar y se enlistó en el ejército. Le asignaron tareas simples, sólo para hacerlo sentir útil, para tolerar el paso de los días. Bien sabe que nada volverá a ser igual. Se le reconocía por su alegría, por el brillo de sus ojos, por su enorme sonrisa. Hoy ni siquiera es capaz de esbozar un mínimo gesto de cortesía. Los balazos, el dolor, la culpabilidad y la muerte parecen impregnados en su psique. En su mirada aturdida. En esa cifrada tristeza.

"Hay tantos como yo", sostiene.

LA SUERTE DE CHEN

En el Ministerio de Relaciones Exteriores en Jerusalén, ahí donde se exhiben representaciones pictóricas alusivas al 7 de octubre: las de los padres escondidos en refugios cubriéndole la boca a sus bebés, las de los jóvenes que corren en el desierto,[40] las de las niñas violadas,[41] nos ofrecieron una proyección

40   La artista ucraniana-israelí Zoya Cherkassky-Nnadi realizó varios de estos cuadros de la masacre de inocentes haciendo inclusive una libre interpretación del *Guernica*. Bajo una lámpara como la de Picasso pintó a una familia escondida, aterrorizada y en silencio mirando al espectador, cuestionándolo. En otro cuadro, representó a los jóvenes del Nova mientras corrían en el desierto para salvar sus vidas.

41   Marian Boo transformó *La danza* de Henri Matisse en *La última danza*, un deprimente cuadro en el que las mujeres violentadas y manchadas de sangre

privada del documental *Super Nova Festival. History of a Massacre* de los directores Duki Dror y Yossi Bloch, que por ser una producción alemana y no israelí, contiene un minuto a minuto de las crudas y sanguinarias escenas de aquel día, del terror, de la monstruosa carnicería.[42] Son los videos de las cámaras GoPro de los terroristas, de los teléfonos de las víctimas, de las cámaras de seguridad, las grabaciones de las llamadas a los familiares, una inmersión vívida, poderosa y grotesca que permite entender cómo se desarrolló la pesadilla.

Este documental es una de dieciséis películas que por ahora se están produciendo porque, seguramente, el 7 de octubre —una de las tragedias más documentadas de todos los tiempos— será abordado de una y mil formas. Chen Malca, sobreviviente del Nova, nos acompaña a verlo, revivirá con nosotros lo que sufrió. Ella fue a la fiesta con Meir, su novio, y con su primo Shajar. Resulta violento para ella regresar a las escenas de ese sitio que fue tan hermoso. "Nuestro lugar seguro donde podíamos ser quien queríamos ser: bailar, compartir, vestirnos con libertad y estoperoles, donde podíamos ser libres".

Dice que está lista. La acompaña Avital, su madre, quien nos contó que Chen tardó mucho en hablar, que enmudeció durante varias semanas, pero que ahora, que ha pasado más de medio año, entiende que es hora de hacer público su testimonio, de hacer que otros escuchen, sepan que el Nova se convirtió en un abismo negro de sevicia y maldad, en un campo poblado de cadáveres, en el lugar de las últimas

---

en sus extremidades y en sus partes privadas danzan alrededor de una alberca de plasma rojo.

42   Los israelíes han sido muy recelosos de difundir la crueldad de los testimonios gráficos, temen hacer pornografía de la barbarie, banalizarla.

declaraciones de amor, de las llamadas delirantes para decir adiós, gracias o te quiero a sus familias.

Estoy junto a ella, observo su rostro languidecer mientras ve las escenas del documental. Resiste serena. Chen también guarda en su celular videos de su calvario, ella también padeció un ataque de pánico cuando comenzaron a correr, ella también se indigna ante la negación y la falta de empatía del mundo. Su suerte y la de sus acompañantes fue haberse estacionado muy lejos de la salida, haber constatado que había mucho tráfico y verse obligados a esperar, primero en su *kanta*, luego en el coche, porque los que salieron de inmediato, como Orión Hernández y Shani Louk, fueron los primeros en ser masacrados o secuestrados. "Eran tantos misiles que se sentía como que la tierra temblaba, creí que era el fin del mundo".

Cuando llegaron a su coche cerca de las 7:30 de la mañana, Meir, su novio, se puso histérico al ver que nadie circulaba, que todos los autos estaban parados y se salió del atolladero por un atajo para circular a campo abierto. Así logró llegar a la carretera 232. Su golpe de suerte fue un instante, uno solo, ese abrir y cerrar de ojos cuando al dar la vuelta a la derecha para tomar la autopista se toparon con una *pick up* extraña, justo cuando los cuatro hombres que estaban en la caja de la camioneta se cambiaban de lugar. Como ninguno de los terroristas tenía el arma lista en sus manos, los jóvenes lograron huir sin ser masacrados.

"Yo venía agachada en los asientos de atrás, pero alcancé a verlos, traían las camisas de las IDF, no los pantalones, sentí que no podían ser *jayalim*. Todo sucedió muy rápido. Durante un segundo mantuve contacto visual con uno de ellos, constaté su rabia, la maldad en su mirada… Todavía me causa escalofrío recordar su saña, sus ojos furiosos ante la presa que perdían". Cuenta Chen que, al tomar la carretera, no entendían por qué tantos "habían abandonado sus coches", ¡cómo hubieran podido imaginar que todos ellos estaban muertos!

Unos cuantos metros más adelante se toparon con una bifurcación. Para un lado era el kibutz Kfar Aza. Para el otro, el kibutz Sa'ad. Vuelta a la derecha o a la izquierda. Vida o muerte.

Llegaron a Sa'ad cerca de las ocho de la mañana. Como era *shabat*,[43] como en Sa'ad son religiosos y no encienden televisiones, teléfonos ni computadoras en sábado, no sabían nada de lo que estaba ocurriendo, sólo que había alerta roja por misiles. Fue tremenda la sorpresa de recibir a estos jóvenes y a muchos más. Entre ellos, Noam Cohen, el cineasta del festival que, cuando salió del refugio muy malherido, fue rescatado por un automovilista que ahí lo condujo.

Chen, Meir y Shajar se escondieron durante más de diez horas en armarios del kínder del kibutz. Tuvieron buena estrella porque Sa'ad fue uno de los dos únicos *kibutzim* de la zona que no fue atacado. Luego se sabría que los terroristas también llevaban mapas de Sa'ad, que estaba en sus planes. "Nosotros vivimos un milagro tras otro en cuestión de segundos", dice Chen.

En Kfar Aza, kibutz fundado por refugiados judíos expulsados en 1951 de Egipto y Marruecos, a donde Chen y sus compañeros iban a llegar, los terroristas estaban regodeándose en un baño de sangre. Con saña y salvajismo asesi-

---

43 Séptimo día de la semana en el calendario hebreo, día sagrado en el judaísmo. Se observa desde la noche del viernes hasta la noche del día siguiente. En ese día está prohibido trabajar y se debe descansar.

naron ahí a 63 personas, dejaron pilas de cuerpos, incluidos bebés que decapitaron.

Alón Pénzel, un joven de veintitrés años, estudiante de Ciencias Políticas que perdió a vecinos y amigos el 7 de octubre, documentó lo que ahí pasó en su libro *Testimonios sin fronteras 07/10/23*, recién autopublicado y que seguramente será traducido a muchos idiomas, Pénzel entrevistó en sitio a setenta personas que aseguraron jamás haber visto tanto horror: a los miembros de ZAKA que hallaron los cuerpos, a los médicos forenses, a víctimas de violencia sexual.

"No tuve piedad para tratar de minimizar o suavizar nada. Lo hice pensando que en cincuenta años nadie se pudiera atrever a negar lo sucedido. La sorpresa es que, escasos días después, ya lo estaban negando", me dijo.

Pénzel describe en una parte de su libro su interacción con Natán, un voluntario de ZAKA, uno de los primeros que entró a Kfar Aza, ahí a unos pasos de Sa'ad, donde Chen y sus amigos se salvaron.

> —Había hachas. Al principio pensé que pertenecían a los residentes que trataron de defenderse. Muy pronto entendí la situación, los terroristas cortaron a un niño con ella.
> —¿Cortaron a un niño? —le preguntó Alón Pénzel.
> —Sí, no había ninguna marca de que le hubieran disparado, sólo cortes en todo su cuerpo. Al bebé le cortaron el cuello con un hacha, también lo golpearon en la cabeza y le troncharon las manos… Resultó evidente que, durante la tortura, las amputaciones de sus extremidades y los golpes, el bebé estuvo vivo y sintió todo.

Sin tiempo para digerir las imágenes, Alón le preguntó a Ephraim Greidinger, otro miembro de ZAKA que estaba presente, voluntario desde hace treinta años, qué hacían ellos con el cuerpo de un bebé cuya cabeza hallaron en un lugar y las extremidades, en otro.

—Ponerlo todo junto en una bolsa —esa fue la brutal respuesta.

KIKAR HAJATUFIM, PLAZA DE LOS SECUESTRADOS

En un espacio afuera del Museo de Arte de Tel Aviv, enfrente de las oficinas del Ministerio de Defensa donde la cúpula gubernamental toma las decisiones de seguridad, hay un reloj electrónico gigante que instalaron los familiares de los secuestrados para contar los días, las horas, los minutos y los segundos que han transcurrido desde que sus seres queridos fueron tomados como rehenes y fueron obligados a ingresar en los túneles de Gaza. Mientras yo estoy ahí, cerca de las nueve de la mañana del jueves 18 de abril de 2024, el reloj cuenta 194 días, 1 hora, 45 minutos, 34 segundos, 35 segundos, 36 segundos, 37, 38, 39…

Ese reloj ubicado en el corazón de Tel Aviv, en medio de numerosos rascacielos y frente al búnker de inteligencia del primer ministro Benjamín Netanyahu, es un recordatorio perenne de que el tiempo se agota. Está ahí para confrontar a los políticos, para imponer la agenda, para obligar a los visitantes a no olvidar. Para recordar que la única prioridad es regresar a los secuestrados a casa.

En esa plaza, donde se expresa la tristeza, la pérdida y el vacío que vive la sociedad israelí desde el 7 de octubre, ahí donde se llora y se abraza, se llevan a cabo intervenciones artísticas, movilizaciones, discursos, mítines y eventos. A diario algo sucede. Ahí se reúnen los sobrevivientes y los rehenes que han alcanzado la libertad con los familiares que no cejan en su empeño de exigir la liberación de los suyos. Ahí llegan miles de personas del mundo entero a expresar su solidaridad a los padres, abuelos, hermanos, nietos, hijos y amigos que sufren. Ahí dejan cartas y buenos deseos. Ahí explota la creatividad como catarsis.

Ese espacio, una enorme pieza de arte, es un acto de resistencia, una misma exigencia: *Bring Them Home Now*, en letras gruesas rojas y blancas. *Bring Them Home Now*, sobre fondo negro. *Bring Them Home Now*, con la foto de cada desaparecido. Resalta el simbólico tono amarillo que evoca a los rehenes: flores amarillas, listones amarillos, sillas amarillas, mariposas amarillas, un piano con una leyenda en letras amarillas: *You Are Not Alone*, no estás solo, a un costado de un estrado donde la gente improvisa y canta.

Ahí se ideó la larga mesa de *shabat* con sillas vacías y con los nombres de los secuestrados. Ahí están las fotografías de los 121 que permanecen aún en Gaza. Ahí hay un corazón encadenado. Ahí se implora. Ahí consume la rabia y paraliza la angustia. Ahí están rotas y desesperadas las familias, hartas y fastidiadas de esperar.

En esa plazuela, el artista Roni Levevi construyó un túnel, una instalación para asemejar la realidad en la que viven los rehenes israelíes a manos de Hamás. El artista invita a los paseantes a transitar esos escasos metros de concreto o a grafitear la pieza con mensajes de amor, coraje o solidaridad. Confieso que yo me paralicé, me dio escalofrío entrar al túnel, no había necesidad. Me quedé afuera pretendiendo leer lo que la gente había escrito. Una mujer que podía ser mi madre, quizá familiar de alguna de las rehenes, me tomó de la mano y me ofreció caminar el túnel juntas. Quería que entráramos, que juntas mencionáramos los nombres. Era una forma de exorcizar el miedo, de enfrentarlo. Un recurso para recordar los nombres. Para pronunciar los nombres de los 121 cautivos exigiendo su liberación, para que resuenen, para que no se olviden. Para que llegue ya el final de esta agonía, para que alguien escuche. Para que regresen vivos.

Por ser feminista, por el dolor de saber que ellas son esclavas sexuales de terroristas, comienzo con las catorce mujeres. La mujer a mi lado esboza una sonrisa con complicidad, sus ojos están hinchados, quizá desgastados de tanto llorar. Pronuncio los nombres con voz firme y alta. Sí, grito sus nombres como si ellas pudieran oírme: Naama, Noa,[44] Romi, Arbel, Carmel, Eden, Doron, Liri, Daniela, Karina, Agam, Emily, Amit, Shiri… Sí, Shiri Bibas, también su esposo Yarden y sus pequeñitos Kfir y Ariel, esos pelirrojos emblemáticos de este drama. ¡Sáquenlos ya de ese infierno! También: Omri, Amiram, Nimrod, Uriel, Lior, Shlomo, Yair, Tal, Keith, Matán, Orión…[45] Todos y cada uno de los que están en Gaza.

Me sofoca estar ahí, escucho un eco ensordecedor, siento vértigo. Imagino bombazos que no cesan. Siento la humedad que corroe los huesos, la sed, el hambre, el miedo. La oscuridad que nubla la vista. Son sólo unos pasos para

---

44   Noa Argamani, joven de 26 años cuyo video del 7 de octubre se volvió viral por su cara de total angustia cuando la separaron de su novio y se la llevaron en una motocicleta a Gaza, fue rescatada en una osada y espectacular operación de las Fuerzas de Defensa de Israel en Al-Nuseirat, el 8 de junio de 2024. Pasó 246 días secuestrada. Con ella fueron también liberados: Andrey Kozlov (27 años), Almog Meir (22 años) y Shlomo Zvi (41 años).

45   En ese momento se creía que Orión estaba secuestrado. Poco más de un mes después, las IDF encontrarían su cuerpo en Gaza. Lo habían matado desde el 7 de octubre.

el visitante, es sólo una réplica, pero allí adentro rebotan las sensaciones, todo se remueve: la asfixia, la opresión, la falta de oxígeno, la humillación. La ruindad humana porque 121 inocentes sobreviven a merced de unos monstruos.[46]

Afuera montaron una sinagoga temporal donde la gente reza, pide, recita una oración por el pronto retorno de esos inocentes, también por la esperanza y la paz. A lo lejos, alguien interpreta el "Hatikva", el himno de Israel,[47] el sonido es robusto, quizá es la voz de un trombón. Conmueve la tristeza, la energía, el ferviente deseo que los cautivos vuelvan a casa, a sus familias, que regresen de las tinieblas, que transiten ya de la oscuridad a la luz... ¡El clamor es un grito de desesperación: *Bring Them Home NOW*!

LAS EXIGENCIAS DE LA SOCIEDAD CIVIL

A escasos metros de esa plaza, en el número 13 de la calle Leonardo da Vinci, está el edificio donde cientos de voluntarios —principalmente embajadores y diplomáticos en retiro, también diseñadores, comunicólogos, mercadólogos, expertos legales y de salud, publirrelacionistas, psicólogos...—, muchas de las mentes más brillantes de Israel, donan su tiempo y su energía para atraer la atención de la opinión pública a los secuestrados, para apoyar a las familias de los rehenes y atender sus necesidades.

---

46   Se estima que quizá la tercera parte de ellos ya estén muertos.

47   La letra, un poema escrito en 1878 por Naftali Herz Imber, evoca la esperanza. Dice: "Mientras en lo profundo del corazón palpite un alma judía y dirigiéndose hacia el oriente un ojo aviste a Sion, no se habrá perdido nuestra esperanza. La esperanza de dos mil años de ser un pueblo libre en nuestra tierra, la tierra de Sion y Jerusalén".

Es la sociedad civil quien brinda apoyo, quien llena los vacíos y cimbra las estructuras del poder. Según nos contó Daniel Shek, quien fuera embajador de Israel en Francia y cónsul general en San Francisco, a partir del 8 de octubre fueron llegando uno a uno, eran cientos, quizá miles de voluntarios queriendo ayudar. "En octubre jamás imaginamos que seis meses después aquí seguiríamos, pero aquí estamos y no cerraremos esta oficina hasta que regresen a todos los secuestrados. Hasta que nos entreguen al último cuerpo que se llevaron...".

En esa oficina, una poderosa maquinaria de creatividad, han organizado a todos los familiares de los rehenes y de ahí han salido todas las ideas, publicaciones, logos, eslóganes, pósters, fotografías, campañas, viajes para buscar apoyos, la organización de los mítines, las camisetas, los moños amarillos, los miles de collares con la placa metálica de identificación que usan los soldados con la frase *Bring Them Home Now*, todo lo que ha servido para dar visibilidad a esta causa en Israel y a nivel mundial.

Ahí nos encontramos con Sharon Sharabi, de origen yemenita, cuya familia quedó destrozada el 7 de octubre. Porta una camiseta con la imagen de sus dos hermanos y la leyenda *Bring Eli and Yosi Home*. Eli y Yosi fueron secuestrados el 7 de octubre del kibutz Be'eri, donde vivían con sus familias. Desde ese día Sharon abandonó trabajo y familia, no ha dejado de llorar, no ha cejado de pedir el retorno de sus hermanos y de todos los secuestrados. Viajó al Reino Unido para reunirse con Rishi Sunak y con lord David Cameron, primer ministro y secretario de Estado. También se ha entrevistado con Joe Biden y con Benjamín Netanyahu. Dice que les ha implorado, que les ha rogado, pero que, al final, todo sigue igual. Nada cambia el infierno que padecen.

Son tantos sus muertos, tantas las pérdidas, que de inicio es confuso entender cabalmente el drama que ha padecido la familia Sharabi. Su hermano Eli, analista financiero de 52 años, aún está en Gaza y no sabe que aquel Sábado Negro asesinaron a todos los suyos: a su esposa Lianne y a sus dos hijas Noiya y Yahel, de dieciséis y doce años. Tampoco sabe que a Yosi, quien fungía como gerente de seguridad de la imprenta en Be'eri y que soportó más de cien días en cautiverio, lo mataron en enero en un túnel muy cercano a donde él está preso. A Yosi le sobreviven su esposa Nira, quien fuera la enfermera de la clínica de Be'eri, y sus tres hijas Yuval, Ofir y Oren, de dieciocho, quince y trece años, que lograron esconderse.

"Cuatro miembros de nuestra familia fueron asesinados, no queremos recibir la noticia de que habrá un quinto muerto —señala Sharon—. ¿Cuándo va a terminar esta pesadilla? Tiene que terminar ya. Mi única misión de vida es que Eli regrese para que mi madre recupere un poco de alegría. A diario rezo. A ustedes, se los suplico —nos pidió a varios periodistas—, no nos dejen solos. Esto no tiene que ver con política ni con la postura que tengan con respecto a Israel y Palestina, esto es una causa humanitaria. Es un asunto moral. Se los ruego, no podemos pelear esta batalla solos".

BREVE NOTA DESDE ISRAEL EN TORNO A LA ONU

Barukh Binah, diplomático hoy retirado, quien fuera embajador de Israel en Dinamarca y el segundo de a bordo en la Embajada de Estados Unidos, también está volcado a la causa de los secuestrados. Vive convencido de que el terrorismo no es un problema de Israel, sino de Occidente, y que el mundo tiene que unirse frente a este enorme peligro. Después de haber sido vocero de Israel en la ONU, Binah asegura que ese organismo, creado con tan buenas intenciones, perdió hace ya mucho tiempo la congruencia, la claridad, la ética y el sentido de justicia.

"En la ONU no existe una definición de lo que es el terrorismo —asegura Binah—. Fue hasta el ataque a las Torres Gemelas cuando comenzaron a discutir el tema y hoy siguen debatiendo qué considerar terrorismo y qué clasificar como resistencia". Le enfurece que en la ONU no haya habido una sola resolución condenatoria a la carnicería del 7 de octubre y que, como suele suceder, sí haya sido el foro para acusar a Israel de todos los males. "En realidad, nada de provecho ha salido de la ONU en años recientes, sólo ofrecer muy buenos sándwiches", apunta con sorna.

Su crítica es la misma que expresó Michal Cotler-Wunsh, el 28 de noviembre de 2023 en las Naciones Unidas. La enviada especial de Israel para la lucha contra el antisemitismo señaló que la ONU ha sido la sede donde se ha promovido la aversión a los judíos. Comenzaron con la resolución 3379 en 1975, donde dictaminaron que sionismo es racismo y sembraron la primera cepa de ese odio mutante. Luego, en 2001, convirtieron la Conferencia de Durban contra el Racismo en un festival de antisemitismo, promoviendo la grotesca mentira de que en Israel hay políticas de *apartheid*, una patraña que ha tomado vuelo en las universidades. Y finalmente fue también en la ONU donde se apropiaron de los conceptos *holocausto* y *genocidio*, temas sensibles para los judíos y les dieron la vuelta para usarlos contra Israel.[48]

---

48 Ser sionista no es un insulto ni un acto de racismo, es la lucha del pueblo judío por la autodeterminación. Por el derecho legítimo de tener un Estado-nación en su tierra de origen, como hay decenas de Estados árabes musulmanes o como el Vaticano, un Estado católico. En Israel 21% de la población es árabe

Cotler-Wunsh ha culpado sin cortapisas a la ONU de ser el promotor del nuevo nazismo de corte soviético-islámico. Ese que demoniza al sionismo. Ese que culpa a Israel de ser una nación genocida. Ese que promueve el *apartheid*. Esa nueva forma mutante del odio que, con la doble moral con la que actúan los defensores de los derechos humanos, propaga de manera sistemática el antisemitismo y el deseo de aplastar a los judíos.

Acusa que ni la ONU, ni quienes promueven manifestaciones contra Israel en las calles y en las universidades, están velando por los intereses de los palestinos que dicen apoyar, sino que están respaldando a Irán y a su brazo Hamás, cuya estrategia ha sido movilizar masas usando la tragedia humana. Con su perversa táctica de victimización suman rebaños cándidos de Occidente a su causa. Dice ella: "Occidente no quiere ver que los judíos pueden ser el sangriento canario en la mina de carbón, pero la mina se va a derrumbar y eventualmente se nos va a venir encima a todos. De un día a otro vamos a ser partícipes del colapso de las libertades en las que creemos, incluida la libertad de expresión".[49]

Durante mi estancia en Israel también conversé con Sara Weiss Maudi, abogada internacionalista, diplomática, bisnieta de sobrevivientes del Holocausto y quien fuera asesora legal de la Misión Permanente de Israel en la ONU de 2018 a 2022, y de 2022 a 2023 asesora *senior* y jefa del equipo adjunto del presidente de la Asamblea General, el embaja-

---

musulmana con ciudadanía israelí. Además, la mayoría de los israelíes acepta la autodeterminación del pueblo palestino; así ha sido desde el Plan de Partición. Como explicaré a profundidad en este libro, han sido los árabes, no los judíos, quienes se han opuesto a cada una de las propuestas de paz.

49   El 9 de mayo de 2024 lo dijo así en una entrevista con Nick Ferrari, en LBC, Leading's Britain Conversation.

dor Csaba Körosi, la primera israelí en una posición de esa envergadura.

Weiss Maudi regresaba de esa importante misión de la ONU en Nueva York, cuando sucedió el 7 de octubre. "Lo que más me impactó, viniendo yo de ahí, fue el silencio de UNICEF y de ONU Mujeres. Antes del 7 de octubre ante cualquier crítica a la ONU, yo respondía que las Naciones Unidas no son un organismo monolítico, que hay actores neutrales; sin embargo, después del Sábado Negro para mí todo se derrumbó". Como parte de su trabajo había abogado, entre un sinfín de causas, por las mujeres yazidis esclavizadas por ISIS en Irak y Siria, por las mujeres de Ucrania, por las mujeres y los niños de Palestina; por eso, no podía entender el mutismo total en la ONU respecto a lo acontecido en Israel a manos de Hamás. Meses sin pronunciarse en torno a los abusos sexuales de los terroristas, meses sin decir nada de los niños israelíes secuestrados o violentados.

De octubre a enero, Weiss Maudi habló con una infinidad de conocidos: embajadores, diplomáticos y funcionarios de la ONU, pero, para su pesar, nada pasó. "Muchos de mis colegas me escucharon, pero todo cayó en el vacío porque en el liderazgo de la ONU no es popular defender a Israel. Hay demasiado antisemitismo y una absurda necesidad de justificar a los terroristas de Hamás sin importar las violaciones, las decapitaciones y el salvajismo. Lo cierto es que ahí cada uno está velando por su propia promoción y, al final, se están tomando decisiones muy equivocadas que lamentaremos como humanidad".

RUMBO AL PELIGROSO NORTE

Nos dirigimos al norte. Desde Haifa, el GPS parece perdido, señala que estamos en Beirut. Israel lo desconectó desde el 8 de octubre para evitar ataques de drones dirigidos. En esa zona no cesan los bombazos ni los cohetes que lanza Hezbolá, organización terrorista también auspiciada por Irán.

De hecho, mientras estamos a doce kilómetros del Líbano, en el Alma Research and Education Center, organización especializada en la investigación y el análisis de la seguridad en la frontera norte, nos enteramos de que, a escasos kilómetros, bastante cerca, cayó un misil antitanque en un edificio.

"Son excesivamente rápidos, el Domo de Hierro no sirve para ellos, no hay manera de contrarrestarlos", nos explica la mayor Sarit Zehavi, especialista en temas de inteligencia, fundadora y dirigente del Centro Alma. Es pesimista: "Estoy convencida que Hezbolá quiere provocarnos, le interesa que haya guerra y está haciendo lo imposible para lograrlo. La guerra, la inevitable guerra, ya está sucediendo aquí, no a una escala total, porque ninguno de los dos bandos estamos a nuestra máxima capacidad, pero a diario, desde el 7 de octubre, nos lanzan proyectiles desde Líbano, esperando que respondamos".

Nos muestra un video en el que Hassan Nasrallah, líder de Hezbolá, desde 2014 planteó un plan para embestir a Israel casi de forma idéntica a lo que sucedió el 7 de octubre. "Hamás y Hezbolá coincidían en la estrategia a seguir. Conocíamos el plan, pero ¿quién podía concebir tanta crueldad, un escenario de tanta brutalidad? Estaba fuera de nuestra imaginación", dice Zehavi. En esa grabación de hace diez años, Nasrallah repite su deseo de invadir la Galilea por cielo, mar y tierra, apoderarse de ella, tirar los muros y exterminar al pueblo judío. "Fue lo que sucedió el 7 de octubre, lo peor es que hoy sabemos que este horror puede volver a suceder...".

Aunque Hezbolá y Hamás son dos organizaciones terroristas que mantienen el mismo objetivo —ambas auspiciadas por Irán—, entre ellas hay diferencias fundacionales. Hezbolá, con más de cincuenta mil militantes, es chiita, como Irán; Hamás, con treinta mil, es sunita. Hay una rivalidad ancestral entre estas dos facciones que dividieron al islam desde la muerte de Mahoma en el siglo VII y lo único que las une es el odio a Israel, la aversión y deseo de asesinar a los judíos.

Zehavi sostiene que si Hamás hubiera fracasado el 7 de octubre, Hezbolá hubiera entrado de inmediato a invadir a Israel. "Lo tenemos muy claro, Hezbolá no quiere ocupar un segundo lugar; Hamás se les adelantó".

Asegura que las fuerzas Radwan de Hezbolá han recibido entrenamiento de la Guardia Revolucionaria Islámica durante años y que de manera abierta han externado su deseo de atacar el norte con misiles y fuerzas terrestres, tomar carreteras y secuestrar israelíes. "Se han preparado fuertemente para ello. Desde el 7 de octubre han lanzado más de 1400 ataques a Israel,[50] incluidos misiles antitanque que cuentan con rastreadores infrarrojos para guiarse de forma automática al punto de impacto y que, por ser tan rápidos, por transitar de cuatro a diez kilómetros, no hay ni alerta ni tiempo para interceptarlos".

---

50   Esa cifra fue durante seis meses: del 7 de octubre de 2023 a mediados de abril de 2024.

En Alma tienen ubicados los túneles de Hezbolá en el Líbano, construidos con mayor dificultad en terreno de piedra —a diferencia del sur, donde el suelo es suave. Cuentan con electricidad, aire acondicionado y lanzadores de misiles. Saben también que Hezbolá tiene un arsenal infinitamente más poderoso que el de Hamás con el que puede destruir a Israel: 140 mil morteros, 65 mil cohetes de corto alcance, 5 mil cohetes de mediano alcance, 5 mil de largo alcance, 2 mil aeronaves no tripuladas y cientos de armas convencionales avanzadas como misiles de crucero, torpedos, submarinos y sistemas de defensa aérea.

Irán, poseedor de armas químicas, biológicas y potencialmente nucleares, aliado de Rusia, Corea del Norte y China, es la mano que mece la cuna. Tiene muchos frentes para lograr su objetivo de combatir a Israel y a Occidente. A través de la Guardia Revolucionaria Islámica, su brazo operativo creado hace más de cuatro décadas, disemina su visión del islam y brinda armamento e instrucción para cometer actos terroristas. Desde Gaza, actúa con Hamás y la Yihad Islámica. Desde el Líbano, con Hezbolá. Desde Siria, con Liwa Zainebiyoun, Liwa Fatemiyoun, Hezbolá y la Yihad Islámica. Desde Irak, con Kata'ib Hezbolá, Asa'ib Ahl Al-Haq y Harakat Hezbolá al Nujaba. Desde Yemen, con los hutíes. Desde Judea y Samaria, con la Yihad Islámica, Hamás, las Brigadas Aba Ali Mustafa y los Mártires de Al Aqsa.

Nueve meses antes del ataque de Hamás, el 1 de enero de 2023, Hezbolá sacó a la luz un video de propaganda en el que representaba una infiltración a Israel. Reventaban el muro fronterizo para proceder a su ataque. Luego, el 21 de mayo de 2023, hicieron un ensayo simulando atacar por distintos frentes el norte de Israel, masacrar y secuestrar gente. Nasrallah instó a los comandantes del batallón Sabeerin a resistir, a cobrar fuerza y apoderarse de la Galilea, desde Rosh Hanikra hasta Nahariya, tomando carreteras y costas.

"Hezbolá es la mayor amenaza para Israel y está listo, tiene sus tropas desplegadas, más de cinco mil combatientes de la unidad Radwan, un escuadrón de la muerte dispuesto a llevar a cabo la siguiente masacre por tierra, aire y mar, a fin de provocar tremendos daños en plantas de energía, puertos, aeropuertos e infraestructura de Israel", asegura Zehavi, quien reconoce que las tensiones en la frontera norte están llegando al límite. Le preocupa que, quizá, no habrá cómo detenerlo.

Hoy, la mayoría de los residentes del norte de Israel: 43 poblados, cerca de 85 mil personas, ha sido desalojada. Sumados a los del sur, hay más de 250 mil desplazados en Israel.

RAMBAM, UN HOSPITAL PARA TIEMPOS DE GUERRA

Visité por cuenta propia el Rambam Health Care Campus de Haifa en el norte del país. Deseaba conocer el hospital subterráneo edificado en los tres niveles de estacionamiento, una previsión necesaria para la guerra que muchos expertos avizoran. El doctor Rafi Beyar, quien fuera el director general de Rambam de 2006 a 2019 —autoridad como cardiólogo intervencionista, creador de uno de los *stents* que se usan a nivel mundial cuando se hacen cateterismos y hoy presidente de las asociaciones de amigos de Rambam a nivel internacional—, me contó que en 2006 durante la segunda guerra del Líbano era casi imposible trabajar bajo fuego. Hezbolá les lanzó 93 misiles que cayeron muy cerca del hospital y decidieron entonces que eso no podía volver a suceder. Tenían que buscar la manera de trabajar bajo tierra en un espacio fortificado.

A Beyar le tomó ocho años juntar los fondos necesarios para diseñar y construir ese sanatorio subterráneo que hoy es reconocido como el más grande de su tipo a nivel mundial, uno de los más avanzados e innovadores por su tecnología de punta y por esa sorprendente capacidad de transformarse de estacionamiento en búnker hospitalario.

A más de dieciocho metros de profundidad y a prueba de bombas, el nosocomio mantiene esas dos naturalezas que parecieran incompatibles. Dos presentaciones que funcionan con sorprendente efectividad en 60 mil metros cuadrados de superficie. En tiempo de paz, las líneas pintadas en el suelo indican a los automovilistas dónde estacionarse, son miles de pacientes y visitantes a diario; en momentos de hostilidad como el actual, frente al temor de un bombardeo con armas convencionales, químicas o biológicas, se activan las alarmas y los sistemas para que, en un máximo de 72 horas, instalen todos los equipos, muebles y suministros médicos, conecten los aparatos a consolas eléctricas dispuestas en techos y paredes y conviertan el espacio en un sitio estéril con dos mil camas, cuatro quirófanos, terapias intensivas, unidades de trauma, diálisis y otras especialidades, incluida una zona de urgencias para atender a los pacientes con politraumatismos, heridas expuestas, fracturas, amputaciones y estallamiento de vísceras por explosivos.

Tiene, además, la capacidad de generar su propia energía eléctrica. Puede funcionar en absoluto encierro y sin comunicación con el exterior hasta tres días completos. Posee líneas de oxígeno suficientes, agua potable, aire acondicionado, telefonía, conexiones a internet y abastos clínicos y alimentarios. "La realidad que estamos viviendo nos obliga a prepararnos para atender a civiles y a militares, a los miles de heridos que surgen de situaciones de emergencia", sostiene Beyar.

El hospital subterráneo está listo desde 2014, pero casi no se ha usado y ha seguido siendo el estacionamiento que se ubica debajo de los nuevos edificios de especialidades de Rambam, construidos durante la presidencia de Beyar. Durante la epidemia del covid, aislaron en el piso -3 a los pacientes graves. El uso del hospital subterráneo, sin embargo, fue limitado. Sólo tras el ataque del 7 de octubre se habilitaron, por vez primera, los tres pisos del estacionamiento, previendo que la guerra podía extenderse al norte del país. Sin embargo, pasados algunos meses, con una situación de "relativa estabilidad", con una enorme necesidad de tener dónde estacionar autos, dejaron sólo el -3 listo y los otros dos pisos del estacionamiento en *standby*, esperando que no ocurra una guerra con Hezbolá.

De manera esporádica, a lo largo de una década, se han llevado a cabo simulacros con fuerzas de rescate, centenas de soldados y una gran parte del equipo médico y de enfermeras —el último ejercicio fue una semana antes de mi visita— para que todos y cada uno sepan su tarea, para que actúen en equipo y con sincronía en caso de un ataque de cohetes, misiles y ojivas químicas.

Beyar no sólo es una eminencia en su área médica, es también un líder arrollador. En los trece años que fungió como autoridad de Rambam, no sólo ideó y construyó ese subterráneo para operar en condiciones de emergencia, también edificó, sobre el mismo, los cuatro nuevos edificios de altísima especialidad: un hospital oncológico, una torre de cardiología, otra para pediatría y un centro de investigación para *start-ups*, en donde prominentes investigadores de todo el mundo tienen acceso a laboratorios sofisticados para desarrollar nuevas tecnologías, drogas y tratamientos innovadores para enfermedades.

Aarón Ciechanover —Nobel de Química en 2004, premiado por descubrir la degradación de ciertas proteínas por la ubiquitina, docente en el departamento de Bioquímica y quien dirige el Instituto Rappaport de Investigación en Medicina en el Technion— está probando de la mano de Rambam un medicamento para curar el cáncer, todos los tipos de cáncer. "Estamos muy cerca de alcanzar nuestro objetivo", me dijo orgulloso. Ciechanover, cuyo hallazgo de la ubiquitina fue un parteaguas para entender el cáncer y las enfermedades mentales como el Alzheimer y el Parkinson, base para desarrollar nuevas terapias y fármacos con los que se han salvado millones de vidas en el mundo, trabaja en la formulación, la toxicidad y los efectos secundarios de ese nuevo medicamento que está por llegar a la fase de ensayos clínicos para "ganarle al cáncer" desde todos los ángulos, para evitar la reincidencia.

Al pasear por los jardines del Rambam Health Campus, comprobé que no sólo es uno de los mejores hospitales de Israel, donde se generan grandes innovaciones tecnológicas y científicas, también se respira ahí la multiculturalidad que habita la ciudad portuaria de Haifa. Ahí conviven árabes cristianos y musulmanes, drusos, judíos ultrarreligiosos y judíos seculares, soldados y una enorme comunidad de científicos y académicos, inclusive pacientes provenientes de Siria y palestinos de Cisjordania y de Gaza que, antes de este conflicto, viajaban con asiduidad a recibir tratamientos de todo tipo, dando fe de la sana coexistencia en la región, del pluralismo cultural y religioso que prevalece en la nación judía.

Mi privilegio, jamás lo olvidaré, fue que Aarón Ciechanover —sus cercanos le dicen Cheja— me invitó a cenar la noche de *shabat* en su casa, con su esposa y su hijo. Nos habíamos conocido en su último viaje a México. No sólo me compartió su espacio, a su familia y todo lo que atesora: relojes antiguos, arte, una colección envidiable de judaica que incluye el acta fundacional de Israel autografiada por Ben Gurión y piezas de artesanía de todos lados del mundo, también me hizo partícipe de su calidad humana y de su credo.

Compartiendo el pan y la sal me dijo: "Para mí, la ciencia y la tecnología son el lenguaje de la paz. El juego se llama: colaboración. La ciencia debe de estar siempre abierta para impulsar lazos de colaboración. Todos deberíamos esforzarnos para que el conocimiento y la capacidad de sanar penetren en todos los niveles, para que sean de fácil acceso en todos los países del mundo y justamente a eso es a lo que yo he dedicado mi vida".

Respecto al odio y el antisemitismo que han aflorado hoy en el mundo, en específico en las mejores universidades de Estados Unidos y Europa donde se hacen llamados a boicotear a Israel en todos los campos, inclusive en el del saber, sostiene: "Esa política primitiva del BDS[51] que ha bus-

---

51 Boycott, Divestment and Sanctions es un movimiento para boicotear, desinvertir y sancionar a Israel. Su origen y alcance están claramente explica-

cado contaminar a la ciencia debe de parar. Es una absoluta injusticia, una muestra impúdica de maldad e hipocresía que no sólo es penosa para Israel, también lo es para el progreso de la humanidad. Siendo los judíos una minoría de minorías, hemos contribuido como casi ningún pueblo al conocimiento y al avance del mundo. Basta ver la enorme lista de los Nobel judíos, somos menos de dos milésimas partes de la población del mundo, estamos muy lejos del 1%, y hemos ganado más del 20% de los premios. Además, me consta en lo personal la falsedad de los supuestos adversarios, porque cuando se enferman vienen con urgencia a curarse con ciencia, medicamentos y tecnología israelíes".

FAUDA Y LA ESPERANZA

Cierro la crónica del intenso viaje con Tsahi Halevi, músico y estrella de *Fauda* —una de las series más populares en Netflix—, no sólo porque fue un privilegio conocerlo, sino porque con su compromiso en torno a la coexistencia, su capacidad de mirar desde otro lado y su visión crítica de la realidad, ofrece un atisbo de esperanza frente al sombrío panorama.

Halevi, que nació en Petaj Tikva en 1975, está casado con Lucy Aharish, la primera presentadora árabe de un noticiero de televisión israelí de máxima audiencia. Su unión, un "matrimonio prohibido" entre un judío y una musulmana, ambos guapos, luminosos y célebres —a ambos les brillan los ojos cuando se miran—, da fe de que, aunque suene a cliché,

---

dos en el capítulo "El DEI, el BDS y los 'derechos humanos'", de este libro.

el amor puede derribar barreras, hacer caer los tabús y ser motor para resolver problemas complejos como el del Medio Oriente, encajonado en esa perniciosa dicotomía de buenos y malos, una esclavitud que confronta a tirios y troyanos.

Tsahi sostiene: "La paz con Egipto se logró porque dos grandes líderes: Begin y Sadat, tuvieron la valentía de mirarse a los ojos, de transformar la narrativa de sus pueblos dándole la vuelta a páginas de rencores y odio. Requerimos de líderes visionarios y responsables que amen a sus pueblos, porque sólo ellos podrán cambiar el rumbo de las cosas".

Hijo de Amnon, un agente secreto del Mosad que procede de un linaje de ocho generaciones en Eretz Israel, y de Miri, una enfermera también judía de origen marroquí, Tsahi, cuya fisonomía sefaradí y mizrají es mucho más árabe que la de Lucy,[52] creció en un hogar respetuoso de la tradición judía y de mente abierta respecto a la diversidad. Por el trabajo de Amnon como agente encubierto, antes de que Tsahi cumpliera dieciocho años, la familia ya había vivido en cuando menos cinco países: Israel, Dinamarca, Italia, Egipto y Bélgica. En Roma nació su hermana.

Obligado a integrarse a sociedades disímbolas y con la sensación de ser ajeno en uno y otro lado, Tsahi enfrentó la soledad de ser único. El único niño judío en la escuela. El único israelí y extranjero. El único que tenía que recomenzar y validar su voz frente a extraños. "Esa vida fue un desafío, una enorme oportunidad que debo de agrade-

---

52 El origen mizrají proviene de comunidades judías que vivieron en el mundo musulmán, es decir, en Yemen, Irak, Egipto, Irán, Siria y otros países de la zona. Por otro lado, los sefarditas son los judíos expulsados de España y Portugal en los siglos XIV al XVI, muchos de ellos se asentaron en los Países Bajos, Inglaterra, Hamburgo, Italia, Marruecos, países del Oriente Mediterráneo e inclusive en las colonias portuguesas, españolas y holandesas de América.

cer. Aprendí mucho mirando la realidad desde la periferia. Pude entender que no obstante nuestras diferencias, todos somos humanos, que no somos nada en el enorme mundo que cohabitamos donde hay tantas culturas distintas, tantos lenguajes variados".

Tsahi habla con soltura inglés, hebreo, árabe, italiano, español y francés. Su vida fue un ir y venir a salto de mata, cada dos o tres años la familia cambiaba de hogar, de país, de amigos, de ambiente. Fue un continuo transitar asumiendo su responsabilidad como judío e israelí, aprendiendo a moverse en ambientes variados no exentos de odio y racismo.

"Hoy muchos creen saber lo que pasa en Israel, creen tener soluciones para la realidad del Medio Oriente, pero nada de lo que revisan en las noticias, escuchan en las redes o leyeron en algún artículo se apega a nuestra realidad —sostiene—. Si realmente quisieran conocer, deberían de venir y conocer este pequeñísimo y grandioso país, más chiquito que Nueva Jersey, donde hay sobradas cosas buenas; muchas más que las pocas malas. Un país de franca coexistencia, colmado de colores y solidaridad, porque aunque la sociedad israelí esté dividida, todos nos cuidamos. El respaldo entre árabes y judíos en Israel es único, no lo hay en ningún otro sitio del mundo. Yo les diría a todos esos que se dejan llevar por lo que se dice, que vengan, que vivan el país, que hablen con los israelíes. Se van a sorprender porque es exagerada la desinformación, la ignorancia y, sobre todo, el antisemitismo".

En El Cairo, siendo un pequeñito, Tsahi vivió de primera mano dos actos de terrorismo, uno de ellos abajo del edificio donde vivían. Ya luego, como adolescente en Bruselas se enfrentó a una mujer que le llamó "cerdo judío". "Pensé si debía enfrentarla o ignorarla y opté por levantar la cabeza. Le pregunté si sabía algo de los judíos, intenté promover el diálogo. Seguro no logré que una racista como ella cambiara de opinión, pero para mí fue un parteaguas. Entendí que sólo mediante el diálogo podemos construir, que es preciso forzar a otros a pensar, obligarlos a que hagan el esfuerzo de cuestionar los prejuicios que compran sin discusión".

A sus dieciséis años, durante la primera Intifada, escuchó un noticiero de la BBC en el cual el reportero le preguntaba a un soldado judío en Gaza cómo resolver el conflicto. Según cuenta Tsahi, el joven respondió que no sabía, pero, para su sorpresa, la televisora lo tradujo como: "No sé, odio a los palestinos". "Escribí una carta a la BBC, quizá la tiraron a un basurero, pero a mí me permitió darme cuenta de la manipulación de los medios, de la desinformación, del oscurantismo y de la mala fe que tenemos que combatir".

Pasada la adolescencia decidió regresar a Israel por cuenta propia para ser "soldado solitario", así se les llama a quienes no tienen familia esperándolos en casa. Se alistó en la unidad Samson, un grupo élite de las IDF que llevaba a cabo operaciones militares clandestinas en Gaza, en aquellos tiempos en los que, buscando sabotear los Acuerdos de Oslo, los suicidas yihadistas entraban a Israel para inmolarse, para explotarse en estaciones de camiones, centros comerciales, calles transitadas y restaurantes.

"He estado en Gaza tres importantes periodos de mi vida. Cuando era niño y vivíamos en Egipto, ahí íbamos de compras; luego, durante mi servicio militar en 1993, pasé dos años y medio en Gaza, y ahora que me alisté al ejército tras el 7 de octubre nuevamente volví tres meses. Esta vez pude darme cuenta de cuánto ha crecido, de cuánto dinero han invertido en mansiones, *country clubs* y grandes apartamentos, sitios que, por supuesto, no salen en las imágenes que proyectan los medios. También constaté el horror de los túneles, el armamento para destruirnos, vi las jaulas en las que metieron como animales a los secuestrados. Fue muy frustrante darme cuenta de lo que Hamás hizo con su gente después de que nos salimos de ahí en 2005".

Tsahi llegó a ser oficial en las fuerzas Duvdevan de operaciones especiales,[53] una unidad de élite que realizaba tareas encubiertas en áreas urbanas de Judea y Samaria. Jamás pensó ser actor. Durante veinte años su vida fue la música. Como compositor y cantante fue parte de la exitosa compañía Mayumana. Se acostumbró a seducir a su auditorio con su guitarra y su voz gutural. Inclusive participó con éxito en el *reality show* The Voice Israel. "Creí que a eso me dedicaría toda mi vida. Me gustaba, me iba bien".

En 2012, su amigo Avi Issacharoff le dijo que estaban buscando quien hablara bien árabe para la película *Bethlehem*. Se animó a ir a los *castings* y así comenzó su carrera de actor en una cinta en la que participó con el papel de Razi, un oficial encubierto que mantiene una relación cercana con un joven palestino informante. El éxito fue arrollador, no sólo fue nominada como película extranjera en los Óscares y como mejor película en el Festival de Venecia, también ganó seis premios Ophir otorgados por la Academia de Cine Israelí, incluidos mejor película y mejor actor secundario para Tsahi Halevi.

---

53 Duvdevan significa cereza, es una unidad élite del ejército israelí.

Poco tiempo después, el mismo Avi Issacharoff, que estaba en proceso de crear *Fauda* con Lior Raz —a partir de sus experiencias personales mientras fueron parte de la unidad Duvdevan—, lo invitó a sumarse al equipo. A Tsahi no le latió, revivía lo que había dejado atrás. Luego lo pensó y aceptó ser Naor en esa historia en la que Dorón, comandante de la unidad Mista'arvim, busca atrapar con su grupo a un terrorista de Hamás. Anticipó que sólo actuaría, no quiso tener nada que ver con el guion. "Lo que sí puedo decirte es que ninguno de nosotros imaginó el éxito que tendría *Fauda* en Netflix, ninguno pensamos que grabaríamos tantas temporadas".

Avi Issacharoff ha sido crucial en su camino, no sólo en su desarrollo laboral, también en el personal. Fue en su fiesta de cuarenta años donde conoció a Lucy. Él ya la había visto en televisión, le gustaba, pero al toparse con ella en persona fue otra cosa. Lucy lo descubrió mirándola y dio el primer paso, levantó la copa para invitarlo a acercarse. Así empezó todo. Pasaron cuatro años con un noviazgo clandestino, hasta que en 2018, tras hablar con sus padres, tras tener el beneplácito de ambas familias, decidieron casarse. La boda fue pequeña y en secreto para evitar las críticas de los extremistas de ambas religiones. Hubo jupá[54] y rezos de árabes y judíos celebrando el amor vestidos de blanco. La invitación se selló con un toque de ironía: "Hemos firmado un acuerdo de paz…".

Son demasiadas las coincidencias que los unen. Ella también vive orgullosa de su origen: árabe, musulmana e israelí, en ese orden. Ella también enfrentó discriminación y

---

54 Palio nupcial o dosel sostenido por cuatro postes usado para cubrir a la pareja en una boda judía, símbolo del nuevo hogar que construirán juntos.

racismo por crecer como única niña musulmana entre niños judíos en Dimona, en el desierto del Néguev. Ella también proviene de un hogar tradicionalista y abierto, no religioso. Ella también enfrentó adversidad y pudo renacer con educación en Israel. Ella también probó el horror de ser víctima del terrorismo. Ella, como él, ama con fervor a Israel.

Los Aharish solían ir y venir a visitar a sus familiares en Gaza, pero, durante la primera Intifada, en 1987, el destino les reservó una mala jugada. Lucy recuerda con claridad el momento en que, sentadita en la parte de atrás del coche, vio al palestino alto, delgado y con cicatrices en la cara que se les fue acercando para aventarles dos bombas molotov por la ventana del auto. No olvida detalle. En sus oídos reverberaron por mucho tiempo los gritos de su padre queriendo apagar las llamas, las peticiones de ayuda a sus hermanos musulmanes, la evasión de la mayoría que no se acercaba a ellos por ser árabes israelíes.

En su corazón quedó cincelado el miedo, el corrosivo miedo, además de un odio infantil a los suyos. Luego creció y entendió que la vida no es blanco y negro, que hay bastantes matices y que uno debe siempre de contribuir a buscar caminos y soluciones. 80% de su infancia, dice ella, fue muy feliz. Sus papás, originalmente de Nazaret, le enseñaron a respetar las diferencias. Le permitían vivir en dos mundos: disfrazarse de la guapa reina Esther en Purim[55] y llevar educación musulmana en casa.

---

55 Purim es la fiesta más alegre del calendario hebreo. Recuerda la forma en que el pueblo judío se salvó milagrosamente de ser exterminado por el rey persa Ajashverosh, gracias a la intervención de una joven judía que, ocultando su origen, convenció al rey de no seguir con su plan. La historia está narrada en Meguilat Esther o el Libro de Esther. Además de ser una festividad en la que se acostumbra dar donativos como agradecimiento, los niños se disfrazan y reciben dulces y regalos.

Se siente orgullosísima de ser israelí, de haber crecido en una sociedad que le ha permitido desarrollarse, luchar por lo que cree y participar como ciudadana en la única democracia del Medio Oriente. Estudió Ciencia Política, Teatro y Periodismo en la Universidad Hebrea de Jerusalén y realizó un semestre de pasantía en Alemania. Su tesón la llevó en 2007 a ser la primera presentadora árabe en un noticiero israelí y a recorrer, con su voz decidida y crítica, todo el espectro noticioso del país. En 2015 la eligieron para encender la antorcha de la Independencia de Israel por ser una defensora de la pluralidad y la tolerancia.

Abierta, extrovertida y de mente muy clara, Lucy no se ha mordido la lengua para criticar al gobierno de Netanyahu, para proteger a la democracia de los intereses políticos. Ha tenido, inclusive, la valentía de acusar a miembros de la coalición actual de racistas, sin importarle el precio de la censura que ha tenido que pagar. "Para mí Israel ocupa el mismo lugar que mis padres. Es decir, como pasa con los papás, uno entra en desacuerdos y uno debe de pelear para defender lo que piensa, sin mermar el amor y el respeto".

Después del 7 de octubre su crítica ha sido dura y frontal contra Hamás denunciando sus atrocidades: "No hay perdón para tanta masacre, maldad y destrucción". Lucy Aharish ha instado a los israelíes de todo el abanico social, incluida la población árabe, a estar unidos frente al enemigo.

Además del hijo veinteañero que Tsahi tuvo muy joven casado con la bailarina Una Holbrook de quien se divorció; en 2021 dieron vida a Adam Aharish Halevi. Como Adán, este pequeñito inicia la historia de este mundo. Mirándolo, Tsahi y Lucy se empeñan en comenzar un nuevo camino que les permita creer en la humanidad.

Los dos se aferran al optimismo. Tienen esperanza en el futuro: "No tenemos otra alternativa más que mirarnos a los ojos, israelíes y palestinos, y aceptarnos. Eventualmente, todo tiene que ser mejor. No veo otra opción que evitar las posiciones maximalistas, apreciarnos con humildad como seres humanos y vivir en paz", sostiene Tsahi.

Con dos frases, una en hebreo y otra en árabe, concluye el encuentro, el viaje y este apartado del libro, con la aspiración de que terminen la guerra y el odio. Con el deseo de que surjan líderes de paz y voces de entendimiento.

Yihiyé beseder, beezrat Hashem. Todo estará bien, si dios quiere, en hebreo. *Insha'Alá.* Si dios quiere, en árabe.

Como Romeo y Julieta, Tsahi y Lucy, dos prominentes personalidades de Israel, desean con fervor que su voz sea escuchada. Que triunfen el amor y la tolerancia mutua sobre el odio. Son ellos un puente que permite ver la vida con otra perspectiva. Quisieran confiar en la creatividad para pensar fuera de la caja, para incidir en el cambio. "Gran parte de los israelíes siempre hemos añorado la paz para dos pueblos y tenemos que seguir luchando para alcanzarla. Nosotros no educamos a los niños a odiar a nadie, al contrario, educamos en el amor al prójimo y en dejar un mejor mundo a las generaciones venideras. Tenemos una enorme responsabilidad con el futuro. La esperanza es que surjan líderes visionarios y valientes de ambos lados, que puedan transformar la narrativa y velar por un mejor mañana. Si hay voluntad, será posible...".

Beezrat Hashem.
Insha'Ala.

POR NUESTRAS
LIBERTADES

El final de nuestras vidas comienza
el día en que guardamos silencio
ante lo que deberíamos de alzar la voz...

MARTIN LUTHER KING

EL YIHADISMO, LA PROPAGANDA Y LA IZQUIERDA

De forma escandalosa, cuando aún permanecían centenas de terroristas en Israel, cuando aún no se lograba concebir la magnitud de la sórdida masacre, cuando los rescatistas se enfrentaban a un cementerio de coches incendiados y casas completamente quemadas con sus dueños calcinados en ellas, cuando la sangre aún estaba fresca y cientos de cuerpos seguían regados y sin identificar, en algunos países de Europa y Latinoamérica, en las mejores universidades de Estados Unidos, en las del pensamiento liberal y crítico, comenzaban ya las manifestaciones de profesores y activistas que, empuñando banderas palestinas y eslogans bien aprendidos, intentaban negar los hechos, justificar lo acontecido y perseguir judíos acusándolos de ser "sionistas" o "genocidas".

¿Cómo podía ser posible que cuando Israel aún no movilizaba un solo tanque hacia Gaza, cuando aún no había disparado una sola bala, porque todo era ofuscamiento y humillación, algunos "defensores de los derechos humanos" ya estaban levantando su dedo índice acusador? ¿Cómo explicar la falta de compasión? ¿Cómo entender la "decisión espontánea" de salir a las calles a manifestarse contra Israel? ¿Cuál fue el proceso para que las universidades estadounidenses de reconocida trayectoria se hayan transformado, de la noche a la mañana, en reductos del más violento antisemitismo? Para que de un día a otro los estudiantes, maestros y trabajadores judíos fueran señalados y amenazados por pandillas violentas con discursos maximalistas. Para que pocos intimidaran a muchos. Para que hubiera intolerancia a todos los odios; a todos, menos al odio al judío.

En un primer momento las tomas grabadas y compartidas por los propios terroristas levantaron voces de alarma. No todos en el mundo cayeron de pie. Los yihadistas decían que habían "aniquilado al gigante invencible", que habían humillado, sometido y tomado por sorpresa a Israel. Buscaban contagiar su fervor al mundo, pero fue tal su brutalidad, su crueldad excesiva y su inaudita sed de sangre, que resultaban repugnantes.

Rompiendo todas las reglas, inclusive las de la guerra, habían traspasado todos los límites de lo aceptable. Los vimos orgullosos, delirantes, en esas escenas que desnudaron su sevicia y monstruosidad. Ahí donde los terroristas jaloneaban por los pelos a una jovencita que violaron y que no podía dar un paso porque, además, le cortaron los tobillos; sus pants de color gris estaban profanados con plastas de sangre fresca, sangre copiosa que aún chorreaba entre sus piernas (Naama Levy). Ahí donde a punta de kalashnikov martirizan a una madre aterrorizada que abraza a sus dos pequeñitos pelirrojos, sin saber la suerte que tendrán en los túneles de Gaza (Shiri Bibas con su bebé Kfir, de diez meses, y Ariel, de cuatro años). Ahí, en su entrada triunfal a Gaza, llevando en la batea de la camioneta a una joven inerte con las piernas fracturadas, sin nada que cubriera su intimidad, un trofeo de caza que pisan mientras gritan que su dios es grande (Shani Louk). Ahí, donde un niño adoctrinado, de no más de once años, goza lanzándole escupitajos a esa mujer rota y humillada. En las escenas donde cientos de machos palestinos de todas las edades celebran iracundos con fusiles en las manos o golpeando a los secuestrados en las calles de Gaza.

Frente al aturdimiento que estas escenas generaron en la opinión pública por el sadismo atroz y desbordado, los líderes de Hamás entendieron que había que recular. Estrategas como son, porque a la Hermandad Musulmana le importa conquistar a Occidente desde adentro, fraguaron cómo voltear el discurso. Primero intentaron borrar o eliminar las escenas de las redes, pero ya era tarde. Luego, justificaron la perversión con el argumento de que los tres mil terroristas que atacaron Israel tomaron captagón, queriendo decir que fue esa droga sintética y no su educación religiosa o los planes perfectamente articulados, la que los incitó a actuar de ese modo. Tampoco funcionó.

Al final, temiendo que la balanza de la opinión pública no jugara pronto a su favor, tomaron una medida decisiva que da fe de su perversidad: culparon a Israel de lo sucedido. Khaled Mashaal, Basem Naim y Mahmoud Al-Zahar, miembros de la cúpula de Hamás, comenzaron a dar entrevistas repitiendo la misma retahíla: "Hamás solo atacó soldados", su lucha es de "legítima resistencia", los muertos son "sacrificios necesarios", que lo que circula en redes son "acusaciones infundadas", "fabricaciones judías".

Al Jazeera, medio fundado por la poderosa dinastía Al Thani de Qatar —país que también financia a Hamás—, la cadena que se sintoniza en casi todos los aeropuertos y hoteles de Europa, "el medio confiable del mundo árabe" con una audiencia activa de 270 millones de hogares en árabe, chino, español, francés, inglés, ruso y serbocroata, fue clave para filtrar información a modo, para dictar "su verdad". No hubo masacre en Israel, claro que no, sólo actos de reivindicación nacional frente a los ocupantes. Nada de las torturas para asesinar, cercenar, decapitar y quemar a familias enteras. Nada de los bebés incinerados, mucho menos de las violaciones en tumulto a jovencitas y a niñas frente a sus padres, a cuanta mujer encontraron en su camino. Nada de los *kibutzim* que quedaron inhabitables porque los explotaron, vandalizaron y achicharraron sin piedad. Nada de las piras humanas. Nada de quienes padecieron un martirio tras bailar en el Nova, la fiesta por la paz. Nada del descampado sembrado de cadáveres, mucho menos del cementerio de coches chamuscados con sus propietarios carbonizados en el interior.

Lo que sí proyectó Al Jazeera fueron las imágenes de los guerrilleros entrando a Gaza en éxtasis, gritando *Al-lá-hu-Akbar*, dios es grande, vitoreando en las calles con las ametralladoras y las banderas palestinas en alto. En esas escenas de terroristas triunfales jamás hay mujeres, ni una sola, sólo machos en éxtasis. Machos de todas las edades incluidos niños, a quienes comienzan a adoctrinar desde temprana edad. Machos con su perversa versión del patriarcado que somete y esclaviza a las mujeres.

Aunque más adelante profundizaré en los errores de nuestras democracias liberales, apunto por ahora que las cadenas de noticias occidentales, buscando "objetividad" y apelando a tener fuentes "de un lado y del otro", han caído en el tramposo ejercicio de dar voz a esas mentiras porque, a diferencia de Israel donde hay total y absoluta libertad de expresión, Hamás controla la información con tácticas autoritarias y represivas, y con periodistas-activistas que recluta para fabricar datos.

Al Jazeera, con una estrategia calculada, reproduce las calumnias sabiendo que serán retomadas y ampliamente repetidas por los medios internacionales al asumir que son "notas objetivas", sin siquiera considerar que Al Jazeera es el brazo propagandístico de Qatar y, por ende, de Hamás. Sin pensar que Al Jazeera actúa en complicidad con los terroristas.

Esto último se probó con creces el 8 de junio de 2024 cuando Israel rescató en una audaz operación a cuatro rehenes en Nuseirat, en el corazón de Gaza, y se supo que Abdullah Al-Jamal, periodista de Al Jazeera y de *The Palestine Chronicle*, y su padre, el doctor Ahmed Al-Jamal, eran quienes cuidaban a tres de los secuestrados en su casa familiar, con la esposa de Abdullah y con sus hijos.[56] Cuando Israel lo hizo público, Al Jazeera intentó negarlo, pero Abdullah aparecía como reportero en su página antes de que lo borraran.

La maquinaria de manipulación tiene muchos frentes. El 9 de noviembre de 2023 HonestReporting, una organización dedicada a combatir la desinformación sobre Israel, publicó un informe exhibiendo que los corresponsales de los principales medios de comunicación, o los *freelance* que venden sus notas al *New York Times*, The Associated Press, Reuters, BBC y CNN, participaron en la barbarie del 7 de oc-

---

56   Almog Meir, Andrey Kozlov y Shlomi Ziv estaban resguardados por los Al-Jamal en Nuseirat. Noa Argamani estaba en otro edificio.

tubre junto a los terroristas de Hamás, rompiendo límites éticos del periodismo. Cuando menos seis fotoperiodistas entraron a Israel acompañando a los terroristas: Hassan Eslaiah (CNN y AP), Yousef Masoud (AP y *New York Times*), Yasser Qudaih y Mohammed Fayq Abu Mostafa (Reuters), así como Ali Mahmud y Hatem Alia (AP).

Además de denunciarlos con pruebas específicas, HonestReporting mostró una fotografía en la que Yahya Sinwar, el líder terrorista que planeó la masacre, abraza y besa con complicidad al periodista Hassan Eslaiah, corresponsal independiente de CNN y AP. Pregunto públicamente: ¿Sabían los periodistas de antemano lo que iba a acontecer? ¿Informaron a sus editores? ¿Es concebible asumir que estos "periodistas" estaban por casualidad a las cinco o seis de la mañana en la frontera, sin que hayan tenido una coordinación previa con los terroristas, o será que formaban parte del plan?[57]

Cuando aún Israel estaba infestado de terroristas con sed de sangre, Al Jazeera ya servía a la causa mediática señalando "la inevitable guerra". En ese momento en que Joe Biden, Emmanuel Macron y Olaf Scholz viajaban a Israel para mostrar su solidaridad con el Estado judío,[58] y cuando Giorgia Meloni de Italia y Rishi Sunak del Reino Unido condenaban de manera inequívoca a Hamás por "ofrecer

---

57   Resultó sorpresivo, ciertamente abominable, que la fotografía de Ali Mahmud, aquella en la que los terroristas eufóricos entran a Gaza en su camioneta pisando el cuerpo de Shani Louk, inerte y semidesnudo, haya sido elegida en marzo de 2024 como primer lugar del concurso que promueve el Instituto de Periodismo Reynolds, de la Universidad de Missouri. En el apartado "El periodismo que glorifica al mal" de este libro aludo al tema.

58   De inicio la solidaridad de estos líderes con Israel fue total, sin embargo es cierto que, a medida que el conflicto se ha prolongado y la crisis humanitaria de los palestinos ha llegado a ser extrema por la guerra que no cesa, el apoyo de estas naciones ha sido más acotado.

sólo terror y derramamiento de sangre al pueblo palestino",
Al Jazeera calificaba lo que vendría como "venganza israelí".

No justicia, venganza. Las palabras cuentan.

La cadena noticiosa árabe no se refería a una respuesta de legítima defensa por parte del Estado de Israel, a un deseo de tratar de recuperar a 252 ciudadanos secuestrados o a una obligación de resguardar a su población, de eliminar la red de terror de quien atacó, sino a una "revancha", a un desquite malsano, a una respuesta de ira e impulsividad. Dicho sea de paso, el pueblo de Israel, quizá la cultura más resiliente de la historia, no cultiva deseos de venganza; después del Holocausto, los judíos le dieron vuelta a la hoja para reconstruirse.

Al borrar el 7 de octubre, al eliminar el terrorismo sádico de Hamás, la historia para ellos estaba por comenzar. La primera página sería "la venganza israelí". "La voracidad criminal de Israel para atacar inocentes". "Su sed de sangre para matar niños".

El ataque mediático estaba en marcha, el engranaje estaba bien aceitado de tiempo atrás y un sector mundial de los militantes de izquierda que algún día defendieron la verdad y las libertades, que solían velar por la dignidad y la justicia, que separaban Iglesia y Estado como base fundacional, los del dios-no-existe, escucharon la *vendetta* de los islamistas y se alinearon contra Israel, sirviendo como piezas útiles.

Muchos salieron a las calles para excusar la barbarie de los yihadistas. Para lanzar su puñal ideológico contra el Estado sionista, como le han llamado por décadas. Con las mismas calumnias que la herencia soviética dejó remachadas en su conciencia colectiva, arremetieron contra: Israel-genocida, Israel-criminal, Israel-nazi, Israel-racista, Israel-opresor, nublando la compasión de los indecisos y visibilizando su lucha contra el "colono blanco opresor" y en oposición al "brazo del imperialismo yanqui".

Sin dudarlo siquiera un momento, esa izquierda oportunista cumplió su rol. Hamás no atacó civiles, repetían, claro que no. Todo lo del 7 de octubre fue una fabricación de Netanyahu y de Biden. Fue una venganza planeada para iniciar una nueva guerra contra los palestinos. Se atrevieron, inclusive, a corear que fueron los soldados israelíes quienes violaron y mataron a sus propios ciudadanos para tener una excusa para desatar una guerra. Cerraron filas sin importarles que el-pobre-niño-palestino-con-una-piedra-en-la-mano-frente-al-tanque-israelí —esa imagen de David contra Goliat de la primera Intifada de 1987, bien cincelada a piedra y lodo en su imaginario— no aplica en el contexto actual de fanatismos religiosos y naciones ultrapoderosas como Irán o Qatar, que son quienes respaldan a Hamás, glorificando la guerra santa.

Quizá la mayoría de quienes muerden el anzuelo, quienes se suman a las marchas pro-palestinas, no entienden lo que están avalando cuando salen a las calles a gritar: *Free Palestine* o *From the river to the sea*, porque desde 2005 no hay un solo israelí en Gaza —es decir, no hay nada que "liberar"—, y porque, en ese inocente afán de apoyar al desposeído, lo que en realidad están respaldando es a una organización islamista multibillonaria y no a un niño pobre que tira piedras.

Hamás, una rama de la Hermandad Musulmana, con el respaldo de la teocracia iraní y el dinero de Qatar, educa para matar a cualquiera que no siga la *sharía*, la ley islámica que lo rige todo.[59] Educa a su gente para creer que

---

59   La Hermandad Musulmana, que engloba a Hamás, Al Qaeda e ISIS,

la vida propia y la de los demás no vale nada. A las mujeres, dominadas con base en códigos opresores religiosos de corte medieval, les enseñan a someterse, a bajar la cabeza, les hacen creer que lo más grande a lo que pueden aspirar es a tener un hijo *shahid*. En ese mundo, por supuesto, los homosexuales no tienen cabida.[60]

Esa izquierda que hoy defiende a Hamás, no cavó su tumba ideológica de un día a otro. La inoculación del odio y la sumisión al fanatismo religioso han sido parte de un proceso lento y progresivo que comenzó a principios de la década de 1970 cuando, en plena Guerra Fría, los países árabes, africanos y latinoamericanos —los No Alineados— pactaron con la URSS para tener una voz más sólida en la ONU. En el toma y daca de intereses, votos y prerrogativas, frente a las luchas en defensa de la autodeterminación de los países más pobres y contra el imperialismo, el racismo, el colonialismo, el *apartheid* de Sudáfrica

entre muchos otros grupos terroristas, se ha hecho presente con actos de terrorismo en el mundo entero. La *yihad*, la guerra santa, es su método de acción. Su historia se remonta a 1928, cuando Hassan el Banna, un maestro egipcio, buscaba rescatar al islam de la "mala influencia" de Occidente. Eran tiempos de los mandatos británicos y franceses en Medio Oriente y Hassan el Banna creía que la libertad occidental contaminaba su religión y cultura. La Hermandad se presentaba como un grupo no violento de carácter popular enfocado en regresar a las bases del islam, pero cobró fuerza como herramienta política y con mayor fanatismo a partir de 1967, cuando Israel venció a las naciones árabes en la guerra de los Seis Días. La Hermandad se popularizó como enemiga de Occidente y de Israel, promotora del islamismo de Mahoma y defensora de la aplicación de la *sharía*, la ley islámica. Un miembro de este grupo fue quien asesinó a Sadat en 1981 por haber firmado la paz con Israel. Asimismo, Osama bin Laden fue entrenado por la Hermandad Musulmana. En 2011, durante las protestas populares de la Primavera Árabe, la Hermandad fue pieza clave para derrocar a los gobiernos de Egipto y Túnez.

60   Las noticias recientes hablan de la suerte de Manuel Guerrero en Qatar, un mexicano que fue encarcelado en febrero de 2024 por su orientación sexual, sin acceso a su tratamiento médico, enfrentando discriminación y torturas, además de la posibilidad de ser sentenciado a siete años de prisión. Su pecado: ser homosexual.

o la guerra de Vietnam, las naciones árabes también impusieron su agenda.

Gamal Abdel Nasser de Egipto, obsesionado con ser líder del mundo árabe en una República Árabe Unida de carácter socialista, humillado tras el fracaso de la guerra de los Seis Días, asumió un discurso rabioso contra Israel y conminó a que la narrativa del bloque fuera de total repudio al Estado judío. Así, en el cambalache de favores, la URSS y una gran parte de las izquierdas del mundo —bien inoculadas con años de antisemitismo— adoptaron a sus nuevos "hermanos árabes" y la causa palestina se convirtió en "el epítome de la justicia social". Así comenzó el coqueteo de la izquierda-sin-dioses, con el dios Alá. Así reemplazó esa izquierda su playera del Ché Guevara por la kufiya palestina, convirtiendo a esta causa en el símbolo de las minorías aplastadas, en la insignia de los derechos humanos. En la divisa de "la verdadera humanidad".

Es preciso hacer una pausa y recordar que no siempre fue así porque la creación de Israel como Estado sí contó con el apoyo de la URSS. En 1947, tanto Stalin como Roosevelt respaldaron el Plan de Partición propuesto por la recién creada Organización de las Naciones Unidas a fin de crear dos Estados independientes, uno árabe y otro judío en el Medio Oriente. Las dos potencias lo entendían como un acto de justicia para ambos pueblos. Reconocían la lucha milenaria sionista para alcanzar autonomía en su tierra y, también, la presencia de comunidades árabes y judías en la zona. Pesaba, asimismo, la degradación a la que había llegado la humanidad, la ignominia tras el silencio cómplice del mundo frente a la aniquilación de seis millones de judíos europeos durante el Holocausto nazi.

Por ello, a pesar de sus diferencias ideológicas que conducirían a la Guerra Fría, la URSS y EUA votaron al finalizar la Segunda Guerra Mundial por el derecho a la autodeterminación judía. Por la posibilidad de constituir una nación judía, democrática y socialista en Palestina, en donde, bajo el Imperio otomano y el Mandato británico, los judíos —con presencia milenaria en la zona— habían ya fundado ciudades, construido instituciones y sentido de futuro. Entre otras: Tel Aviv, en 1909; el Technion de Haifa, instituto científico y tecnológico en 1912, y la Universidad Hebrea de Jerusalén asentada en Monte Scopus, en 1925, con un envidiable primer consejo de rectores que incluyó a Albert Einstein, Sigmund Freud, Martin Buber y Jaim Weizmann, quien llegaría a ser el primer presidente de Israel.

Durante la Guerra Fría, sin embargo, el tablero geopolítico se transformó. Israel, visto como apéndice de Estados Unidos, pasó a ocupar un lugar protagónico en la construcción de nuevas narrativas cuando la izquierda se alió con el mundo árabe y comenzó a confeccionar la ideología antisionista —en realidad, antisemita— que ha trascendido hasta hoy. Los conceptos de la lucha de clases se forzaron a la realidad del Medio Oriente y términos como colonizador y colonizado sirvieron para referirse, respectivamente, a judíos y árabes.

Colonizador, aunque las poblaciones judías que vivieron en Palestina durante siglos hayan sido pobres. Colonizador, a pesar de que quienes inmigraron a finales del siglo XIX y principios del XX hayan llegado sin un quinto en la bolsa a labrar la tierra, no a conquistar esclavos, porque esa fue la base del sionismo: la inmigración de pioneros socialistas que huían de los pogromos de Rusia y Europa del Este para establecer granjas colectivas, *kibutzim*, a fin de dedicarse a la agricultura en esa Palestina añorada y ancestral que, en aquel momento, era un desierto desolado y sin agua, salpicado con zonas de pantanos infestados con mosquitos transmisores de malaria.

Colonizador, no obstante que hayan comprado las tierras a terratenientes árabes dispuestos a venderlas. Colonizador, aunque no tuvieran deseos de explotar a nadie, ni el respaldo de ninguna metrópoli, porque nada dejaron atrás.

Colonizador, para negar su condición de pueblo originario, de "pueblo nativo" con derecho a la tierra. Colonizador, queriendo borrar los tres mil años de historia judía comprobables en hallazgos arqueológicos e históricos. Colonizador para convertir a los árabes de entonces —hoy, el pueblo palestino— en la víctima por excelencia, en el remedio para subsanar cualquier frustración acumulada.

Hoy, como ayer, si algo no empata, si hace ruido o es disonante, si no embona con la arenga ideológica, simplemente se desecha o trastoca. Nada de niños quemados, eso por supuesto no sucedió. Nada de familias torturadas ni de bebés hallados con los cráneos reventados de tantos golpes contra el piso. Claro que no. Nada de las jóvenes violadas en turba —hay pruebas de que se las pasaron de un macho a otro, a otro, a otro, hasta fracturarlas y mutilarlas. Son patrañas. Nada de las mujeres que bailaban por la paz en el Festival Nova y acabaron sus días semidesnudas con las piernas abiertas, los calzones rotos y rastros de semen múltiple, algunas sin senos, otras con cuchillos, clavos y balazos en sus genitales.

¿No que a las mujeres les íbamos a creer? ¿No que el #MeToo iba a ser para todas? —#MeTooUnlessYouAreA-

Jew, insisten las víctimas. Ni una palabra de los cuerpos decapitados o tan calcinados que llevó semanas y meses identificarlos, algunos por un diente, otros por un fragmento de hueso; o de las cabezas de judíos que se llevaron los terroristas para venderlas en Gaza.[61]

"Nada sucede en un vacío", fue la justificación de esa izquierda que se ha atrevido a disculpar a los terroristas con absurdas respuestas alusivas al "imperialismo" o al "dominio de los blancos opresores", reconceptualizando la masacre como "resistencia contra el colonialismo blanco".

"Sí, pero…", sostienen, sin balbucear siquiera una palabra en torno a los más de 1240 muertos que dejó Hamás a su paso, o de los entonces 252 secuestrados, incluidos pequeñitos que Al Jazeera se atrevió a llamar "soldados", como si treinta niños, entre ellos bebés de meses arrancados de sus cunas en mameluco, pudieran ser "combatientes".

Cero empatía o compasión con los sobrevivientes que padecieron atrocidades abominables. Cero conmiseración con los más de tres mil heridos, con los sobrevivientes del horror, con los mutilados, con los niños huérfanos que vieron cómo mataban a sus padres, con los lisiados físicos y emocionalmente. Con los israelíes traumatizados que deambulaban, deambulan,[62] en *shock* colectivo.

---

61   El cuerpo sin cabeza de Adir Tahar, un soldado de diecinueve años, estaba tan lacerado que resultaba imposible identificarlo, se supo quién era por pruebas de ADN. Durante dos meses y medio el padre imploró que hallaran la cabeza de su hijo para darle sepultura con el cuerpo que enterró. Fue gracias a las confesiones de dos terroristas capturados que se supo que la tenían en el congelador de una heladería en Gaza a la espera de un comprador. El precio: diez mil dólares.

62   Así como hay cientos de miles de desplazados palestinos por la incursión de Israel en Gaza, una dolorosísima realidad que lastima, lacera y perturba, también son cerca de 250 mil israelíes que viven como refugiados, hacinados en hoteles y hogares del centro del país, sin pertenencias, sin su cotidianeidad,

Entiendo que la guerra que se desencadenó y las imágenes de la devastación de Gaza generen animadversión contra Israel, pero lo doloroso es que en el juicio colectivo se borró el 7 de octubre, que el salvajismo del grupo terrorista quedó sin condena. A ojos de esa izquierda que salió a las calles a gritar contra Israel y contra los judíos antes de que se disparara una sola bala: las víctimas son los victimarios. Los terroristas son, bajo su óptica, angelitos inocentes, criaturas de párvulos sin ninguna responsabilidad.

Como se hace con las mulas cuando las cargan, estos "defensores de Palestina" le tapan el ojo al macho para no ver a Hamás, para no espantarse con la carga, para no reconocer que Irán y Qatar con su propia agenda teocrática son, en realidad, quienes mueven las fichas de este pernicioso juego. Lo peor es que al final, cómplices de la ceguera, todos podemos terminar naufragando en la negrura del más obsceno oscurantismo, al que muchos sirven sin querer percatarse.

EL DEI, EL BDS Y LOS "DERECHOS HUMANOS"

La maquinaria para relativizar lo sucedido el 7 de octubre, para boicotear a Israel y perseguir judíos, se comenzó a aceitar tiempo atrás. Tras la caída del Muro de Berlín y el posterior desmembramiento de la URSS, la izquierda, huérfana de ideología, abrazó como bandera al Movimiento DEI (Diversity, Equality and Inclusion). Fue la base teórica necesaria para seguir defendiendo la igualdad, la inclusión y el respeto

---

sin sentido de futuro, ya sea porque sus hogares en el sur quedaron totalmente destruidos y aún padecen un duelo colectivo, o porque no cesan los misiles que se lanzan desde el Líbano (el norte de Israel).

a la diversidad. Una armadura humanitaria para alcanzar un mundo más digno e igualitario, un compendio de causas nobles para proteger todo lo que hoy nos importa: la paridad socioeconómica, los derechos sexuales y de género, la inserción de las minorías étnicas y raciales en el discurso y en el ámbito laboral.

Como marco necesario para luchar por los derechos civiles y la dignidad de todas las personas, el DEI fue alcanzando cada vez mayor reconocimiento internacional. Los movimientos #BlackLivesMatter y #MeToo que estallaron en las redes en 2013 y 2017, respectivamente, empataron a la perfección con el ideario de equidad y justicia social propuesto. El primero, dando voz a grupos marginados de la comunidad afroamericana con base en la interseccionalidad, un nuevo enfoque para analizar cómo las varias categorías: sexo, género, etnia, clase, religión, discapacidad y orientaciones sexuales, interactúan para generar mayores injusticias sociales, opresión, dominación, racismo o desigualdad. El segundo se viralizó para denunciar el acoso y las agresiones sexuales, animando a todas las mujeres a tuitear y hacer públicas sus experiencias de abuso en sociedades misóginas.

Abanderaron estas causas humanistas de todo el espectro social: demócratas, blancos, negros y gente de todas las religiones, incluidos, por supuesto, intelectuales judíos que suelen comprometerse con el ideario de la justicia social. Sin embargo, muy pronto algo comenzó a no encajar. El DEI empezó a definir al capitalismo y a las corporaciones como "racistas", y a cualquier resultado con base en méritos como discriminatorio.

Esa cultura *woke*, que en su acepción literal significa: despertar, estar alerta ante las injusticias raciales, no pretendía acoger en sus filas a toda la humanidad. La igualdad, el respeto y la tolerancia no eran para todos. Ese movimiento político progresista, supuestamente de izquierda, se fue apoderando de la narrativa poniendo en el mismo costal las políticas identitarias de las mujeres y las de las comunidades afroamericana y LGBTQ+, asumiendo una postura política a favor de determinados grupos: los negros, los indígenas, las mujeres y la comunidad gay, y en franca discriminación de otros considerados "opresores", "colonizadores", "capitalistas" y "racistas". Léase: los judíos. Se llegó al punto en que no se podía ser feminista o proafroamericano y al mismo tiempo ser sionista o projudío, como si estas causas fueran antitéticas.

El golpe de gracia se estaba fraguando, estaba a punto de ser propinado. Con el mismo aliento de la diversidad, equidad e inclusión, adoptando las conclusiones de la Conferencia de las Naciones Unidas contra el Racismo llevada a cabo en Durban en 2001, al DEI comenzaron a sumar en 2005 una tendencia aún más disruptiva, directa y perniciosa: el BDS, como se le conoce por sus siglas. Boycott, Divestment and Sanctions (BDS) es un movimiento palestino para excluir académica, comercial y culturalmente a Israel por considerarlo "opresor", "colonizador", "racista" y "promotor del *apartheid*". Para boicotear sus productos y cualquier intercambio académico. Para despojarlo de inversiones. Para prohibir negocios con compañías israelíes e imponer sanciones económicas a quienes invierten o tienen relaciones comerciales con Israel. Por derivación: para excluir de este mundo a todos los judíos.

Acogido con fuerza y beneplácito en las universidades de Estados Unidos y de Europa, sobre todo entre los *millenials* y la generación Z que compraron la idea de que boicotear a Israel es hoy lo políticamente correcto, el BDS fue encumbrado como la causa más elevada para ser buenas personas y defender "los derechos humanos". El movimiento cuenta con la fuerza de Roger Waters, el exPink Floyd, que se sumó como patrocinador del BDS; y de parlamentarios como Rashida Tlaib, Ilhan Omar y Alexandria Ocasio-Cortés, en Estados Unidos; y Jeremy Corbin, exlíder de los laboristas en Gran Bretaña.

Lo irónico es que el ideólogo y creador del BDS es un árabe que vive en Israel y que utiliza la libertad y la democracia israelíes para destruir al país. Omar Barghouti, catarí de padres palestinos, maestro en Filosofía por la Universidad de Columbia y presidente del Columbia Arab Club —una de las universidades norteamericanas donde más antisemitismo ha aflorado—, está en proceso de obtener su doctorado por la Universidad de Tel Aviv. Sí, un árabe que estudia en una universidad israelí, argumento suficiente para derrumbar de tajo la mentira del *apartheid*.

Ciudadano israelí desde 1993 cuando se casó con una árabe-israelí, Barghouti reside en Acco, el puerto más antiguo del mundo, desde donde se presenta al mundo como "el defensor de los derechos de los palestinos". Su causa, que él llama "la injusticia fundamental", proclama "la sinrazón de que exista el Estado de Israel", país donde reside y goza de ciudadanía y privilegios.

Con estudios en varias de las mejores universidades del planeta, Barghouti aprendió que el término *apartheid* es el gran atropello del siglo XX, la mayor afrenta a los derechos humanos, un estigma que hizo acreedora a la Sudáfrica racista de desprestigio y sanciones; y fue idea suya promover un boicot al Estado judío equiparando a Israel con el gobierno del *apartheid* de Sudáfrica, exigiendo penas y prohibiciones, aunque todo sea un embuste, una enorme mentira.

Quizá pocos entienden el nivel de la calumnia. Los colonos europeos que gobernaron Sudáfrica de 1948 a 1990 fueron una minoría que, con leyes en la mano, discriminaron de manera grotesca a las poblaciones negra e india, que eran la mayoría autóctona en esas tierras. Fue un puñado de blancos aplastando a muchos. Los negros no podían votar ni vivir cerca de los blancos, no podían ser pareja o casarse con blancos, no podían ir en el mismo autobús, usar el mismo baño o nadar en las mismas playas que los blancos. En Israel, una de las sociedades más multiculturales del mundo, nada de eso sucede. Cualquiera que haya ido reconoce que blancos y negros (hay judíos etíopes), musulmanes, cristianos, drusos, beduinos y judíos de todo el espectro, desde ultraortodoxos con sombrero hasta ateos, inmigrantes y miembros de la comunidad LGBTQ+, conviven de manera igualitaria y con libertad, sin ninguna discriminación social y con el aval de leyes que protegen la coexistencia armónica. Barghouti mismo es ejemplo fiel de ello, pero enfocado en su deseo de asfixiar a Israel, no ha tenido empacho en falsificar la realidad jalando los hilos del racismo para tejer odio, sembrar dudas y crear la urdimbre que pueda dar garrote al Estado judío.

Sin mostrar de inicio su verdadero rostro antisionista y antisemita, fue embaucando a incautos en Occidente, haciéndoles creer que el BDS era un movimiento noble que buscaba "brindar a los palestinos los mismos derechos que a toda la humanidad". Noa Tishby, en su libro *Israel, a Simple Guide to the Most Misunderstood Country on Earth*, asegura que Barghouti no mostró sus cartas de inicio, no dijo abiertamente que su objetivo era atacar judíos o dar muerte a Israel, porque quizá no hubiera logrado tener el poderoso eco que obtuvo en Estados Unidos y Europa. Para lograr la adhesión y el respaldo incondicional de un gran número de académicos, edulcoró el mensaje con la cubierta de la justicia social y los derechos humanos, tan útiles, tan de moda, y a cada quien le dijo lo que quería oír para esparcir el discurso antiisraelí y antisemita en las universidades y en los medios de comunicación occidentales.

A fuerza de repetir la mentira, de taladrarla en las conciencias de ilusos e ignorantes, de defensores advenedizos de los derechos humanos, también de antisemitas, el movimiento BDS fue creciendo, multiplicando el mensaje. Alemania, que bien sabe el precio que pagó por el nazismo y que entiende los alcances de la propaganda, no mordió el anzuelo. Desde un primer momento, tildó al BDS de lo que es, dijo que era un movimiento antisemita y acusó a la izquierda de ser "tonta útil". También Mahmud Abás, el presidente de la Autoridad Palestina, se opuso de inicio al BDS denunciándolo como una medida perniciosa y contraproducente.

La voz más creíble para mostrar el embuste ha sido la de Mosab Hassan Yousef, autor del libro *Hijo de Hamás*, el primogénito de Sheikh Hassan Yousef, uno de los líderes fundadores de Hamás, quien en inumerables foros y entrevistas, también en la ONU, ha sostenido cómo lo alimentaron con odio cuando fue niño en Ramala, cómo pasó de idólatra, a delator y villano, y cómo Hamás actúa de manera torcida y sin escrúpulos para perseguir sus objetivos.

> El BDS fue una nueva máscara para el pastor. Comparar a Israel con el *apartheid* de Sudáfrica no sólo no es cierto, es inmoral. Tengo la autoridad para hablar porque yo fui uno de ellos. Pueden decir que soy un traidor, no me importa.

Estuve 27 meses preso en las cárceles de Israel. Conocí ahí a muchos terroristas a quienes, sin importar que tuvieran sangre judía en sus manos, les brindaron educación. Les permitían ir a la escuela y lograr altos grados de educación para ver la vida desde otra perspectiva.

Eso no es *apartheid*; la intolerancia es la que existe en el mundo musulmán donde ni siquiera se da derecho a los judíos de practicar su religión. Israel, hay que repetirlo: es la única democracia del Medio Oriente, ahí sí hay una población musulmana practicante.

Hamás es muy bueno para manipular a la comunidad internacional, para crear caos. Hamás usa a niños y a mujeres como escudo humano en la Franja de Gaza; una manera más de disfrazar sus objetivos. El BDS usa el mismo método de las Intifadas o del terrorismo de ahora, crea caos para distraer, para que el ratero pueda escabullirse, pero hay que decirlo, ese "ratero" no representa al pueblo palestino. Yo lo vi, yo lo viví, no me lo contaron. Mientras mandan a cientos de niños a morir cavando túneles o, como a mí, a aventar piedras a los soldados israelíes, los líderes inventan tretas y derrochan miles de millones de dólares en lujos en países árabes como Túnez. Nos usan, nos sacrifican, quieren que muramos para tener la atención del mundo, para obtener más fondos.[63]

El BDS, en realidad, ha sido un intento más de una larga lista de estrategias que han urdido los grupos radicales islamistas para destruir a Israel, para borrarlo del mapa por ser un Estado no musulmán en la zona, para contaminar las mentes y adoctrinar a sus huestes. Es la no aceptación total.

---

63 Hassan Yousef ha participado varias veces en la ONU desde 2017, donde ha intentado exhibir los métodos terroristas de Hamás, es decir, su capacidad de manipulación, sus mentiras y la complicidad de la ONU. Estas frases son parte de un discurso que dictó en las Naciones Unidas el 21 de octubre de 2023.

Bajo un argumento religioso no están dispuestos a que Israel exista, que goce de igualdad y autodeterminación. Para ellos, los judíos y los cristianos fueron *dhimmis*, personas de segunda clase que, a lo largo de la historia, vivieron en un régimen de tolerancia, a merced de los gobernantes musulmanes en turno. Pagaban impuestos por cabeza simplemente por existir. Siguiendo esa consigna y con enorme manipulación ideológica, no tienen ningún interés en construir paz con dos Estados colindantes —uno judío y otro palestino—, sólo la aspiración irracional, a costa de lo que sea necesario, de exterminar a Israel.

En Estados Unidos la maniobra ha sido clara y bien orquestada. Hatem Bazian, profesor de la universidad de Berkeley, nacido en Nablus, la figura detrás de las protestas pro-palestinas en los campus universitarios norteamericanos, creó dos de las organizaciones más activas para promover este objetivo antisemita: Students for Justice in Palestine (SJP), que fundó en 2000 cuando estudiaba en Berkeley y que le permitió recaudar millones de dólares para Hamás y la Yihad Islámica; y American Muslims for Palestine (AMP), creada en 2006, organismo líder en la promoción del BDS.

Para 2011, AMP ya tenía tanto arrastre que logró organizar una conferencia nacional en Columbia University, el *alma mater* de Barghouti, con cuarenta ramas estudiantiles de distintas universidades. A lo largo de poco más de una década, el lavado de cerebros siguió creciendo y la organización de bases, también. Ello explica por qué el 7 de octubre, día en que se llevó a cabo la carnicería de Hamás, todo estaba listo para provocar amplias manifestaciones en campus universitarios norteamericanos en contra de Israel.

Nada fue espontáneo, la respuesta era parte de una maquinaria perfectamente calibrada. El mismo 8 de octubre, Hatem Bazian, fundador de AMP y quien de forma abierta ha apoyado al terrorismo, lideró una manifestación en UC Berkeley, California, donde dijo que el 7 de octubre marcaba "el día de la independencia palestina"; no habló de una masacre, sino de "un triunfo para el movimiento de resistencia".

El AMP ha expresado que su objetivo es incidir en la sociedad norteamericana a través de las universidades, el Congreso, los activistas de izquierda e inclusive volteando a grupos judíos, para que se pronuncien contra Israel. Los mismos líderes del AMP han declarado que realizan activismo en las universidades, a través de los capítulos de SJP; que a menudo se reúnen con congresistas y miembros de la opinión pública para promover el BDS y la toma de posturas contra Israel; que forman parte integral de las políticas interseccionales de izquierda, donde incluyen la crítica contra los imperialistas, los capitalistas y los sionistas; y que se han infiltrado en organizaciones judías como Jewish Voice for Peace o IfNotNow, a fin de trabajar de manera conjunta y mostrar que "los judíos también se oponen al Estado de Israel".[64]

En las manifestaciones de AMP canturrean que Benjamín Netanyahu y Hitler son lo mismo —minimizando el genocidio nazi, restándole significado, colocando a Israel como

---

64 Así lo han declarado: Tarek Khalil, miembro de AMP Chicago, que ha extendido la red de SJP a nivel nacional; Osama Abuirshad, director nacional de AMP; Sayel Kayed, presidente de AMP en Nueva Jersey; Taryn Fivek, del Worker's World Party y Neveen Ayesh, directora de AMP Missouri. El director de comunidades de AMP, Mohamad Habehh, se ha atrevido a promover "la quema de judíos hasta convertirlos en cenizas" y Leena Yousef, activista de AMP Chicago, ha twiteado que busca "terminar el trabajo de Hitler". Taher Herzallah, director asociado de AMP, ha expresado que el Estado judío es un mito y que es necesario desmantelarlo con toda la violencia al alcance. Canary-Mission.org/AMPIfNotNow

una nación asesina y equiparándola con el régimen del Tercer Reich que asesinó a seis millones de judíos—; también la letanía *From the river to the sea, Palestine will be free*, que manifiesta que el territorio de Palestina es desde el río Jordán hasta el mar Mediterráneo. Ese credo para promover la destrucción de Israel que explotó con fanatismo, crueldad, saña e intimidación en las calles y universidades norteamericanas, a partir del 7 de octubre.

El mazazo contra Israel y contra los judíos ha sido directo al corazón porque estos grupos se han ido apoderando de la retórica. El mismo Hatem Bazian ha expresado su deseo de reescribir la historia. En los mítines que ha organizado en las calles y en los campus universitarios de Estados Unidos, impulsa la desobediencia civil. Dando un paso más lejos, clama: "*Intifada-revolution*", sosteniendo que ya es tiempo de llevar a cabo "una Intifada en Estados Unidos", un levantamiento violento contra EUA.

Una buena parte de la izquierda, afligida por los derechos humanos, ha creído sin empacho el discurso propagandístico de estos yihadistas que con enorme puntería se han mimetizado en distintos ámbitos sociales y han convencido a académicos, políticos, universitarios y figuras públicas de una y mil patrañas: que los israelíes "esclavizan" a los palestinos, que les arrebataron su "derecho de refugiados", que "el Estado sionista —como le llaman de forma despectiva a Israel— se robó las tierras árabes", que son genocidas y mantienen políticas de *apartheid*.

En poco más de una década de manifestaciones, encuentros, exposiciones públicas, atención mediática y de incidir en lugares estratégicos, los partidarios del BDS han ido desparramando un odio inesperado contra Israel y los judíos en ámbitos liberales y entre los jóvenes. Muchos, demasiados, se han adherido a ese amasijo de calificativos que no han sido más que una forma mutante de los prejuicios antisemitas ancestrales y así, una buena parte de la izquierda, aliada con la extrema derecha antisemita de ideas pro-nazis, ha ido avalando este discurso de manera natural, sin cuestionar. Sin investigar, leer o viajar. Sin hacer la tarea. Sin entender que para Irán y para buena parte del mundo árabe, cualquier zona donde algún día vivieron musulmanes debería de seguir siendo musulmana (ojo, España); también que sus enemigos son Occidente, Estados Unidos, Europa y los valores de la libertad.

Con enorme astucia, con mentiras y tretas promovidas en lugares estratégicos, han logrado demonizar a Israel y a los judíos, y perseverar en su plan de desprestigiar, asfixiar y desmantelar al único Estado judío del planeta. Israel, el único país democrático y liberal en el Medio Oriente. Una minúscula nación, casi del tamaño del estado mexicano de Hidalgo, que en coche se puede transitar de punta a punta en seis horas (424 kilómetros de largo), y de lado a lado en media hora (su parte más angosta son 21 kilómetros, la mitad de lo que se corre en un maratón). Un país judío rodeado de 22 naciones árabes-musulmanas en su mayoría enemigas,[65] gobernadas por líderes autocráticos que se enriquecen con el petróleo y estrangulan a sus pueblos con la religión.

Israel, el único en la zona donde hay igualdad entre hombres y mujeres. El único con total apertura para la comunidad LGTBQ+ y el único donde a nadie matan por disentir. El único del Medio Oriente con división de poderes; y el

---

65   Egipto firmó la paz con Israel en 1979; Jordania, en 1994; Emiratos Árabes Unidos y Bahréin, en 2020; y en fechas cercanas al 7 de octubre estaba por comenzar a negociarse la normalización de relaciones con Arabia Saudita.

único donde todo está señalizado en hebreo, árabe e inglés, las tres lenguas en cada camión, escuela u hospital. El único donde sus ciudadanos son personas de todas las religiones y credos porque, con la mayoría judía, hay drusos, beduinos, cristianos y musulmanes que estudian, trabajan y pueden servir en el ejército como ciudadanos israelíes. Más aún: 21% de la población de Israel es árabe y hay dos partidos árabes representados en la Knéset, el parlamento.

Israel, donde más libros se leen en el mundo y donde más árboles se plantan. Donde se aprendió a cultivar el desierto, a aprovechar la energía solar y el agua del mar, décadas antes de que estos temas estuvieran en boga. El país que *per capita* tiene el mayor número de *start-ups* del mundo, el segundo lugar en Premios Nobel y el primero en patentes porque sin recursos naturales, confiando en el intelecto humano para progresar, ha impulsado las innovaciones médicas, científicas y tecnológicas con las que han favorecido al mundo entero.

¿Boicotear? Son creación israelí un sinfín de avances que usamos de forma cotidiana. Por nombrar sólo algunos: el procesador Intel de las computadoras, la memoria USB, los teléfonos celulares, los drones, el Waze, inclusive las prensas índigo digitales para impresiones comerciales. En el campo de la medicina: el *software* para la microbomba de insulina, la Pillcam para hacer endoscopías, el Mazor Robotics Spine Assist para hacer cirugías altamente precisas de columna, el MyEye2 para recuperar la visión con inteligencia artificial, el parche para la migraña, el ReWalk Robotics que permite a las personas paralizadas volver a caminar. También herramientas agrícolas y para preservar el medio ambiente como el riego por goteo, los paneles solares, las plantas desalinizadoras para potabilizar el agua de mar... La lista es enorme, ¡hasta el jitomate *cherry* es invención israelí!

Por eso es que Aarón Ciechanover, Nobel de Química en 2004, descubridor de la ubiquitina, que regula la degradación de las proteínas en las células y permite entender cómo se generan cánceres o padecimientos mentales, ha sido una de las voces más activas para tildar de hipócritas a quienes avalan el BDS, porque como director del Instituto Rappaport de Investigaciones Médicas del Technion, él mismo ha sido testigo de la doble moral de quienes vociferan el boicot contra Israel. Le consta, por lo que ha visto con sus propios ojos, que cuando están enfermos buscan doctores judíos, medicamentos descubiertos por judíos y técnicas inventadas en Israel, a fin de sanar.

Inclusive cuando un terrorista o un incitador antisemita toca la puerta de su hospital, lo atienden. Ciechanover me lo dijo personalmente: "Creemos en la condición de *Tikún Olam*, reparar al mundo: actuar para dejar un mejor mundo a nuestros descendientes, una condición de compromiso y generosidad que enaltece al judaísmo. Por eso, en el momento en que cualquiera ingresa al hospital Rambam del Technion, o a cualquier otro en Israel, el individuo se convierte en un paciente más; no tomamos en cuenta lo que piensa o proclama". Ironías del destino, al propio Yahya Sinwar, líder de Hamás y quien concibió la maldad del 7 de octubre, le encontraron un tumor canceroso en la cabeza mientras estuvo preso en una cárcel israelí. En el Estado judío lo operaron médicos israelíes, le dieron tratamientos israelíes, lo curaron con medicinas israelíes y retomó su vida gracias a la salud que le brindó el sistema hospitalario israelí.

Algo apesta. La consigna de los derechos humanos que debería de defender la diversidad, la equidad y la igualdad para todos, ha resultado el traje idóneo para el BDS, para perseguir judíos y para blanquear al islamismo radical que promueve Irán. Han comenzado con el eslabón más vulnerable: el ataque a los judíos, pero esta injusticia amenaza al sistema en su totalidad.

LOS TENTÁCULOS DE LA TEOCRACIA IRANÍ

Los ejemplos de la intolerancia iraní son muchos y muy sonoros. No hay que rascar mucho, están a flor de piel. Quizá el caso más conocido es el de Salman Rushdie, el prestigiado escritor y ensayista británico-estadounidense de origen indio que ganó el Booker's Award en 1981, una especie de Premio Nobel para libros en inglés. Cuando en 1988 publicó su novela *Los versos satánicos* donde hablaba del islam como una religión opresora, fue víctima de amenazas de muerte que derivaron en una *fatwa*, un edicto religioso emitido el 14 de febrero de 1989 por el ayatola Ruholla Jomeini, entonces líder supremo de Irán, quien convocó a los musulmanes a ejecutar a Rushdie y a los editores del libro porque supuestamente se atrevieron a blasfemar contra el islam. Aunque el libro dista de ser sacrílego, no hubo escapatoria porque una *fatwa* sólo puede revocarse por la persona que la emitió y, como el ayatola murió meses después de haberla pronunciado, ésta sigue vigente.

Rushdie aprendió a vivir a salto de mata y con continua protección, cambiando de identidad porque sabía que el homicida podía estar en cualquier sitio. El 11 de agosto de

2022, treinta y tres años después del edicto de Jomeini, cuando el escritor estaba por salir a dar una conferencia en Chautauqua Institution al norte de Nueva York, cuando apenas lo estaban presentando, un fanático islamista se trepó al escenario y lo acuchilló doce veces en el ojo, el cuello y el pecho. Mientras clavaba la daga, mientras entraba y salía, gritaba con euforia: *Al-lá-hu-Akbar*, validando su compromiso con los ayatolas y la Revolución islámica. A Rushdie, al borde de la muerte, lo llevaron en helicóptero a un hospital cercano donde lo operaron y conectaron a un respirador durante seis semanas. Sobrevivió con graves secuelas permanentes: perdió la vista del ojo derecho y la movilidad de la mano izquierda. En 2024, Rushdie publicó un nuevo libro: *Knife*, cuchillo, donde escribe sobre el brutal ataque.

El caso de la revista *Charlie Hebdo*, el semanario satírico francés de izquierda que resurgió en 1992, es similar. Acostumbrados los editores a provocar por igual a judíos, cristianos y musulmanes con sus viñetas estridentes, el 3 de noviembre de 2011 lanzaron un número especial haciendo una crítica al fanatismo islámico. La revista en ese número pasó a ser *Charia Hebdo*, en lugar de *Charlie*, haciendo alusión a la *sharía*. En la portada había un hombre con turbante diciendo: "Cien latigazos si no te mueres de risa".

Ese lance, con posteriores caricaturas satíricas de Mahoma, incluido un dibujo en el que el profeta aparecía desnudo, provocaron amenazas en embajadas de Estados Unidos y Francia en Oriente Medio, también en consulados, centros culturales y escuelas internacionales de varios países árabes. La historia, sin embargo, no terminó ahí. El 7 de enero de 2015, dos hombres con la cara cubierta ingresaron a las oficinas de *Charlie Hebdo* en París y acribillaron a doce personas, entre ellas a dibujantes y columnistas. Una vez más fue al grito de: *Al-lá-hu-Akbar*. Una vez más ese clamor con el que creen que engrandecen y honran a su dios.

Irán, país que rivaliza por la supremacía del mundo islámico con la monarquía de Arabia Saudita, no ofrece libertades. Ahí se reprime con autoritarismo a los disidentes, se somete a las mujeres, se lapida a quienes tienen una preferencia sexual diferente. Como sucede en Afganistán con los talibanes, porque es la misma ideología, la vida está plagada de restricciones, terror y muerte.

El presidente Ebrahim Raisi, brazo operativo del ayatola, quien ha sido noticia reciente porque ordenó el ataque masivo a Israel el 14 de abril de 2024 y porque un mes después, el 19 de mayo, murió de forma repentina con otros miembros de su gabinete en un accidente de helicóptero cuando viajaba en condiciones climáticas adversas, tenía un apodo inquietante. Le llamaban el Carnicero de Teherán. Confidente de Ali Jameini y uno de los favoritos para sucederlo como líder supremo, Raisi llegó a la presidencia como candidato único y con la participación electoral más baja de la historia. La supuesta república —un engaño— ha servido como ornamento porque el líder supremo, es decir el ayatola, es quien delinea y supervisa las políticas de Estado, quien comanda las fuerzas armadas, quien controla las operaciones de inteligencia y la seguridad del Estado, quien designa a los líderes del poder judicial y del ejército, al Consejo de Guardianes de la Revolución, incluso al presidente, su brazo operativo.

Raisi, quien fuera parte del Comité de la Muerte, fiscal general del Tribunal Especial para el Clero, miembro de la Asamblea de Expertos y, finalmente, presidente, trascendió por su barbarie y crueldad. Por su sello sanguinario.

Era un secreto a voces que él participaba en las ejecuciones sumarias y masivas, que se presentaba ataviado con su turbante negro, su mirada cruel, su barba encanecida y su largo abrigo de *seyyed*, de descendiente de Mahoma. Justificaba sus actos como decreto religioso, como la manera divina de combatir a quienes pretendían derrocar al régimen. Líder del Comité de la Muerte en 1988, de la mano con el ayatola Sadeq Jaljali, apodado el Juez colgador, Raisi llevó a cabo la peor purga política de la historia reciente de Irán, cuando asesinaron en secreto a treinta mil opositores, incluyendo niños y embarazadas que calificaron de "enemigos del pueblo".

Tras el deceso de Mahsa Amini en 2022, muchos iraníes salieron a las calles a protestar, a exigir libertad. La olla estaba en ebullición. Mahsa Amini, una joven de veintidós años de la minoría kurda de Irán, estaba de visita en Teherán con su hermano cuando fue interceptada por la "policía de la moral" porque su chador no le cubría totalmente cabeza, cuello y cuerpo como lo estipula la ley. Los guardias la golpearon en la cabeza, a empujones la subieron en una camioneta y se la llevaron para que recibiera "clases para reformar su conducta". Horas después, a causa de la golpiza, entró en coma y murió tres días después en el hospital. Ello dio pie al levantamiento nacional "Mujer, vida y libertad", una protesta callejera pacífica de decenas de miles, pero, como era su costumbre, Raisi no se tocó el corazón. Mandó a aplacar a quienes protestaban con lo que tuvo a mano: municiones, encarcelamientos, gases lacrimógenos, balas, torturas, desapariciones forzadas y penas de muerte.

Un nivel de represión y barbarie que cuesta trabajo entender, sobre todo porque, cuando uno piensa en Irán, la Persia de la antigüedad, también vienen a la mente las imágenes de la floreciente cuna de las civilizaciones que estudiamos en los libros de historia. Dos escenarios tan contrapuestos: una época luminosa de ejemplar tolerancia religiosa, donde se inscribió la primera declaración de los derechos humanos,[66] donde se fundó el primer hospital del mundo antiguo, el sistema postal, las carreteras. Donde se sentaron las bases de la medicina, la química, la física, la astronomía, las matemáticas, el álgebra y gran parte de las ciencias. Donde se creó el ajedrez, el acero inoxidable y la primera guitarra. Y ahí mismo, en esa tierra espléndida de avances y grandes hallazgos arqueológicos, hoy se ha dado vida al más cruel gobierno teocrático, represor y vengativo que, con una verdad única y un ejército de guardianes de su revolución, viola los derechos humanos, extiende sus tentáculos, suprime la crítica y, mediante sanguinarios actos de terrorismo, busca imponer la *sharía* en todo el globo.

La historia de este nuevo Irán, donde no existen la igualdad ni la libertad de prensa, de expresión o de asociación, es de reciente factura. Se remonta apenas a menos de medio siglo atrás. En 1979, el ayatola Ruhollah Jomeini, fundador de la República Islámica de Irán —de carácter chiita, es decir de quienes creen ser herederos de Mahoma en línea directa—, con el mismo grito *Al-lá-hu-Akbar* que

---

66   En el Cilindro de Ciro, una pieza cilíndrica de arcilla, el rey persa Ciro el Grande dejó para la historia un legado de humanismo. Su pensamiento, que data del 534 a.C., quedó grabado en un cilindro de barro cocido en lenguaje acadio con escritura cuneiforme. Señala que toda persona tiene derecho a la libertad, a escoger su propia religión y estableció la igualdad racial. Hoy, el Cilindro de Ciro está en el British Museum.

alardeó el grupo terrorista Hamás, le arrebató el poder a Mohammad Reza Pahlavi, el sha de Irán, quien había modernizado y secularizado al país con apoyo de Occidente.

De un día a otro se acabaron las libertades. Las mujeres pasaron de minifalda y bikini, a esconderse detrás del chador negro que cubre cabeza y cuerpo. De ser profesionistas liberadas en un país moderno, se convirtieron en súbditas de dios, en esclavas de los hombres. Se pasó de la independencia y la libertad, al oscurantismo, y ese *modus vivendi* se ha prolongado hasta hoy, porque el heredero Alí Jamenei, que también gobierna con interpretaciones distorsionadas del Corán, mantiene desde 1989 esa policía de la moral que mediante redadas del terror vigila el cumplimiento de la ley islámica.

La tragedia, según dictan varios expertos como la escritora egipcia Dalia Ziada —directora del MEEM Center for Middle East and Eastern Mediterranean Studies, autora de una decena de obras en torno al islamismo y nombrada por CNN como una de las principales agentes de cambio en el Medio Oriente— es que la Hermandad Musulmana no sólo se contenta con gobernar Irán, sino que busca exportar su ideología. Es decir no sólo pretende "liberar a Palestina de invasores sionistas", sino "erradicar a todos los infieles del planeta". Islamizar primero la región, para luego imponer su verdad sobre las ruinas de Occidente.

Ziada, quien recibió amenazas de muerte por su repudio a Hamás tras la masacre del 7 de octubre y su apoyo firme a la guerra que libra Israel contra el terrorismo, lleva años expresando con claridad su postura: que la Hermandad Musulmana busca por medios diversos exportar su ideología, que se aprovecha y usa los valores y las libertades democráticas para minar y hacer estallar a las sociedades libres desde adentro. Asegura que el BDS es uno más de los instrumentos que usa la Revolución islámica para perseguir su objetivo de minar las libertades de Occidente.

Al igual que ella, Lorenzo Vidino, escritor italoamericano considerado uno de los mayores expertos en el tema del islamismo, director del Programa sobre Extremismo del Centro de Seguridad Cibernética y Nacional de la Universidad George Washington, sostiene que la Hermandad Musulmana ha implementado una estrategia secreta para lograr su enorme influencia, para conseguir ramificaciones en el mundo, exportar su verdad y sumar millones de simpatizantes. Para escribir *El círculo cerrado*, Vidino entrevistó a exmiembros de la Hermandad Musulmana de Europa, Reino Unido y América del Norte. Descubrió que, de manera velada, el grupo va insertando alumnos destacados en licenciaturas, maestrías y doctorados de las mejores universidades de Europa, Canadá y Estados Unidos, y que invierte en ellos para lograr que, bien educados con los valores occidentales, puedan afianzarse en las sociedades liberales e incidir en la narrativa. Su objetivo, asegura, es convertir a esos intelectuales en figuras respetadas, en portavoces que dicten conferencias en mezquitas y universidades, en expertos consultados por presidentes y ministros, por iglesias y periodistas, por cualquiera que busque entender el mundo árabe o musulmán.

Asegura Vidino que hay una estrategia clara para presentar una fachada de diálogo, pero que, en realidad, el objetivo es tener una red secreta de contactos y relaciones auspiciada por Irán, a fin de insertarse en lugares estratégicos, socavar el discurso, sembrar el odio, ganar influencia y promover temas prioritarios de su agenda en las mentes de Occidente. Con ese engañoso juego —porque con gente de extrema derecha usan el lenguaje antisemita tradicional, y con los defensores de los derechos humanos aluden a los derechos de los palestinos, a la necesidad de eliminar a los "colonizadores"— logran cooptar a gente útil, polarizar, movilizar masas con personas calificadas en puestos claves de toma de decisiones, sembrar su ideología, buscar adeptos y abonar el terreno para que, eventualmente, puedan "colapsar" desde adentro los Estados libres.

En *podcasts* y entrevistas que se han viralizado desde el 7 de octubre, Lorenzo Vidino lo ha explicado con claridad:

> Para mí la Hermandad Musulmana representa la peor amenaza para Occidente porque se esconde, porque a diferencia de Daesh o Al Qaeda que de forma abierta atacan a Occidente, ésta ha mantenido tácticas oscuras y clandestinas, una fachada de integración y diálogo sembrando argumentos de teorías supremacistas, de colonizadores blancos, de imperialistas, genocidas, promotores del *apartheid* y enemigos a combatir.
>
> Lavando cerebros en universidades, han colocado a Hamás como "un movimiento de resistencia". Han convertido a los terroristas en héroes y han dado espacio al terrorismo. Tienen una estrategia de ingeniería social clara y muy estudiada. Se hacen pasar por gente benevolente que quiere dialogar, pero en realidad saben polarizar, entablar conflictos, mentir y reclutar a idiotas útiles. Así lo han hecho en Alemania, Francia y Estados Unidos, donde han colocado el tema de Palestina y el boicot a Israel como temas prioritarios de la agenda. El peligro es enorme porque su verdadera intención es imponer la *sharía*. Los políticos de Europa se confunden mucho con la Hermandad

Musulmana, pienso que la corrección política podría ser nuestra condena...[67]

La española Pilar Rahola, quien también ha hecho un trabajo a contracorriente para desnudar esa ideología fanática islamista, ha acusado a los europeos de ser muy inocentes. "Suelen creer que si les dan dinero, trabajo y oportunidades a los migrantes musulmanes, éstos se integrarán y todo va a estar bien, que adoptarán la cultura occidental y se volverán demócratas, pero ello ha sido una pifia, un desatino, porque es justamente al revés, les hemos dado permiso de acabar con lo que más apreciamos: nuestras libertades".[68]

Argumenta Rahola que más allá de lo que Occidente quiera pensar o creer, a los fundamentalistas nada ni nadie los detiene y siguen adelante con su plan original de imponer su ley: la *sharía*, aun disfrutando de los privilegios de vivir en sociedades libres. Y esto parece cierto porque, según reportajes de CNN y BBC, la *sharía* está ganando lugar en Europa. Hay zonas en Inglaterra, Dinamarca y España, entre otros países, donde se exige que no haya alcohol, juego o música, donde se obliga a rezar cinco veces por día y donde las mujeres no pueden salir a la calle sin su chador, el velo circular con el que deben cubrir su cabeza y su cuerpo.

En varias ciudades europeas rige una ley paralela y una policía musulmana local que castiga comportamientos no islámicos en la vida pública y en el entorno privado. Susanna Lukacs divulgó un reporte en *The European Conserva-*

---

67   Vidino ha dado decenas, quizá centenas de entrevistas desde el 7 de octubre. Una de ellas, bastante exhaustiva, fue con Maya Mizrahi de Tikva International, el 7 de febrero de 2024, publicada en la revista *Epoch*.

68   Lo ha afirmado en centenas de foros, también en su reciente visita a México en marzo de 2024.

tive en abril de 2023, donde afirma que, hasta el momento de la publicación de su informe, había 85 Concejales de Sharía en Londres y que el número iba al alza. Ratificó evidencia de discriminación a la mujer y matrimonios forzados, y expuso pruebas de que esos grupos fanáticos no tienen ninguna voluntad de regirse por las leyes liberales y democráticas de Gran Bretaña.

Además, es la Hermandad Musulmana quien, con mucho tino, explota el término "islamofobia" en el discurso de Occidente para generar empatía y conmiseración con los musulmanes, apoderándose del lenguaje y de la narrativa. Con enorme inteligencia ha obligado a las naciones libres a plegarse a una cierta corrección política, a una tolerancia excesiva, porque nadie quiere ser tildado de racista, antimusulmán o islamofóbico. Porque nadie quiere ser condenado por las organizaciones de los derechos humanos que han asumido este tema como culturalmente sensible.

Su estrategia es artera: culpan al mundo de discriminación, antes de que el mundo se pueda atrever a develar el plan de los fanáticos islamistas.[69] Así, desde el discurso, se han curado en salud contra cualquiera que cuestione su intolerancia. Además, en ese doble juego, la islamofobia ha servido también como herramienta para justificarse ante su grey, para señalar que Occidente es quien quiere destruir al islam.[70]

---

[69] Donald Trump, mientras fue presidente de Estados Unidos, fue antimusulmán en extremo y, con ello, provocó que crecieran los sentimientos de empatía con los árabes y musulmanes; que se hablara de combatir la islamofobia.

[70] Los judíos antes del 7 de octubre, que disparó las cifras, sufrían cinco veces más crímenes de odio que los musulmanes. Quizá por ello, Sam Harris, autor de *El fin de la fe*, libro que estuvo 33 semanas en la lista de *best sellers* del *New York Times*, escribió una frase ruda y perturbadora al respecto. Señaló que, a su entender, "la islamofobia es un término creado por fascistas y usado por cobardes, para manipular a tontos útiles".

LA RUTA DEL DINERO

Desde 2014, la Hermandad Musulmana ha resurgido con mayor fuerza gracias al apoyo económico e ideológico de Irán y de Qatar. Antes de ello, de 1960 a 2013, había sido Arabia Saudita la fuente de financiamiento de la Hermandad, pero, tras la Primavera Árabe y la elección de Mohamed Morsi como presidente de Egipto (Morsi es miembro de la Hermandad y ha sido muy crítico de la familia real saudí), los saudíes retiraron su apoyo y calificaron al grupo iraní de terrorista.

Con el control de 13% de las reservas mundiales de petróleo y de los mayores yacimientos de gas natural del mundo, Qatar —patrocinador de Hamás y creador de Al Jazeera— tiene todos los recursos para tejer y destejer a su antojo. Es dueño de Qatar Airways, de las tiendas Harrods, del estudio Hollywood Miramax, compró y vendió las joyerías Tiffany, tiene fondos de inversión en Europa, Asia y Estados Unidos, posee acciones de British Airways, en las automotrices Volkswagen y Porsche, en los bancos Barclays y Credit Suisse, son suyos el París Saint Germaine y el FC Barcelona. Además, con cifras millonarias y sobornos, compró la sede de la Copa Mundial de Futbol en 2022, la más cara de la historia; según dicen, costó quince veces más que cualquier otra y Qatar, deseoso de mostrar su poderío económico, pulir su imagen y ganar talla geopolítica mundial, lo pagó sin empacho.

Es un hecho irrebatible que Qatar destina carretadas de dinero a instituciones de toda índole: universidades, hospitales y hasta equipos de futbol. Se sabe que con su narrativa ha logrado permear nuestras "sociedades de infieles".

Sin embargo, faltaban pruebas, datos contundentes, que llegaron en julio de 2019 cuando Charles Asher Small, director del Instituto para el Estudio de la Política y el Antisemitismo Global (ISGAP), llevó al Departamento de Justicia de Washington D.C. un estudio titulado: "Follow the Money", siga la ruta del dinero, que su institución realizó.

Asher Small logró mostrar que cuando menos cien universidades norteamericanas habían recibido contribuciones ilegales de miles de millones de dólares de gobiernos extranjeros, varios de ellos gobiernos autoritarios del Medio Oriente, y pidió al Departamento de Justicia que investigara más a fondo la falta de transparencia. Su temor entonces, que se ha hecho evidente después del despertar del 7 de octubre de 2023, era que la educación superior en Estados Unidos estaba siendo corrompida con dinero sucio. Que las mentes de los norteamericanos se estaban pervirtiendo con sentimientos antisemitas y con la erosión de los valores democráticos y liberales, y que, como consecuencia de intereses monetarios oscuros, se estaba propagando en los campus universitarios una cultura de odio, un ambiente permisivo, creciente y cómplice para hostigar a los judíos.

El proyecto reveló que los miles de millones de dólares recibidos por las universidades, sobre todo de Qatar, fondos que no se reportaron al Departamento de Educación como lo requiere la ley, provenían de regímenes autoritarios hostiles a los principios democráticos, países donde no se respetan los derechos humanos y que están vinculados con el terrorismo y su financiamiento. El gobierno federal comenzó una investigación y descubrió que el tema no sólo se constreñía a las universidades, sino a intervenciones secretas con partidas de dinero para alimentar campañas políticas, a cambio de favores a largo plazo. Había dinero oculto en la industria del tabaco, petróleo, gas y en las compañías farmacéuticas.

Parecía cada vez más evidente que algunos países del Medio Oriente estaban erosionando las libertades de expresión y de academia, apoyando a grupos extremistas en las universidades norteamericanas. Cruzando variables constataron, además, que de 2015 a 2020, las instituciones que recibieron dinero de donantes del Medio Oriente tuvieron 300% más incidentes antisemitas que quienes no lo recibieron. Había una correlación directa entre dinero no documentado de regímenes autoritarios y el incremento de crímenes de odio y mensajes incendiarios contra judíos en las redes sociales. Además, en esas universidades hubo dos veces más campañas antisemitas y antisionistas que donde no se recibió dinero.

El monto de los fondos no declarados de 2014 a 2019 ascendía a la estratosférica cantidad de 15 763 675 142 dólares. Las universidades que recibieron más dinero sin declarar fueron: Carnegie Mellon (1 473 036 665 USD), Cornell University (1 289 433 376 USD), Harvard University (894 533 832 USD), Massachusetts Institute of Technology (859 071 692 USD), Texas A&M University (521 455 050 USD), Yale University (495 851 474 USD), Northwestern University (402 316 221 USD), Johns Hopkins University (401 035 647 USD), Georgetown University (379 950 511 USD), University of Chicago (364 544 338 USD). Seguidas por más universidades de la Ivy League como: Stanford University (319 561 362 USD), Columbia University (295 506 012 USD) y University of Pennsylvania (292 730 761 USD). En total, 293 instituciones.

Qatar era el mayor donante. El resultado mostró lo evidente: hay una correlación directa entre los fondos no documentados en las universidades norteamericanas y la proliferación del BDS. Comprobaron que, en los campus que recibieron fondos de Qatar, se agudizaron los sentimientos antisemitas y crecieron en número los grupos palestinos que niegan el derecho de Israel a existir. En esas universidades también se propagó la comparación entre Israel y nazismo, e Israel y *apartheid*. Ahí se extendió el libelo antisemita de que los judíos "controlan el mundo" y el deseo de boicotear a cualquier organización judía o producto judío. Además, en esas universidadades hubo más expresiones de grafiti y eslogans antisemitas, y más atentados y crímenes de odio, que lo reportado en cualquier otra institución ajena a esos subsidios.

LA EXPLOSIÓN DEL ODIO

Si bien los judíos norteamericanos guardaban cierta preocupación, el verdadero despertar a una nueva realidad de intolerancia y deshumanización del judío devino a partir del sábado 7 de octubre, cuando todo encajó. Cuando se dio permiso de ser abiertamente antisemita.

Aprovechando que los israelíes se desangraban en la lona, cuando el horror no permitía aún medir la magnitud de la tragedia, cuando el trauma coexistía con capas de aturdimiento, cuando se avizoraba que Israel no tendría otra alternativa que defenderse y tratar de recuperar a sus ciudadanos secuestrados, la maquinaria ya estaba echando mano de lo sembrado para marcar, agraviar y deshonrar, para poner el dedo acusador en Israel y en el pueblo judío en su conjunto, para acorralar en las cuerdas de la opinión pública.

Por esas casualidades del destino, ese mismo sábado 7 de octubre de la masacre, en México estaba programado un congreso del Partido del Trabajo en el Hotel Fiesta Americana de la capital. Ahí, sin la menor compasión ante lo sucedido, los partidarios del PT jubilosos coreaban con el puño en alto: "Palestina libre, Palestina libre". Lo más sorprendente no sólo fue su ignorancia e insensibilidad, sino que tenían como invitado al polémico Ofer Cassif, diputado judío israelí, miembro de la Knéset por el partido árabe Hadash, quien, aunque siempre ha sido muy vocal en contra de Netanyahu, en contra de las políticas de ocupación, y solidario con el pueblo palestino, estaba petrificado recibiendo información de la barbarie.

Cassif también temió por la suerte de los suyos, estando ahí en el congreso del PT se enteró que los terroristas no distinguieron credo ni nacionalidad, que mataron por igual a judíos, cristianos, budistas o musulmanes, a ciudadanos de más de treinta naciones, a ortodoxos y a libres pensadores. Para él, sin embargo, no hubo empatía; las consignas y *vendettas* en contra de Israel se repitieron sin consciencia, sin empatía. El propio Cassif estaba tan afectado que, no obstante su postura de extrema izquierda, muy crítica con el gobierno de su país, condenó en un primer momento el ataque del 7 de octubre, sabiendo que si él y su familia hubieran vivido en el sur, los hubieran matado.[71]

---

71 A medida que han pasado algunos meses, Cassif ha aprovechado su voz para avanzar en lo que cree: en "la libertad del pueblo palestino", y ha sido muy crítico de la guerra que Israel emprende contra Hamás. Su rol ha sido muy cuestionado porque ha apoyado, entre otras cosas, las medidas propues-

En varios países del mundo también hubo manifestaciones, explosiones de odio contra Israel, polarización que no nació de forma espontánea. Una investigación realizada por el Armed Conflict Location and Event Data Project, indicó que del 7 de octubre al 27 de octubre hubo 4 200 manifestaciones relacionadas con el Medio Oriente, en más de cien ciudades (38% de las protestas del mundo fueron alusivas al conflicto israelí-palestino).

De estas 4 200, 88%, es decir 3 700, fueron protestas pro-palestinas y en casi todas hubo expresiones de violencia. Hubo sólo 500 pro-Israel (12%), pacíficas en todos los casos. Algunos países europeos como Alemania, Francia, Reino Unido y Hungría se vieron obligados a restringir el discurso político pro-palestino por los niveles de fanatismo, por las consignas de odio e intimidación que encarnaron.

EL MUTANTE ANTISEMITISMO

El antisemitismo ha sido la escuela de odio más grande de la historia. La aversión al judío que, algún día provino del catolicismo y de la derecha, ahora se ha transformado mayoritariamente en musulmán y de izquierda, expresando un marchito desprecio a los hechos, a la historia, a la realidad, a la decencia y, sobre todo, a los intereses geopolíticos, factores decisivos en el entorno actual y para el futuro de la humanidad. Digo mayoritariamente musulmán y de izquierda, porque a esta mezcla insólita se suman los pro-nazis y los

tas por Sudáfrica a la Corte Internacional de Justicia, órgano de las Naciones Unidas que, por la presión árabe, ha acusado a Israel de genocida y de cometer *apartheid*. Las declaraciones y la postura de Cassif han generado mucho revuelo en Israel, inclusive ha habido quienes han exigido su expulsión de la Knéset.

individuos de extrema derecha que siempre han sido anti-semitas. De manera paradójica, los extremos suelen tocarse, los fanáticos de derecha e izquierda borran sus diferencias cuando se trata de atacar judíos.

Aunque el antisionismo siempre afirmó no ser anti-semita, ha demostrado que no es más que un remedo de la vieja judeofobia, de la demonización del judío que a través de los siglos ha ido mutando de generación en generación, adaptando los estereotipos a las ideas en boga. El odio al judío es de larga data. Comenzó siendo de carácter religio-so, un antijudaísmo cristiano taladrado durante casi dos mil años en las iglesias, sembrando mitos y difamaciones que sir-vieron de base para el antisemitismo moderno.

El historiador francés Jules Isaac —cuya esposa e hija fueron asesinadas en los campos de exterminio nazi y quien logró convencer al papa Juan XXIII de que la Iglesia fue cómplice en el odio, responsable de los prejuicios que desem-bocaron en la masacre— se refería a una "pedagogía del des-precio". Aludía a una ideología del mal machacada durante siglos, a estereotipos de carácter religioso que fueron abo-nando el terreno para que sucediera el Holocausto. Es decir, esa misma carrera de relevos que hoy, con distintos matices, ha derivado en el antisemitismo yihadista, el de la guerra santa, respaldado por un negligente sector de la izquierda.

La historia del antisemitismo mutante se remonta a los judíos nazarenos que acusaron a sus hermanos judíos de ser "ciegos", de no aceptar al mesías y la "fe verdadera". En un principio era una simple crítica, pero a medida que el tiempo transcurrió, a medida que el nuevo canon fue ga-nando adeptos, el diálogo fue irreconciliable y, para cuando el cristianismo se convirtió en la religión oficial del Imperio

Romano en el siglo IV, la consigna fue culpar a los judíos de ser un pueblo deicida. Aunque Roma de forma habitual crucificaba a enemigos y delincuentes, el cristianismo generó el mito de que habían sido los judíos, y no los romanos, quienes crucificaron a Jesucristo. El mandato no fue matarlos, sino oprimirlos y demonizarlos, porque su presencia serviría para validar a la "verdadera religión". Así, de forma paulatina los judíos se convirtieron en depositarios del castigo divino "por haber asesinado a dios".

En 1215, Inocencio III fue aún más lejos. Tomó la decisión de aislarlos, de obligarlos a vivir en barrios separados y portar una señal para ser reconocidos, exponiéndolos a ser blanco de ataques y persecuciones. Hitler no inventó demasiado, las lecciones venían de la historia misma. Este papa del siglo XIII se defendía argumentando que la exclusión era una "medida de protección" para los cristianos, para evitar que mantuvieran relaciones sexuales con judíos, pero su instrucción era también prohibir a los judíos ejercer profesiones liberales, ocupar puestos de autoridad, tener empleados cristianos y construir sinagogas. Los arrinconó como prestamistas o cobradores de impuestos, una profesión que alimentó el estereotipo de avaros, codiciosos o "maestros del engaño". Hizo todo lo posible para acabar "con la perfidia de los judíos", todo lo necesario para perseguirlos, arrinconarlos y mantenerlos vivos como prueba viviente del linaje que negó a Jesús su condición de mesías.

Las falsas murmuraciones de orden religioso se sucedieron unas a otras. El libelo de sangre fue un alegato antisemita que acusó a los judíos de asesinar a niños cristianos para utilizar su sangre en la elaboración de *matzot*, el pan ázimo, que se come en Pésaj (la Pascua judía). ¡Un absurdo!, no sólo porque los judíos no matan niños cristianos, sino porque esas galletas se elaboran con harina y agua. También se les culpó de haber provocado la peste bubónica, la enfermedad infecciosa más letal, diseminada por ratas y suciedad, que dejó millones de muertos con brotes sucesivos en Europa entre los siglos XIV y XVIII. Como los judíos sobrevivieron en mayor porcentaje por sus códigos de higiene, fueron blanco fácil de acusaciones, sospechas e intrigas, el chivo expiatorio ideal.

En 1349 todos los judíos de Basilea fueron masacrados por ser los "causantes de la plaga". Lo mismo sucedió en Alemania, Francia, España, Italia, Países Bajos y otras ciudades de Suiza, donde turbas de exaltados asesinaron a colectividades completas. Se calcula que de las 363 comunidades judías existentes en Europa en aquel momento, más de la mitad fueron embestidas con odio, sed de sangre y muerte, argumentando que los judíos habían envenenado las fuentes de agua para propagar la epidemia entre cristianos. El decreto de Benfeld, firmado por un grupo de señores feudales en Alsacia en ese mismo 1349, los acusó de ser "los causantes de la peste" y, para echar más leña al fuego, Carlos I de Bohemia y IV de Alemania, emperador del Sacro Imperio en esos años, promulgó un edicto arbitrario en el que autorizó a los vecinos cristianos a apropiarse de las pertenencias de los judíos asesinados. Fue un acicate para el robo porque, con ese "permiso", muchos procedieron a ajusticiar judíos a fin de quedarse con sus bienes.

Cualquier acusación o argucia para difamarlos resultó válida. Se decía, por ejemplo, que los judíos profanaban las hostias consagradas. Se corrió la patraña de que se las robaban para recrear la crucifixión de Jesús, para quemarlas y apuñalarlas. Aseguraban que los judíos insultaban o blasfemaban contra la Virgen y Jesús. Un sinfín de pretextos y mitos para suscitar más masacres, torturas, expulsiones y más adjudicaciones de sus pertenencias.

En la Nueva España, el Tribunal de la Santa Inquisición fue brutal. "En el nombre de dios" no sólo se mostraban "los errores del judaísmo", también se exhibía a los judaizantes como "hijos de Lucifer", "servidores de Satán", "destructores de la fe cristiana". La "cólera de dios", como se justificaban, los acreditaba a delatar, perseguir y torturar con las prácticas más ruines, a quemar piras de libros y, sobre todo, a realizar autos de fe, actos públicos organizados por la Inquisición en los que obligaban a los condenados por el tribunal a abjurar de sus pecados y mostrar arrepentimiento para servir de lección. Espectáculos monstruosos a los que asistían familias enteras y que culminaban con las piras humanas de impenitentes y relapsos que, según el Santo Oficio, no se habían retractado de su herejía.[72]

Por supuesto la violencia redituaba, porque los inquisidores se apoderaban del patrimonio de los judíos. La Plaza del Quemadero de México se ubicó en lo que hoy conocemos como La Alameda del centro histórico de la capital, el jardín público más antiguo de América hoy sembrado de alegría: de globos, Santa Closes decembrinos y festejos de todo tipo, pero vinculado de forma inevitable a una historia negra de odio, fanatismo y maldad porque ahí quemaron vivos a cientos de judaizantes, como les llamaban. El Museo

---

72 Recomiendo *Olvidarás el fuego* de Gabriela Riveros, novela histórica que permite entender los alcances del horror que vivió durante la Inquisición la familia Carvajal, específicamente Luis de Carvajal, fundador del Nuevo Reino de León, lo que hoy es Monterrey, y su sobrino llamado Joseph Lumbroso (Lumen, 2022).

Memoria y Tolerancia hoy está ubicado justo enfrente de La Alameda, una ironía del destino.

Para el siglo XIX, cuando lo que estaba de moda eran las ideas de igualdad, libertad y fraternidad, cuando la religión perdió peso tras el despertar de la ciencia y el humanismo, el malestar antisemita se atribuyó a la competencia económica que generaban los judíos. Como consecuencia de la Revolución francesa, se les había dado la oportunidad de salir del gueto, de ser ciudadanos emancipados y desempeñarse en las profesiones liberales: ser médicos y abogados, orgullosos franceses, alemanes y austriacos, y al destacar, porque muchos fueron grandes profesionistas, la envidia ahondó en los estigmas. Se les acusó de "codiciosos" y "deshonestos", de mantener una "identidad cultural ajena", de ser una "raza enemiga", inclusive de dominar el aparato político, la academia o las instituciones.

El mal estaba inoculado. Baste recordar el caso del general Alfred Dreyfus en Francia. Con calumnias lo degradaron, lo acusaron de traición y lo sentenciaron a prisión perpetua y al destierro en la Isla del Diablo, donde permaneció de 1894 a 1906, cuando se probó su inocencia. Fue Émile Zola con su célebre *J'Accuse (Yo acuso)*, publicado en la primera página de *L'Aurore*, quien por vez primera en tiempos modernos unió a un grupo de intelectuales en torno a la defensa de una causa justa. "Mi deber es hablar, no quiero ser cómplice" —comenzó Zola su escrito, en el que mostró la doble moral e inequidad imperante en la sociedad francesa, el antisemitismo nacionalista y rampante que se alimentaba con las publicaciones de una prensa influyente y calumniadora.[73]

---

73 Recomiendo el libro de Nedda Anhalt: *¿Por qué Dreyfus? El ensayo de un*

Theodor Herzl, periodista judío, ciudadano del Imperio austrohúngaro, un hombre emancipado e hijo pródigo de la Ilustración, presenció por casualidad el juicio a Dreyfus y constató la ola antisemita en Europa. Inspirado en lo que vio, escribió *El Estado judío* que motivaba a crear un movimiento político para establecer una nación en *Eretz Israel*, donde los judíos pudieran vivir en paz sin ser perseguidos. En esa tierra que había sido objeto de rezos diarios durante dos mil años, clamando el retorno milenario a la tierra de Sion, donde nunca dejó de haber presencia judía.

Así, en ese entorno de grandes aspiraciones y antisemitismo, en tiempos de la creación de Estados nación, surgió el sionismo como un movimiento político acorde con el discurso de los nuevos tiempos. Los libelos, sin embargo, continuarían. A comienzos del siglo XX, aparecieron en Rusia *Los protocolos de los sabios de Sion*, la publicación antisemita más famosa y más ampliamente distribuida de la época contemporánea, donde los judíos resultan el perfecto chivo expiatorio para todos los males. Ese panfleto escrito en 1902 y destinado a diseminar el odio, fue una tosca falsificación de un pasquín que había sido escrito contra Napoleón III, un plagio de una sátira política francesa que en su versión original no mencionaba a los judíos. Sustituyeron todo lo que aludía al Segundo Imperio —la crítica al colonialismo, el repudio al autoritarismo con el que gobernaba el monarca francés con el apoyo del ejército, la burguesía y la Iglesia— por la palabra judío, y crearon un escrito difamatorio y antisemita que publicaron por entregas en el diario ruso *Znamya* (la bandera), en donde de manera anónima culpaban a los judíos de todas las desgracias económicas, políticas y sociales imperantes.

crimen, Conaculta, 2003, Colección La Reflexión.

Ya luego imprimirían y distribuirían millones de copias de esa calumnia en al menos dieciséis idiomas, imputándoles a los judíos ser el origen de todos los infortunios y mezquindades del mundo: desde la Revolución rusa o la Gran Guerra, hasta conspirar para desestabilizar al mundo. Aseguraban que los "sabios de Sion", un poderoso grupo de su invención, se había infiltrado en todos los ámbitos para dominar a los pueblos del mundo. Acusaban a los judíos de ser socialistas, comunistas o capitalistas; de ser bolcheviques, avaros o millonarios; de ser racistas o chauvinistas; de asimilarse o encerrarse en sí mismos. De ser enemigos de todo el género humano, de ser ricos y de ser pobres, de tener brazos en todas las esferas del poder como parte de esa "gran conspiración mundial".

Esa enorme falsedad reproducida por millones, calificada en 1935 por un tribunal suizo de difamación: "falsificaciones obvias", "tonterías ridículas", se fue convirtiendo, con base en la repetición, en verdad categórica. En el mito por excelencia para alimentar el prejuicio. Transmitido de boca en boca fue el antecedente perfecto para que Adolf Hitler y los extremistas de derecha nazis hallaran al chivo expiatorio que buscaban para atribuirle el descalabro económico de Alemania y la deuda generada por la guerra.

Con "pruebas científicas" los alemanes mostraron que los judíos eran "impuros", "raza inferior", "corruptores de la especie". Haciendo uso de la propaganda y la inoculación del odio, los segregaron y buscaron expulsarlos con la promulgación de las Leyes de Núremberg de 1935 y, ya luego, con la guerra y el acumulamiento masivo de prisioneros judíos en guetos, tomaron la decisión cupular de la Solución Final, es decir de concentrarlos y asesinarlos en campos de exterminio. Fue esa la suerte para bebés, adultos o ancianos judíos, pero, también, para cualquiera que se hubiera asimilado y que, sabiéndolo o no, tuviera "remanentes de sangre judía", dos, tres o cuatro generaciones atrás.

Con base en la teoría racial nazi un judío era judío, sin que importara su religión, nacionalidad, edad o convicciones. Es decir, bastaba un abuelo, bisabuelo o tatarabuelo judío en su linaje para delatar su "raza", para ser condenado a morir en cámaras de gas. No hubo salidas, no hubo manera de convertirse como sucedió en la Inquisición, cuando el antisemitismo tuvo un carácter religioso.[74] Con el tema de la raza el judío no tuvo escapatoria. La escalada del odio terminó con lo que sabemos: el asesinato sistemático de dos terceras partes de la población judía en Europa durante el nazismo.

Juan XXIII, que sólo fue papa durante cinco años: de 1958 a 1963, entendió lo que el historiador francés Jules Isaac quiso decirle cuando le habló del peso del odio promovido por la Iglesia. Es decir, comprendió a cabalidad los escalones para transitar de la Inquisición, que alcanzó niveles de crueldad y persecución intolerables, al Holocausto. Con enorme valentía y claridad, usó la autoridad moral que le confirió la Iglesia para asumir responsabilidad y subsanar un error histórico. Para cambiar el paradigma. Para levantar su voz y hacer la diferencia.

Convocó el Concilio Vaticano II y en ese marco, el papa Juan XXIII publicó *Nostra aetate*, donde por vez primera se afirma en un documento eclesiástico que el antisemitismo es un pecado contra dios y que los judíos no son responsables

---

74   En la Inquisición, los nuevos cristianos, es decir: los judíos que se convertían, no tenían los mismos derechos que los cristianos viejos, pero, cuando menos, podían seguir vivos. No así con el nazismo.

de la muerte de Jesucristo. Fue un punto de inflexión, un reconocimiento de que el odio a los judíos plantó la semilla para la Shoá, como los judíos llaman al Holocausto. Juan XXIII se atrevió a exigir respeto y entendimiento entre católicos y judíos, dándole la vuelta a dos mil años de acoso y persecución. Desde entonces la Iglesia ha dejado de sumar piedras al odio. Ya luego, el papa Wojtyla, Juan Pablo II, inició las relaciones diplomáticas entre el Vaticano y el Estado de Israel, y acuñó el término "queridos hermanos mayores" para referirse a los judíos.

Así llegamos al momento actual, cuando dejaron de ser válidos los argumentos religiosos, de competencia económica o los de superioridad racial, y el virus del odio mutó para ser contenido en el marco de "los derechos humanos", el tema de moda. El yihadismo sumó a una buena parte de los militantes de izquierda a sus filas y, con una estratégica maquinaria mediática, ha convencido a ilusos de Occidente que Israel, por ser una nación judía, tiene un carácter perverso, violatorio de los derechos humanos. Curioso es que hay cincuenta países musulmanes en todo el mundo y una única nación judía.

Si bien por años insistieron en que sólo eran "antisionistas" y "no antisemitas", el ardid ha demonizado por igual a los israelíes que a los judíos del mundo, explotando el pozo evenenado del antisemitismo imbuido en el imaginario colectivo durante milenios. El mismo que hoy, disfrazado de antisionismo, condena a Israel y a los judíos de todos los males, aunque sea una argucia, una perversa falsedad.

Tras el 7 de octubre se ha llegado al absurdo de desfigurar la historia para negar el carácter judío de Israel, repitiendo patrañas y engaños para banalizar el Holocausto y para equiparar a Israel con los nazis genocidas. En redes se multiplican los dislates y necedades. Que si Jesús no fue judío, sino ¡un joven palestino! Que si la comida israelí ¡es palestina! Que si los vestigios que datan de más de tres mil años y que son prueba fehaciente de la vida judía ininterrumpida en la zona, son ¡restos palestinos! Un absurdo porque así como no se puede negar la existencia de la población árabe en la zona, menos se puede borrar la centralidad de esa tierra para el pueblo judío.[75]

La semilla del odio ha proliferado en tierra fértil y, a partir del Sábado Negro, ha sido atroz la cacería de judíos. De manera repentina ha habido pintas de suásticas y estrellas de David en las casas de los judíos; ataques con bombas molotov a sinagogas, cementerios e instituciones judías; incendios y hasta asesinatos. También violencia verbal y acoso a profesores y alumnos judíos en campus universitarios y ciudades norteamericanas, europeas y latinoamericanas.

A mediados de octubre, días después del ataque de Hamás, se viralizó el video del profesor Shai Davidai de la Escuela de Negocios de la Universidad de Columbia, quien denunció que era víctima de una cacería de brujas. Comenzó a recibir fotografías de Auschwitz; correos electrónicos en los que lo acusaban de ser "asesino", "maníaco" o "genocida"; llamadas telefónicas para amenazarlos a él y a su familia. Gritaba abatido con miedo y desesperación: "Estados Unidos ya no protege a sus hijos del antisemitismo; las universidades no protegen a sus profesores y alumnos de las organizaciones estudiantiles proterroristas". Y tuvo razón: en marzo de 2024,

---

75 El segundo Templo de Jerusalén fue fundado 1100 años antes de la llegada de Mahoma. Yerushalayim, el nombre que le dan los judíos a la ciudad, se menciona 659 veces en el Antiguo Testamento.

cinco meses después del video viralizado, por la presión de grupos pro-palestinos muy activos en la Universidad de Columbia, los directivos decidieron abrir una carpeta de investigación en contra del profesor Shai Davidai.

En las marchas pro-palestinas se ha incitado al hostigamiento abierto y franco contra los judíos. En el Holocausto los nazis escondían sus crímenes, pero hoy no hay nada que ocultar. Se ha convertido en insignia de honor perseguir judíos, arrinconarlos, violarlos o matarlos con provocaciones del más grotesco antisemitismo. Las piezas se acomodaron. En los medios se han multiplicado las voces de quienes se refieren a los terroristas como "mártires de la resistencia", como "luchadores por la libertad".

La guerra mediática, bien planeada, bien articulada con una eficaz estrategia de relaciones públicas y control de la información, ha seguido su curso y Hamás lleva franca delantera en su capacidad para sembrar "la verdad" acomodaticia y perversa. La verdad *fake* que se repite con los peores epítetos de nuestros tiempos, esos que sirven para demonizar a cualquiera. Esos que remachan que Israel es "promotor del *apartheid*", que implementa políticas de "limpieza étnica" en Gaza, que "asesina niños", a miles de niños, que mantiene a los palestinos en una "cárcel a cielo abierto", en "campos de concentración".

Palabras bien seleccionadas: campos de concentración, limpieza étnica, genocidio, *apartheid*, términos hoy en boga que resultan doblemente grotescos hablando de judíos. Una y mil patrañas calculadas para justificar, golpear y desacreditar a Israel ante la opinión pública, para que nadie dude. Para lacerar. Para provocar sentimientos antisemitas y mover a la acción.

Sobre todo, para banalizar el Holocausto y equiparar a los israelíes con sus verdugos del Tercer Reich, acusaciones no sólo falsarias y tramposas a nivel histórico, sino también de enorme insensibilidad con quienes sobrevivieron a la Solución Final, la aniquilación sistemática del pueblo judío en cámaras de gas en las que asesinaron a seis millones de judíos. Por eso el jurista judío polaco Raphael Lemkin, que en 1939 huyó del Holocausto, de la catástrofe y la quemazón total, creó el término genocidio, porque no existía en el diccionario una palabra que englobara la magnitud de la aniquilación sistemática en campos de muerte, el mayor exterminio del siglo XX que respondió a siglos de racismo y odio.

Resulta patético, ciertamente perverso, que hordas de "defensores de los derechos humanos" y agitadores oportunistas se hayan atrevido a arrancar los letreros de *Bring Them Home Now*, colocados en postes y espacios públicos de las grandes ciudades del mundo. Es decir, las fotos de niños, jóvenes, mujeres y adultos secuestrados por Hamás. Lo hicieron como consigna, respondiendo a su lealtad a la causa palestina. Nadie quita el letrero de un perrito perdido, pero en este ambiente de tribus políticas y comportamientos agresivos de advenedizos que creen defender un motivo noble, ha resultado lícito destrozar el póster de un judío secuestrado, el grito de unos padres implorando atención para recordar a sus hijos cautivos en un túnel de Gaza. Lo han hecho argumentando "un acto de justicia". ¿Hacer eso es justicia?

Dicho sea de paso, se llevaron a esas personas secuestradas porque creyeron que Israel caería una vez más, porque en 2011 Israel intercambió al soldado Gilad Shalit, que llevaba cinco años de cautiverio, ¡por 1 027 prisioneros palestinos recluidos en las cárceles de Israel! Una vida judía por 1 027 terroristas, incluidos 280 criminales con sentencia vitalicia. Entre éstos últimos, fue liberado Yahya Sinwar, el mentor y fundador de las Brigadas Al-Qassam, el ala militar de Hamás, el cerebro que planeó cada detalle del horror del 7 de octubre.

Michael Koubi, su interrogador en la prisión israelí, dijo a Infobae en noviembre de 2023 que Sinwar, una figura que influye en muchos grupos ideológicos del mundo, hizo sus primeros contactos con la teocracia iraní en la cárcel.

> Es un bárbaro sin piedad, lleva la muerte en sus ojos. Odia a los judíos y a todos los infieles. Siempre supo mentir y manipular. Con lo acontecido el 7 de octubre de seguro siente que completó su misión, su papel histórico en la fantasía terrorista. Aunque lleve cientos de años instaurar el califato que pretende, desde su perspectiva él seguramente cree que ya logró entrar en la historia árabe, palestina y musulmana.[76]

Ironía del destino es que mientras estuvo preso, porque pasó dos décadas en las cárceles israelíes aprendiendo hebreo para conocer a profundidad el pensamiento de sus enemigos, a Sinwar le detectaron un cáncer de cerebro y un grupo de médicos israelíes lo operó, lo trató y le salvó la vida, brindándole una segunda oportunidad. Esa segunda oportunidad fue para sembrar maldad y crueldad, para llevar a cabo una carnicería, para dejar miles de muertos y heridos a su paso, para engendrar un trauma social tan profundo que quedará en la memoria colectiva de varias generaciones.

---

76   Infobae, 8 de noviembre de 2023.

Los valores se han torcido tanto que en Estados Unidos, con base en el movimiento DEI, se sanciona a quien estigmatiza de gordo, gay o negro a algún compatriota, pero se permite boicotear a Israel y a los judíos, inclusive atentar contra sus vidas en nombre de la Primera Enmienda Constitucional, es decir de la sacrosanta "libertad de expresión". A este respecto, fue lamentable una audiencia pública sobre antisemitismo en el Congreso norteamericano el 5 diciembre de 2023, donde se citó a las presidentas de las universidades Harvard, University of Pennsylvania y MIT.

A la pregunta directa e incisiva de la legisladora Elise Stefanik: "Si llamar al genocidio de los judíos es o no una violación a las reglas de acoso e intimidación de sus campus universitarios", ellas se atrevieron a responder: "Todo depende del contexto". Una perla negra que quedó para los anales de la historia porque, como escribió Julio María Sanguinetti, expresidente de Uruguay, en el diario argentino *La Nación*, esa no hubiera sido su respuesta si se sustituyera la palabra judío por negro. En palabras de Sanguinetti: "Nadie les preguntó a las rectoras si instar a la resurrección del Ku Klux Klan también depende del contexto".[77]

Bien instruidas por equipos jurídicos, congraciándose con la narrativa pro-palestina, la de moda, la políticamente correcta en estos momentos, las presidentas de esas renombradas instituciones educativas del Ivy League: Claudine Gay de Harvard, Elizabeth Magill de UPenn y Sally Kornbluth del MIT, sumaron a sus universidades a la retaguardia de la guerra en Gaza. Creyeron que saldrían bien libradas con una respuesta legaloide para defender la libertad de ex-

---

77 "Un nuevo rostro para un viejo prejuicio", *La Nación* de Argentina, 30 de diciembre de 2023.

presión de la Primera Enmienda, desdeñando el sentido moral de la pregunta y atropellando la seguridad de sus alumnos y profesores judíos. Sus intervenciones, sin embargo, resultaron tan burdas, insensibles y grotescas que generaron una oleada de críticas de estudiantes, exalumnos, maestros, patronos y donantes que pidieron su dimisión. Esta sólo se dio en los casos de UPenn y Harvard.

Las cifras de la explosión antisemita hablan por sí solas, un repentino tsunami de odio. Según la Liga Antidifamación, del 7 de octubre al 7 de enero hubo 3 283 casos antisemitas en Estados Unidos, en tres meses hubo más eventos que en toda la última década. El ministro del Interior francés, Gérald Darmanin, confesó en noviembre de 2023 que el problema de su país era muy grave, que en un mes habían ocurrido el doble de ataques antisemitas de los que habían contabilizado en su país en todo 2022, una cifra que siguió abultándose hasta cuatriplicarse en tres meses. Lo mismo en Inglaterra con 537% más casos de odio, igual que en Alemania, Italia, España o Austria, donde hay una amplia población musulmana.

80% de los ataques a minorías en el mundo han sido contra judíos, que constituyen apenas el 0.18% de la población mundial, quince millones de judíos residentes en 134 países. La Liga Antidifamación que monitorea el tema, asegura que 1.9 miles de millones de personas están contaminadas con odio antisemita, inclusive en países sin judíos, porque la demonización permanente ha ido permeando la psique de Occidente.

Habría que mencionar un tema más que abona a la narrativa de las izquierdas de Latinoamérica. Se sabe que algunos de los países que han sido abiertamente antisemitas han mandado a sus militantes a entrenarse con terroristas árabes y, en ese oportunismo ruin, han encontrado mil razones para no mirar la matanza de civiles perpetrada por los terroristas de Hamás y para culpar a Israel. Quizá Hugo Chávez fue partícipe de esta alianza islamo-izquierdista; quizá, también, Evo Morales o Gustavo Petro. Llegado al límite fue el vínculo de Carlos Menem con Irán, una relación que facilitó el ataque terrorista a la AMIA en Argentina, cuando en 1994 un coche bomba se estrelló contra esa institución judía, dejando 85 muertos y más de 300 heridos.

Alejo Schapire, autor de *La traición progresista*, se refiere a la alianza de la izquierda con el islamismo como un vínculo "antinatura", porque resulta paradójico que una visión teocrática, machista y oscurantista, se dé la mano con un radicalismo liberal que jura por la diversidad sexual y la tolerancia religiosa. Sin embargo, hoy perseguir a Israel y a los judíos parece ser lo *trendy*, lo de moda. Es aceptable gritar: *From the river to the sea*, sin saber cuál es el río y cuál el mar. O *Gas the jews, gas the jews*, como se escuchó en las afueras de la Ópera de Sidney.

Muchos de los defensores de los derechos humanos que hoy se rasgan las vestiduras por el pueblo palestino y que quizá no son capaces de encontrar a Israel en el mapa, sólo han tenido interés por los palestinos cuando Israel ha estado involucrado. No han levantado la voz cuando líderes árabes han asesinado a otros árabes en guerras fraticidas entre musulmanes que han dejado cientos de miles de muertos. Ni una protesta, ni una marcha, durante el largo calvario que dejó 380 mil civiles muertos en Yemen. Lo mismo cuando 500 mil fueron asesinados en Siria, o con los cientos de miles en Sudán, Irak, o Afganistán.[78] Nada de los "campamentos de reeducación" de uigures, ni del genocidio de esta minoría musulmana perpetrado en China. Nada del autoritarismo fanático y represor de Irán.

Ha habido una clara elección de los apoyos y de los muertos, un relativismo sospechoso porque tampoco se han inmutado o han levantado la voz cuando Hamás, clasificado como organización terrorista por la Unión Europea y Estados Unidos, torturó y masacró sin piedad a los palestinos disidentes. El propio Sinwar, líder de Hamás, se ganó el mote de Carnicero de Khan Younis, por haber enterrado vivos en concreto o en arena a quienes se han atrevido a cuestionarlo o a quienes han querido negociar acuerdos de paz. No hubo una sola declaración cuando asesinaron a uno de los últimos pastores cristianos en Gaza. Nada cuando se hizo público que Hamás se robó por años electricidad, agua, combustible y ayuda humanitaria de los gazatíes para seguir lanzando cohetes, para construir una infraestructura de cientos de kilómetros de túneles del terror que sólo ha traído desgracia a su pueblo.

Pareciera que la discriminación y la saña seguirán aumentando porque, en concordancia con ese relativismo ideológico de la izquierda aliada al yihadismo, masas enardecidas de "indignados" que dicen ser "pacifistas" y "defensores de los derechos humanos", vandalizan las calles de Occidente legitimando la xenofobia que mueve a la acción. Van con el rostro cubierto y su kufiya al cuello. Van con sus banderas palestinas. Van con el puño en alto gritando enfurecidas consignas antisemitas. Van ciegos, sin saber quién los jala del cuello.

---

78   Siria y Sudán, cada uno 500 mil muertos. Yemen: 380 mil. Irak: 300 mil. Afganistán: 240 mil…

DOS MUNDOS APARTE

Lo ocurrido el 7 de octubre responde a lo que el grupo Hamás, gobernante de Gaza desde 2007, ha perseguido desde que fue creado en 1987.

Dicta el Artículo 7 de su acta fundacional:

> El Día del Juicio no llegará hasta que los musulmanes peleen y maten a todos los judíos. Los judíos se esconderán detrás de rocas y árboles, y las rocas y los árboles gritarán: mira, musulmán, aquí hay un judío escondido detrás de mí, ven y mátalo.

El conflicto en Medio Oriente es un choque ideológico entre dos visiones de mundo que hoy parecen irreconciliables. Israel ha deseado vivir en paz en su Estado, en sana convivencia con sus vecinos. Hamás y los fundamentalistas islámicos han querido que Israel no tenga un Estado. Ha sido casi un siglo de intolerancia, incomprensión y maximalismos, de reescrituras de lo acontecido, de excusas y justificaciones.

Aunque hay una historia milenaria que resumo en la Línea del tiempo con la que concluyo este libro, retomo los últimos cien años a fin de entender cómo llegamos a este *impasse* de dolor y desconfianza. Es decir, partiremos del momento cuando, al término de la Primera Guerra Mundial, se desmembró uno de los mayores y más poderosos imperios de la historia, el Imperio otomano, para dar cauce a la consolidación de Estados nación, países con capacidad de autodeterminación. Ese fue el punto de partida para el conflicto actual porque antes del siglo XX, en el Medio Oriente no había país o Estado alguno.

La geografía política con límites y aspiraciones de reivindicación nacional data de tiempos recientes. El Imperio
otomano, gobernado por la dinastía osmanlí de 1299 hasta
1918, fue un conglomerado multiétnico en el que convivían
árabes islamistas con judíos, cristianos, kurdos y armenios en
la zona del Medio Oriente, los Balcanes y el norte de África,
en lo que fueron las rutas del comercio mundial. Quienes no
eran musulmanes, es decir: los judíos y los cristianos, eran
considerados *dhimmis*, súbditos de segunda clase obligados a
pagar mayores impuestos y cuya suerte personal, comunita-
ria y religiosa dependía de la benevolencia o de la hostilidad
del monarca en turno.

En 1919, al término de la Primera Guerra Mundial,
los aliados firmaron el Tratado de Versalles y crearon la Sociedad de Naciones para evitar nuevos conflictos mundiales.
En ese momento, Inglaterra y Francia hubieran querido instaurar nuevas colonias en los territorios que habían formado
parte del Imperio otomano, pero Woodrow Wilson, presidente de Estados Unidos, que también triunfó con las fuerzas aliadas, lo impidió. Eran tiempos de un nuevo paradigma
de modernidad con la creación de Estados nación, con países de reciente creación, y Wilson pugnó porque aquello que
estaba sucediendo en los territorios de Europa que habían
sido parte del Imperio austrohúngaro, y en lo que fueron colonias en África, Asia, Australia y Nueva Zelanda, sucediera
también en el Medio Oriente.

Por ello, acordaron establecer mandatos de transición
por un periodo máximo de veinticinco años, administra-
ciones territoriales a cargo de las naciones vencedoras en la
guerra, para dar oportunidad de definir a los países en formación y auxiliar a sus pobladores a lograr viabilidad e in-

dependencia, plena soberanía. La intención era que las distintas poblaciones que ahí vivían: árabes, armenios, kurdos, turcos y judíos pudieran gozar de plena autodeterminación en territorios bien delineados como naciones.

Einat Wilf, coautora con Adi Schwartz de *The War of Return*, señala que si a los judíos les hubieran concedido la parte justa en proporción a su población en la zona en aquel momento, Israel sería cuando menos seis veces más grande de lo que hoy es, porque había entonces judíos en todos lados, comunidades milenarias de judíos desde el norte de África hasta la costa mediterránea de Asia, desde Marruecos hasta Irak.

El territorio se dividió de inicio en un Mandato británico, en lo que hoy es Jordania, Israel, la Franja de Gaza, Cisjordania, parte de los Altos del Golán e Irak; y un Mandato francés en Siria y Líbano. Se habló también de crear un Mandato de Estados Unidos para conformar un Estado armenio y un Estado kurdo en una cuarta parte del territorio de Anatolia, pero Mustafa Kemal (Atatürk) y los grupos nacionalistas turcos, el último remanente del Imperio otomano, se negaron a aceptar una ocupación extranjera. Libraron una guerra de independencia y para 1923 se independizaron como República de Turquía, quedándose con un territorio del doble del tamaño del que les hubiera correspondido. De manera arbitraria, Atatürk absorbió la tierra que iba a ser de los kurdos y de los armenios, a quienes no tuvo ninguna voluntad de otorgar autonomía porque, desde tiempo atrás, los acusó de haber apoyado a los rusos en la guerra. En 1915, ya había asesinado entre un millón y medio y dos millones de armenios católicos apostólicos y de armenios protestantes, en lo que quizá fue el primer genocidio de la historia moderna.

A partir de la definición de los límites geográficos de la zona, en la década de 1930 se conformaron cuatro países árabes: Siria y Líbano, en lo que fue parte del territorio del Mandato francés; e Irak y Transjordania, en las tierras del Mandato británico. Para los judíos se tenía destinado el territorio de Palestina, porque las naciones aliadas entendían que Palestina significaba judío, que existía una clara conexión histórica con la tierra, pero las naciones árabes se opusieron. Se negaron a que hubiera un enclave judío colindante con sus tierras e iniciaron revueltas para evitarlo.

Los árabes pensaban que si los turcos pudieron evitar la autonomía de los armenios y de los kurdos, ellos también podían impedir que hubiera un Estado judío soberano. Comenzaron así a usar la violencia como arma, a fin de evitar que los judíos pudieran tener una nación propia. Durante siglos habían sido sus inferiores, *dhimmis* exiliados, dóciles y sin poder, a merced de los gobernantes árabes; no estaban dispuestos a verlos como iguales.

Los ataques árabes contra poblaciones judías se sucedieron uno tras otro, dejando centenares de muertos. En 1920, agredieron a religiosos judíos en la Ciudad Vieja de Jerusalén. En 1921, un grupo de árabes entró a asesinar judíos en sus hogares en Jaffa. En 1929, Amín al-Husayni, el gran muftí de Jerusalén, el líder islámico de la zona y uno de los padres fundadores del movimiento palestino, sembró el rumor de que los judíos atacarían la mezquita de Al Aqsa y azuzó a los árabes a atacar la sinagoga de Hebrón y a asesinar judíos en sus casas.

Los peores momentos fueron de 1936 a 1939 cuando se suscitó la Gran Revuelta Árabe, disturbios contra el Estado judío, pero también contra la presencia británica en la zona. Los árabes colocaron bombas en carreteras y en asentamientos judíos, vandalizaron propiedades agrícolas y asesinaron de forma indiscriminada a civiles, provocando respuestas violentas del lado judío. Los grupos clandestinos paramilitares sionistas de extrema derecha, Irgún y Leji, en franca desobediencia a la Haganá, la fuerza oficial judía de autodefensa, se vengaron llevando a cabo agresivos ataques terroristas contra los británicos y contra los árabes.

En 1936, Gran Bretaña le encomendó a lord Peel investigar las causas de los numerosos disturbios en Palestina. Un año después la Comisión Peel concluyó que el Mandato británico había fracasado, que la única solución era dividir el territorio en un Estado judío y un Estado árabe. Para entonces los británicos ya le habían asignado a Transjordania una gran parte de los territorios que hubieran podido ser parte del Estado judío y el ofrecimiento a Israel se limitaba a una minúscula zona alrededor de Tel Aviv. Los judíos aceptaron, estaban dispuestos a lo que fuera para tener paz, soberanía, autodeterminación y futuro. Sin embargo, los árabes una vez más se opusieron y, con el resto de las naciones islamistas de reciente creación, señalaron que no aceptarían ninguna concesión territorial a los judíos. "Ni un ápice de tierra, ni siquiera del tamaño de un timbre postal", fue la frase que quedó consignada en la historia.

Las violentas revueltas provocaron cientos de muertos árabes, judíos e ingleses. El gobierno británico forzó el exilio de un buen número de árabes, entre ellos el muftí Amin al-Husayni, líder islámico de la zona y aliado de Hitler, quien se refugió primero en Irak, donde promovió una sanguinaria masacre de dos días contra la comunidad judía de ese país; luego, en 1941, en Alemania, donde se reunió con Hitler,

Himmler y Eichmann para planear la limpieza étnica de los judíos. Su lógica fue que, sin judíos, no habría necesidad de una nación judía. Quiso, por tanto, canalizar todos los recursos necesarios para aniquilar a los judíos de Europa y del Medio Oriente, a fin de evitar la creación del Estado de Israel.

En franco hartazgo por ser un mal árbitro y acobardados con la violencia, los británicos dieron dos pasos atrás traicionando el mandato que les confirió la Liga de las Naciones, porque el encargo no sólo había sido crear naciones árabes, también era establecer un Estado judío en Palestina. Peor aún, los ingleses fueron cediendo a la hostilidad árabe y en 1939 impusieron el Libro Blanco, una ley para limitar la inmigración de judíos a Palestina. Determinaron que sólo aceptarían 75 mil personas en cinco años, una restricción trágica porque, con ello, cerraron las puertas a los millones de judíos que hubieran podido sobrevivir de los campos de exterminio.

"Lo único que evitó que los judíos tuvieran el Estado que les correspondía en la década de 1930 fue la violencia árabe, que probó desde entonces ser una herramienta absolutamente exitosa", señala Einat Wilf. Ella responsabiliza a los árabes de que millones de judíos hayan sido condenados al genocidio en Europa. "Fue tal la limpieza étnica en Europa que los propios judíos de Palestina se cuestionaban si habría o no un Estado judío, porque ya no había judíos que pudieran vivir en él".[79]

En oposición a quienes creen que Israel surgió como respuesta al Holocausto y a la conmiseración del mundo, Wilf sostiene, como muchos estudiosos más, que fue al re-

---

[79] Es una de las tesis que sostienen Wilf y Schwartz en *The War of Return*.

vés: que el Holocausto pospuso la creación del Estado judío porque el único mandato que no se completó a tiempo, cuando debía —es decir, en la década de 1930—, fue el judío. Sostiene que ello obedeció a la presión maximalista de los árabes que aprendieron a usar la agresión, las amenazas y sobre todo la violencia como divisas, como instrumentos para someter a los ingleses y sembrar miedo.

Al término de la guerra, el muftí emigró a Egipto para seguir transmitiendo su ideología contra el establecimiento de un Estado judío; esa mezcolanza de nazismo con yihadismo que sembró en su sobrino Yasir Arafat, a quien le pasó la estafeta. El muftí también fue mentor de Mahmud Abás, el actual presidente de la Autoridad Palestina, y fue figura tutelar de varios miembros de la Hermandad Musulmana.

Para 1947, Gran Bretaña optó por lavarse las manos. Fastidiado y cansado de las tensiones entre árabes y judíos, de las agresiones contra sus tropas que exigían cada vez más personal de seguridad, Ernest Bevin, secretario de Relaciones Exteriores del Reino Unido, consideró que su país había incumplido el mandato encomendado para establecer un Estado judío y declaró que el problema era "irreconciliable". Lo parafraseó con claridad: "Los judíos quieren un Estado, y los árabes no aceptan que ellos tengan un Estado". Su recomendación fue regresar el mandato, que fuera la ONU, recién creada, quien decidiera qué hacer.

La UNSCOP (UN Special Committee on Palestine) realizó una campaña de cabildeo en la zona y argumentó que "la única solución lógica, honorable y viable" era la partición de Palestina en dos Estados: uno judío y otro árabe, manteniendo las ciudades de Jerusalén y Belén bajo control internacional. El muftí al-Husayni y los líderes árabes boicotearon la consulta y se opusieron a cualquier posibilidad de un Estado judío en la zona. La ONU mantuvo su plan, reconociendo la conexión histórica entre el pueblo judío y la tierra de Israel, y el derecho del pueblo judío de reconstruir su hogar nacional.

El 29 de noviembre de 1947, dos terceras partes de la Asamblea General de la ONU votaron a favor de la resolución 181, la Partición de Palestina. El resultado: 33 votos a favor, 13 en contra, 10 abstenciones y 1 ausencia. Estados Unidos y la URSS apoyaron la moción que otorgó al Estado judío un minúsculo territorio salpicado entre enclaves árabes. Incluía la ciudad de Tel Aviv, el desierto del Néguev —inhóspito y casi sin recursos— y las tierras a donde llegaron los judíos a fines del siglo XIX: zonas de pantanos infestadas con malaria que secaron para construir ciudades y futuro.

El día en que los británicos se retiraron de Palestina, el 14 de mayo de 1948, David Ben Gurión declaró la Independencia de Israel y tendió su mano a los estados vecinos en una oferta de paz y buena vecindad. Ofreció ciudadanía a los árabes que quisieran quedarse para formar parte de un Estado liberal, democrático, pacífico, plural y respetuoso de la fe de todos. El Acta de Independencia aseguraba estos conceptos y la completa igualdad de derechos políticos y sociales a todos los habitantes de Israel, sin diferencia de credo, raza o sexo. Garantizaba, además, libertad de culto, conciencia, idioma, educación y cultura.

A pesar de la animadversión de los países vecinos, muchos árabes sí aceptaron ser ciudadanos israelíes. Se quedaron 150 mil que hoy, con el paso de los años y con el incremento que traen consigo las nuevas generaciones, suman 1.9 millones de árabes, cristianos y musulmanes, que conforman el 21% de la población israelí. Hombres y mujeres que votan, asisten a las universidades, participan en la Knéset y pueden luchar por la supervivencia de su Estado. Árabes israelíes que, por gozar de libertad y derechos democráticos, en su mayoría no quisieran irse a ningún otro país de la zona.

Es cierto que al respecto ha habido un estira y afloja. Es cierto que el gobierno de derecha actual, aliado con grupos sionistas religiosos mesiánicos de ultraderecha, ha tratado de minar algunas de las libertades de los árabes israelíes, pero también es real que en Israel hay una democracia participativa y muy activa, hay muchos ojos vigilando que la carta magna del Estado no se viole y las multitudes han salido a las calles a exigir, a apelar, a demandar respeto a los valores fundacionales.[80]

Al final, no hay duda: los árabes israelíes viven diametralmente mejor en Israel que en cualquier nación árabe. Ahí, como ciudadanos, no como parias, gozan de total libertad para exigir la igualdad que merecen. Hay miles de testimonios, me contento con contar los de dos mujeres musulmanas que, por vivir en Israel, su vida ha podido ser de crecimiento y libertad. En estas páginas hablé ya de la periodista Lucy Aharish, casada con Tsahi Halevi, el protagonista de *Fauda*, quien vive orgullosa de ser musulmana, árabe e israelí, y desde su trinchera nada la detiene de mostrar su identidad.[81]

Otro ejemplo es el de la actriz Sophia Salma Khalifa, quien pudo transformar su existencia por ser israelí. Su ma-

---

80 Bezalel Smotrich e Itamar Ben-Gvir, con sólo doce escaños de 120 que hay en la Knéset, han obtenido un poder con el que jamás soñaron. Netanyahu, para seguir gobernando y lograr una coalición, se plegó a sus demandas y ha guardado silencio ante sus declaraciones racistas y promotoras de la expansión irrestricta de asentamientos judíos en Cisjordania. La mayoría de los israelíes no los apoya y seguramente el gobierno caerá pronto.

81 Su historia está en este libro, como conclusión del apartado "Desde Israel".

dre, renuente a permanecer en la misma casa como segunda esposa, se escapó con sus nueve hijos del barrio islámico donde vivían, a fin de refugiarse en Naharía, una ciudad de Israel donde recibió apoyo y asistencia de organismos sociales. Sophia ha contado que sus profesores musulmanes le decían que nunca iba a ser nadie, que le enseñaban a resistir y a pelear contra Israel. La incitaron, inclusive, a convertirse en *shahid*, porque también las mujeres pueden ser suicidas. Su suerte fue que un fotógrafo de moda la descubrió. Su tío la amenazó con cortarle las manos por "deshonrar" a la familia, pero, por vivir en Israel, en donde todas las mujeres viven en igualdad de condiciones y pueden ser quienes ellas deseen, logró realizarse como actriz e ingeniera, porque también estudió una maestría en Ingeniería Eléctrica en la Universidad de Stanford.

Retorno a los datos históricos. A la mañana siguiente de la declaración de Independencia en 1948, cinco naciones árabes: Egipto, Transjordania, Siria, Líbano e Irak cruzaron las fronteras para invadir al naciente Estado judío. Estos países invasores les pidieron a los pobladores árabes que salieran de Israel, que por ningún motivo aceptaran la ciudadanía. Les garantizaban que volverían para ocupar todo el territorio porque Israel sería aniquilado.

A ese éxodo los palestinos le llaman *Nakba*, que significa catástrofe o desastre, porque, como el Estado de Israel sí se estableció, como no lograron destruirlo, los árabes que huyeron se quedaron perpetuamente en campamentos de refugiados. Egipto y Jordania se apropiaron de las tierras que el Plan de Partición de la ONU había destinado para crear un Estado árabe. Transjordania se anexó Cisjordania; Egipto se quedó con Gaza. Ahí, en condición de refugiados y con la complicidad de la Agencia de las Naciones Unidas para los Refugiados (UNRWA), los palestinos llevan cinco o seis generaciones en esa condición de "refugiados", sumando generaciones que mantienen la no aceptación del Estado de Israel.

La guerra de Independencia fue cruenta, casa por casa. En 1949 se firmaron armisticios con Egipto, Líbano, Jordania y Siria. Armisticios, no reconocimiento. Una simple pausa. El reino hachemita de Jordania, que ocupó la Margen Occidental del Jordán, también llamada Transjordania o Cisjordania, sí tuvo inicialmente la disposición de otorgarles ciudadanía a los refugiados en su tierra, plenos derechos a los árabes que salieron del Mandato de Palestina, pero, con el asesinato en 1951 del rey Abd Allah ibn Husayn a manos de un palestino, esto cambió.

Había entonces alrededor de 750 mil refugiados árabes. Digo árabes y no palestinos, porque el término palestino aún no se les atribuía a ellos. Eran palestinos tanto los árabes como los judíos que vivían en el Mandato británico de Palestina; harían suyo el vocablo y su significación hasta la década de 1960 con la creación de la Organización para la Liberación Palestina.

Hubo también cerca de 850 mil refugiados o desplazados judíos, porque, como castigo por la existencia del Estado de Israel, los expulsaron de todas las naciones árabes o musulmanas circundantes. Ahí sí hubo limpieza étnica de comunidades milenarias, porque sólo quedaron un puñado de judíos en casi una treintena de países islámicos. Los echaron, entre otros, de Egipto, Irak, Jordania, Kuwait, Libia, Líbano, Marruecos, Argelia, Siria, Qatar, Sudán, Baréin, Yemen...

Israel integró a la mayoría de esos refugiados judíos sin hogar. No pidió ayuda de nadie, a pesar de que ello implicó duplicar su población en los primeros tres años de vida del Estado, con la enorme dificultad de absorber, dar trabajo, alimentar, educar y dar servicios a tantísima gente.

No fue esa la situación de los desplazados árabes que, más de 75 años después, siguen manteniendo su condición de "refugiados" bajo el auspicio y la complicidad de la ONU, organismo que poco o nada hace para ayudarlos a normalizar su existencia. Entrecomillo la palabra refugiados porque resulta paradójico, ciertamente absurdo, que aunque vivan en Gaza, su propia tierra desde 2005, los gazatíes sigan manteniendo ese estatus de refugiados ante su gobierno: el de Hamás. Y ante la ONU misma.[82]

De hecho, a lo largo de la historia, los palestinos han incomodado a muchos de sus hermanos árabes, quienes no han estado dispuestos a absorberlos como ciudadanos. Más bien, hay ejemplos de cómo los han expulsado de sus países. En 1970, el rey Hussein de Jordania comprobó que los fedayines o combatientes islámicos habían establecido una autoridad independiente dentro de su propio Estado, que la OLP cometía actos terroristas desde Jordania y que ello ponía en peligro su soberanía. A consecuencia, en una matanza conocida como Septiembre Negro, las Fuerzas Armadas de Jordania asesinaron a miles de palestinos. Arafat decía que fueron 25 mil muertos. Quienes sobrevivieron se refugiaron en el Líbano.

Egipto tampoco tuvo intención de aceptarlos. Al firmar la paz con Israel en 1979, a cambio de recibir la penín-

---

82 Baste recordar la entrevista que Mousa Abu Marzouk, vicepresidente del buró político de Hamás, dio el 30 de octubre de 2023 a RT, la cadena de televisión rusa, en la página 29 de este libro.

sula del Sinaí, señaló los bordes y no quiso Gaza, que había sido gobernado por los egipcios de 1948 a 1967. No mostró ninguna intención de administrar ese problema que ellos engrandecieron y perpetuaron, mucho menos de integrar a los palestinos a su población. Egipto, inclusive, construyó muros para evitar que los refugiados invadieran su territorio, muros que tampoco han permitido la libre incursión de ayuda humanitaria después del 7 de octubre. Asimismo, Siria, durante su guerra civil en 2011, desplazó a 850 mil palestinos.

Cinco generaciones después debería de ser estéril seguir hablando de refugiados, pero el problema se ha perpetuado porque los países árabes, los propios palestinos, la ONU y la UNRWA han jugado un rol de complicidad para eternizar este conflicto.

LA OPOSICIÓN A DOS ESTADOS, UNA NORMA

La oposición a dos Estados que puedan vivir en paz ha sido una constante desde el primer día y a lo largo de la historia. La lista de intentos y de negativas árabes es larga. En 1936, con la Comisión Peel. En 1947, con el Plan de Partición de la ONU. En 1967 cuando los árabes pronunciaron los "tres noes de Jartum": no a la paz, no al reconocimiento, no a las negociaciones con Israel, en aquellos tiempos en los que el gobierno israelí buscaba regresar todos los territorios conquistados en la guera de los Seis Días a cambio de reconocimiento y de paz. En 2000, cuando Ehud Barak le ofreció a Arafat 94% de Cisjordania, la totalidad de Gaza y Jerusalén del Este como capital, con Clinton como testigo en Camp David. En 2005, cuando Israel salió unilateralmente de Gaza. En 2008, cuando bajo el auspicio de George W. Bush, Mahmud Abás rechazó el ofrecimiento de Ehud Olmert, aún más ambicioso que el previo de Barak.

Quedó para el anecdotario que el propio Bill Clinton le dijo a Arafat en el año 2000, en Camp David: "Usted responde que no a todo y eso es un fracaso, una ruina para cualquier proceso de paz". También el príncipe Bandar bin Sultan, entonces embajador saudí en Estados Unidos, reprobó la actitud de Arafat: "Usted está cometiendo un crimen contra el pueblo palestino". Y en 2008 el propio Saeb Erekat, negociador de los Acuerdos de Oslo del lado palestino, reconoció que Israel sí había ofrecido el 100% de la tierra que esperaban y una capital en Jerusalén.

Es válido preguntarse porqué Arafat y Mahmud Abás se retiraron de las mesas de negociación, si Israel les ofrecía "todo lo que pedían". Quizá la respuesta es que el problema nunca ha sido un asunto territorial ni sólo un tema palestino, sino una causa central para los mundos árabe y musulmán que, con fervor religioso, se oponen a la existencia de Israel.

Como muestra de que el tema no es un asunto de tierras, basta señalar que las 22 naciones árabes que forman parte de la Liga de los Estados Árabes de Oriente Próximo y el Magreb ocupan $13\,687\,041$ km^2, e Israel sólo $22\,145$ km^2. Los árabes, por lo tanto, tienen 99.8% del territorio. En esa zona hay 340 millones de árabes y 7.5 millones de judíos. Es decir si se dividiera la tierra, a cada árabe le corresponderían $40\,314$ m^2 y a cada judío $2\,952$ m^2. Los árabes tienen per cápita casi catorce veces más territorio que los judíos.

Cuando entrevisté a Shimon Peres en enero de 2003, me contó algo que hoy reverbera en mi mente y que, en aquel momento, sin la perspectiva de todo lo que ha acontecido en estas últimas dos décadas, parecía sólo una anécdota. Me platicó que, en una de las largas noches que pasó negociando con Yasir Arafat, este último le reclamó: "Yo antes era un líder popular, cada niño árabe tenía mi foto y ahora la rompen en pedazos. Por tu culpa me he convertido en un hombre controvertido".

Peres alegó que los palestinos habían tenido dos grandes líderes, el muftí Hajj Amin al-Husayni y el propio Arafat. Le dijo: "Al-Husayni lideró durante 45 años incitando a la violencia, imponiendo el terror y, entre más popular fue, mayor fue la desgracia de su pueblo. Tú seguiste su ejemplo terrorista y condenaste a tu gente, pero ahora les has dado un lugar geográfico, un nuevo orgullo y la esperanza de un Estado. ¿Qué será mejor, que todo el mundo tenga tu estampita o que tu gente pueda prosperar, aunque seas un hombre controvertido?". Arafat, según Peres, sólo sonrió.

Quizá esa mueca que Peres interpretó como una sonrisa, reflejaba ese dolor que lo atrapaba, ese lugar oscuro que, luego se vería, le impediría brincar su sombra para ser un estadista. Sabía que el mundo islámico radical no le perdonaría reconocer a Israel, pactar con el Estado judío, y a Arafat le abrumaba muchísimo la idea de ser juzgado por los suyos. De perder la popularidad que ganó como revolucionario, en aquellos tiempos en los que secuestraba aviones o mandaba a asesinar deportistas judíos en las Olimpiadas. En su mente pesaba el juicio del ayatola iraní Ruholla Jomeini, quien le brindó total apoyo en 1979, reconociendo que la OLP era central para la República islámica que él había fundado y, poco más de una década después, cuando Arafat aceptó sentarse a la mesa a negociar con Israel, Jomeini lo acusó de traidor y no lo bajó de imbécil e iluso.

Peres y su equipo no fueron capaces de entender la naturaleza titubeante del líder palestino, esa que siempre le impidió atreverse a dar el paso necesario para alcanzar la paz. Shimon Peres al fin y al cabo era un soñador, dispuesto a hacer lo imposible para alcanzar su objetivo, y tantó él, como la izquierda laborista que encabezó con Itzjak Rabin, concebían que la paz iba a ser posible con concesiones territoriales y con la eliminación de los asentamientos que la derecha construía en Cisjordania.[83] Sin embargo, con la perspectiva que dicta el tiempo y con un análisis a profundidad de todo lo que ha ocurrido, Einat Wilf, quien también estuvo involucrada en los Acuerdos de Oslo,[84] hoy se da cuenta de que los árabes siempre hablaron con claridad: *From the river to the sea*, una frase que los israelíes no pudieron o no quisieron escuchar.

Y es que resulta inconcebible pensar que, después de más de 75 años de existencia, el punto de arranque no son las fronteras que dejó la guerra de los Seis Días, cuando Israel logró ganar cuantiosas tierras que siempre ha querido intercambiar por paz, como lo hizo con Egipto, sino volver

---

83 Estos asentamientos son una de las críticas más severas de la izquierda a Benjamín Netanyahu, del Partido Likud (de derecha), quien ha sido primer ministro en tres ocasiones: de 1996 a 1999, de 2009 a 2021, y nuevamente de diciembre de 2022 a la fecha.

84 Los Acuerdos de Oslo, oficialmente: Declaración de Principios sobre las Disposiciones relacionadas con un Gobierno Autónomo Provisional, fueron un hito histórico a fin de ofrecer una solución permanente al conflicto palestino-israelí. La antesala había sido la Conferencia de Paz de Madrid patrocinada en 1991 por EUA y la URSS, para impulsar un proceso de paz en Oriente Medio y dar por terminada la Guerra Fría. Bajo el auspicio del gobierno español habían participado delegaciones de Israel, Líbano, Siria, Egipto y Jordania. Aunque no hubo una delegación oficial de la OLP, se sabía que había representantes de Arafat tras bambalinas, siguiendo el evento. En 1993, los Acuerdos de Oslo fueron rubricados por Shimon Peres y Mahmud Abás, en presencia de Yasir Arafat, Itzjak Rabin y Bill Clinton.

a tiempos medievales cuando los judíos no gozaban de auto-determinación.

Ésa es la lección más desoladora de esta guerra, que independientemente de cuántas concesiones se hubieran hecho o se hagan para alcanzar la paz con los palestinos, Hamás y los palestinos extremistas siempre han tenido el mismo plan: aniquilar a Israel. Inspirados en la visión de los ayatolas iraníes y auspiciados por Qatar, llevan cuando menos dieciocho años ideando el ataque que perpetraron el 7 de octubre. Dieciocho años construyendo una infraestructura de terror para lograr su objetivo, porque lo que Hamás quería entonces, lo que desea ahora, es volver a los tiempos previos a 1948 cuando Israel no era una nación reconocida. Volver al año 622, cuando el islam implantó la religión musulmana en esas tierras.

Es decir, lo que siempre "faltó" en la mente de la Autoridad Palestina cuando estuvo en las mesas de negociación, fue una justificación ilógica e inadmisible: que los 5.6 millones de palestinos que la UNRWA reconoce como "refugiados", cinco generaciones de refugiados, tuvieran la opción de "regresar" al territorio israelí. No al Estado palestino que estaban negociando y concibiendo. No al Estado palestino en donde ellos construirían su autodeterminación, sino a Israel. Léase: a lo que antaño fueron pantanos con malaria o desiertos inhabitados, y que, con la creación de Israel, se han convertido en ciudades productivas.

Está claro. Si todos ellos "volvieran", que es su deseo, no habría paz en dos Estados, tampoco habría paz en un Estado binacional. Su intención es acabar con sus enemigos: con los judíos y con el Estado de Israel. Por eso hoy, más que nunca, la lucha es existencial, es por la supervivencia.

ORIGEN Y AUGE DE HAMÁS

El siglo XX dio fin a los imperios y a las colonias, impuso la creación de países y de nuevas fronteras que trajeron consigo migraciones en Europa, Asia y África. Hubo grandes desplazamientos de personas queriendo sobrevivir o buscando mejores horizontes que, en su mayoría, se refugiaron con grupos afines étnica, cultural o lingüísticamente, o donde pudieran progresar.

Como dije, en el caso del Medio Oriente, no sólo hubo desplazamiento de población árabe, también de judíos. Israel integró a la inmensa mayoría de los 850 mil judíos que fueron expulsados de las naciones árabes donde vivían, pero a los 750 mil árabes que salieron del Mandato británico de Palestina ningún país musulmán los quiso integrar, pensando que era mejor "conservarlos como refugiados" para mantener vigente el problema con Israel.

El único que se atrevió a hacer algo diferente fue el rey jordano Abdallah ibn Husayn que, tras la creación de Israel, pretendió naturalizar a quienes vivían en Cisjordania, la tierra que anexó a su territorio, e inició negociaciones secretas para firmar la paz con Israel. En 1951 un árabe palestino lo asesinó. El mensaje fue claro: cero concesiones a Israel.

Tras el homicidio del rey, Egipto, Siria, Líbano y Jordania asumieron el compromiso de la Liga Árabe de mantener como refugiados a los árabes de Palestina, a la espera de embestir a Israel con una nueva guerra. Hubo varias: 1956 (crisis del Canal de Suez), 1967 (guerra de los Seis Días), 1973 (guerra de Yom Kipur), ninguna de las cuales representó un triunfo para las naciones árabes agresoras, agravando la condición de apátridas de los refugiados.

El parteaguas fue la guerra de los Seis Días porque las naciones árabes se sintieron humilladas y el triunfo resultó pírrico para Israel. La historia fue que cuando Egipto, Siria, Jordania e Irak se preparaban para atacar, antes siquiera de comenzar a calentar los motores, Israel bombardeó sus bases aéreas por sorpresa, destruyendo en tierra gran parte de los aviones enemigos. Al tomarlos desprevenidos, Israel pudo, en seis días, reunificar Jerusalén y conquistar un enorme territorio: los Altos del Golán, Cisjordania, Gaza y la península del Sinaí.

Estas tierras con recursos naturales que Israel quiso intercambiar por paz fueron un problema porque no hubo con quién negociar.[85] Así es como Israel terminó siendo "colonizador" sin querer serlo, porque ahí estaban los refugiados palestinos. Esas tierras, Israel las quiso usar como moneda de cambio para crear un Estado Palestino donde pudieran convivir en paz en el Medio Oriente; sin embargo, las naciones árabes, ante el fracaso de la guerra, se solidarizaron en una negativa multiplicada: no al reconocimiento, no a las negociaciones, no a la paz, y de 1967 en adelante, el problema palestino se fue agravando.

Fueron años de desgaste y frustración para ambos lados. Por la religión y la pobreza, por el odio acumulado, estas tierras ocupadas por Israel se convirtieron en una bomba de tiempo. Una generación después, con niños palestinos que crecieron viendo las trifulcas y los enfrentamientos con los soldados israelíes, cayó la última gota al vaso para dar inicio a la primera Intifada.

En diciembre de 1987, un vehículo que transportaba palestinos que regresaban a sus hogares en Yabaliya, al

---

85 Sólo Egipto aceptaría el Sinaí en 1979, cuando Sadat y Begin firmaron la paz.

norte de Gaza, después de trabajar en Israel, fue embestido por un camión. Murieron cuatro palestinos. Como suele suceder cuando un conflicto hierve, los palestinos culparon a los israelíes. El primer ministro Itzjak Rabin aseguró que fue un atentado terrorista, que investigaría. Sospechó que pudo haber sido originado por grupos islamistas, pero, de manera espontánea, durante los funerales, un grupo de civiles palestinos comenzó a agredir con piedras y palos a los militares israelies, exacerbando los ánimos. Las manifestaciones se extendieron a otros poblados palestinos, también a Cisjordania, donde bajo el grito de *Al-lá-hu-Akbar* comenzó la Revolución de las piedras, como se llamó a esa primera Intifada.

En ese contexto nació Harakat al-Muqáwama al-Islamiya, acrónimo de Hamás, un movimiento de resistencia islámico basado en la defensa de los principios básicos de la Hermandad Musulmana: el retorno al islam "de los puros", la oposición a Occidente y la negativa de reconocer la existencia de Israel. Además, externando total discrepancia con el gobierno palestino de Al Fatah, Hamás se fue popularizando en mezquitas y madrasas, sobre todo porque hacía obras de caridad. Está documentado que, con el apoyo de Irán, invirtió en sus primeros años entre cuatro y cinco millones de dólares en actos de beneficiencia.[86]

Para el ejército israelí resultaba cada vez más difícil controlar a las turbas palestinas, sofocar las revueltas, prevenir los actos de terrorismo. De ese tiempo son las imágenes de David contra Goliat, del niño de las piedras contra un

---

86 Hillel Frisch, "A Social Welfare Government or War Machine?", Begin-Sadat Center for Strategic Studies, Mideast Security and Policy Studies, num. 116, noviembre de 2016.

tanque israelí. Por supuesto, Hamás no era inocente. Tampoco estaba desprovisto.

Fueron años en los que, para boicotear cualquier acuerdo de paz, Hamás y la Yihad Islámica mandaban misiones suicidas de terroristas que ingresaban al Estado judío para inmolarse en restaurantes, camiones, centros comerciales o pizzerías, una campaña montada. En poco más de una década, hasta 2004, fueron 198 yihadistas que se inmolaron en Israel, provocando centenas de muertos, miles de heridos, terror puro.

En septiembre de 2000, en pleno debate sobre el futuro de Jerusalén en la cumbre de Camp David, comenzó la segunda Intifada. Ariel Sharón, primer ministro israelí, visitó la Explanada de las Mezquitas de Jerusalén y, aunque él siempre aseguró que pidió permiso al jefe de la seguridad palestina, la visita fue juzgada como una provocación y la violencia de la Intifada de Al Aqsa, como se le llamó a la segunda Intifada, explotó generalizando los ataques suicidas y dejando a su paso miles de muertos de ambos bandos. Como respuesta, Israel comenzó a construir un muro en su frontera con Cisjordania, una barrera controvertida que dificultaba el movimiento entre poblaciones y mermaba la economía palestina por los severos controles del ejército israelí, pero que sirvió para impedir y detener las infiltraciones de yihadistas.

En 2005, frente al hartazgo por la violencia y la frustración respecto al futuro, el primer ministro israelí Ariel Sharón, considerado un gran estratega militar, tomó la decisión de salir de manera unilateral de Gaza, pensando como una ilusión que ese gesto sería interpretado como un acto de buena fe, como la oportunidad de construir un próspero Estado palestino.

Confiando en Mahmud Abás (Abu Mazen), el líder de la Autoridad Palestina que sí reconocía al Estado de Israel, que sí se sentaba en las mesas de negocación para supuestamente alcanzar acuerdos de paz, Sharón implementó la retirada israelí de esa zona para que los palestinos pudieran construir un país y una economía pujante. Un Singapur del Medio Oriente, un Dubai del Levante, como se decía. Supuso que con tantísimo dinero que recibían anualmente de organismos internacionales y de muchas naciones, incluido Israel que estaba dispuesto a tender puentes y favorecer el crecimiento de la zona, construirían hoteles y bienestar en las playas doradas de Gaza, viviendas, escuelas, industrias y hospitales, desalinizadoras de agua, empresas de alta tecnología y campos de energía solar para cultivar las tierras fértiles.

Sharón sabía que la medida era osada, que se oponía a su propia historia porque él favoreció la construcción de asentamientos judíos en Gaza y Cisjordania, pero asumió el riesgo pensando que era una oportunidad histórica para brindar a los palestinos la posibilidad de fincar un futuro, una dignidad y un tiempo de paz para los suyos y para las generaciones venideras. Convencido de lo que hacía, obligó a los 8 500 israelíes a desalojar la zona, a abandonar sus casas instaladas en los veintiún asentamientos judíos. A quienes se opusieron los sacó por la fuerza.

La sorpresa, sin embargo, fue que en 2006 los gazatíes convocaron a elecciones. Estaban hartos de la corrupción de la Autoridad Palestina. Yasir Arafat y el propio Mahmud Abás aparecían en la revista *Forbes* como multibillonarios, entre los más ricos del mundo. Para castigarlos, los palestinos le dieron su voto a Hamás, la rama de la Hermandad Musulmana creada en 1987 que prometía velar por "el bienestar social".

El cálculo político de Ariel Sharón fue muy malo, porque los dirigentes de Hamás, cuyo principio fundacional es negar el derecho de Israel a existir, resultaron ser tan corruptos como los líderes anteriores y, peor aún, transformaron el gobierno de Gaza en una entidad teocrática, autoritaria y represiva, de inspiración fundamentalista. Condenaron a las mujeres, a los homosexuales y a los disidentes. Educaron a los niños a ser *shahids*. Sembraron mártires en cada familia.[87]

Hamás rompió desde el primer día con sus rivales de Al Fatah, que gobernaba Cisjordania. Expulsó a los miembros de la Autoridad Palestina que vivían en Gaza, empeñado en tomar total control de la Franja. No le perdonaban a Mahmud Abás haber reconocido a Israel, que se hubiera atrevido a sentarse en una mesa de negociación. Para Hamás no había ni hay trato posible. Inclusive, para dejar clara su postura quemaron absolutamente todo lo que Israel dejó en Gaza: hogares listos para ser ocupados y toda la infraestructura agrícola de la que vivían los israelíes. Es decir, los productivos invernaderos con los que exportaban flores, tomates y verduras a Europa, que dejaron intactos, listos para ser aprovechados.

Durante dieciocho años, Hamás se dedicó a preparar la embestida. La fórmula de manipulación estaba bien estudiada. Hamás hizo creer a Netanyahu que había un *status quo*, que se conformaba con lanzar misiles de vez en vez y que los miles de millones de dólares que anualmente recibía del mundo garantizaban una cierta paz. Los israelíes, por su

---

87 Ariel Sharón no vivió consciente para ver los resultados de su decisión porque, poco tiempo después, tuvo un infarto cerebral, cayó en coma y quedó en estado vegetativo de 2006 hasta su muerte en 2014.

parte, aprendieron a vivir corriendo a los refugios antibalas, sabiendo que una vez que sonaba una alarma tenían escasos dieciséis segundos para guarecerse. Confiaban en el Domo de Hierro (o Iron Dome) que interceptaba los misiles en el aire. Se hizo costumbre, creyeron que se haría norma.

Con excesiva soberbia Netanyahu creyó tener control total de la situación. Confió más en la avanzada tecnología de Israel que en los ojos que tenía mirando. Aunque hubo avisos, no creyó que Hamás tuviera posibilidades ni voluntad de atacar. Se supo que varias de las mujeres soldados en las fronteras, cuyo trabajo sólo es observar el terreno, anticiparon que había movimientos preocupantes, pero, con la arrogancia de saberse invencible, el gobierno menospreció las advertencias y subestimó al enemigo. Convencido de su superioridad tecnológica, desdeñó la maldad de Hamás, no midió la perversidad de lo humano, ni mucho menos advirtió la vulnerabilidad del Estado de Israel.

La cadena se rompió en el punto más débil, porque gran parte de los terroristas rompieron con retroexcavadoras las vallas de seguridad e ingresaron a pie con facilidad. Falló la inteligencia en su conjunto. Ariel Goldgewicht, quien fuera oficial de la unidad de élite Duvdevan, contó el fracaso que fue no haber sabido leer símbolos. Dio un ejemplo: los terroristas, buscando comunicarse entre ellos una vez que cruzaran la frontera, entraron a Israel con teléfonos con tarjetas SIM israelíes. Cuatro horas antes del ataque del 7 de octubre, como a las dos de la mañana, se prendieron más de mil tarjetas SIM de empresas israelíes dentro de Gaza. Las empresas celulares israelíes detectaron ese despertar de mil teléfonos desconocidos, pero pensaron que era un problema en el sistema, a nadie se le ocurrió pensar que era un foco rojo, que estaban a punto de ser invadidos.[88]

Más allá de Netanyahu y sus yerros, es tan evidente que Hamás no pretende ninguna paz entre Israel y los palestinos, ningún acuerdo territorial, que no importó que en los *kibutzim* que atacaron vivía la población más pro-paz del país. La que abría fuentes de empleo y posibilidades de desarrollo a los palestinos. Asesinaron a sangre fría a Vivian Silver la de Women Wage Peace, la que llevaba cada semana a los niños gazatíes enfermos a los hospitales de Israel. Era judía, eso bastó. Tan judía como Shoshan Haran, fundadora de Fair Planet, una organización que buscaba erradicar el hambre del mundo sin importar religión o raza, y que ayudó a miles en África, en su mayoría musulmanes. Igual sucedió a Ofir Liebstein, la cabeza de Sha'ar Hanegev, quien estaba a punto de abrir diez mil fuentes de empleos para gazatíes, proveyendo energías renovables con paneles solares en Gaza.

Tres semanas antes del 7 de octubre, Liebstein se reunió con líderes palestinos de la zona y se comprometió a donar tierras para llevar agua fresca a Gaza, para crear un sistema de alcantarillado y de aguas residuales. En el kibutz Kfar Aza con suma crueldad los mataron a él, a su suegra, a su sobrino y a su hijo de diecinueve años. La paradoja es que Hamás desenterró los tubos que Liebstein donó para agua y los convirtió en misiles para exterminar a Israel.

Al mar del dolor, al duelo infinito en casi cada familia, se ha sumado el trauma de la sociedad porque la traición a los más pacifistas no deja lugar a la esperanza. Los terroristas gazatíes llevaban mapas de cada rincón, sabían quiénes

---

88 Goldgewicht lo dijo en una entrevista de ViOne en Youtube, en mayo de 2024, realizada por Jano García.

vivían casa por casa y hoy se sabe que muchos de los dieciocho mil trabajadores que laboraban en Israel, esos a quienes convidaron de su pan y se sentaron en las mesas de los *kibutzim*, fueron los verdugos que sacrificaron a los israelíes dando información detallada a Hamás.

UNRWA, ARMA DE GUERRA

Tras la Segunda Guerra Mundial, Stalin, Churchill y Roosevelt reunieron a 51 naciones para crear una "familia mundial": la Organización de las Naciones Unidas, un pacto para resguardar la paz y seguridad internacionales, para evitar un nuevo conflicto bélico. Fue una gran idea, un concierto de buena voluntad. Además, por la guerra y la posterior descolonización de África, había millones de personas sin hogar, el mayor número de desplazados de la historia.[89]

Por ello, en 1950, la ONU creó ACNUR, el Alto Comisionado de las Naciones Unidas para los Refugiados —UNHCR, United Nations High Commissioner for Refugees, sus siglas en inglés—, a fin de reinstalar o repatriar al enorme número de refugiados, desplazados o ápatridas. Pensaron que la misión de ACNUR sería temporal, que en un plazo no mayor de tres años lograrían su cometido, pero, aún hoy, sigue vigente por la inmensa cantidad de refugiados o apátridas que surgen de nuevas guerras, violencia y persecución. Tan sólo en la última década hay millones más, producto de conflictos en Sudán, Siria, Afganistán, Pakistán, Nagorno Karabaj, Angola, Congo, Burkina Faso, Mali, Bangladesh, Myanmar, Etiopía, Libia, Irak, Irán, Yemen, Mozambique, Ucrania y Rusia, entre muchos más.

---

89 Entre 1940 y 1960 hubo 81.6 millones de expatriados.

Además de ACNUR, en la década de 1950 se abrieron dos agencias locales para resolver el problema *in situ* con mayor prontitud: una para los refugiados de Corea y otra para los árabes palestinos que estaban en Jordania, Siria, Líbano, Cisjordania y Gaza. Esta última también había contemplado a los judíos palestinos, es decir, a los judíos expulsados de las naciones árabes que, asimismo, provenían de lo que fueron los mandatos británico y francés, pero ellos no requirieron ayuda porque unos migraron a otras latitudes e Israel absorbió a los otros de inmediato.

En ambos casos: Corea y Palestina, se pensó que las agencias serían temporales. La de Corea logró reestablecer a más de tres millones de personas y cerró sus puertas en 1958. No así la enfocada en los palestinos que, lejos de resolver el problema, aún hoy lo sigue perpetuando.

Para finales de 1950, Dwight D. Eisenhower comenzó a cuestionar si debía o no seguir manteniendo la oficina de refugiados palestinos, porque EUA proveía el 70% de los fondos y esa oficina no había reinstalado un solo caso. Al presidente norteamericano le parecía un barril sin fondo y amenazó con suspender el apoyo. Sin embargo, según refiere Einat Wilf en *The War of Return*, las naciones árabes, proveedoras de petróleo, amenazaron al gobierno de Eisenhower, señalando que el primer error había sido crear el Estado de Israel, que había una "responsabilidad que asumir", "un asunto humanitario" producto de esa decisión. El único antídoto era mantener vigente la oficina. El petróleo pesó y Eisenhower cedió.

En el estire y afloje, las naciones árabes no sólo exigieron preservar la oficina de refugiados, además, obligaron a que la agencia llevara las siglas de las Naciones Unidas: UN-

RWA (United Nations Relief and Work Agency for Palestinian Refugees in the Near East), y no RWA. La connotación hacia el interior y hacia el mundo era evidente, implicaba que las Naciones Unidas asumirían la responsabilidad de velar por la salud, educación y bienestar de esos palestinos, no sólo cumplir con la misión original de reinstalarlos.

Aunque no se sabía entonces, el pacto sería a perpetuidad porque, a pesar de que los palestinos vivieran en su propia tierra —como sucede hoy en Gaza— seguirían siendo refugiados. Un sinsentido.

Wilf hace la siguiente metáfora: la UNRWA era un avión último modelo con la intención de llegar a buen puerto, pero fue secuestrado para ser un "arma de guerra". La UNRWA —léase: Hamás y la Autoridad Palestina— recibe 1.6 miles de millones de dólares anuales,[90] de 67 países donantes y de 33 organizaciones no gubernamentales internacionales, supuestamente con el objetivo de brindar "bienestar al pueblo palestino". Sin embargo, apoyado por poderosos imperios como Irán y Qatar, y con la complicidad de la ONU que no escruta el uso del dinero ni pide rendición de cuentas, Hamás no usa los fondos para construir futuro y dignidad para los palestinos, ni un centavo de inversión en infraestructura de desarrollo, sino que lo emplea para cumplir con su plan de aniquilar al Estado judío. Esa misma narrativa la mantiene UNRWA, porque refrenda la idea del "retorno", es decir, la concepción de volver al mapa previo a 1948, cuando no existía Israel.

Con los fondos internacionales, Hamás construyó una ciudad bajo la ciudad para sus objetivos terroristas, una telaraña de más de 800 kilómetros de túneles de concreto

---

90   En inglés serían 1.6 billones de dólares.

—los metros de Londres y de Nueva York, los más largos del mundo, rondan cada uno los 400 km—, siete pisos de laberintos subterráneos ramificados, iluminados, con baños, dormitorios y cocinas, algunos tan anchos y bien edificados que permiten la circulación de camiones. Otros, con centros de comando para permanecer meses bajo tierra. Se sabía que existían, pero la incursión de las Fuerzas de Defensa de Israel (las FDI) en Gaza tras el ataque del 7 de octubre, arrojó evidencia espeluznante. Los túneles, atiborrados de armas, estaban debajo de hospitales, escuelas e instalaciones de UN-RWA, donde se suponía que atendían "asuntos humanitarios". Túneles con bocas de salida a salas donde se tratan enfermos o a donde se imparten clases a niños.

El coronel Elad Shushan declaró a los medios: "No hay ningún sitio: escuela, jardín de infantes, mezquita o institución de la UNRWA, en donde no hayamos encontrado grandes cantidades de fusiles, municiones, granadas y explosivos. Es esa la constante en absolutamente todos los lugares en donde hemos entrado".

Es curioso, en Gaza hay dos millones de personas y 36 hospitales; en otras naciones árabes con treinta millones de ciudadanos, no hay un solo hospital. El motivo parece evidente, se han construido hospitales para ser nidos de terroristas.

Al ser capturado, Ahmad Kahalot, director del hospital Kamal Adwan, ubicado en la ciudad de Beit Lahia al norte de Gaza, admitió ser miembro de Hamás y confesó que tuvieron secuestrados a israelíes en el interior de su hospital. Aceptó también que esas instituciones de salud y sus ambulancias se usan para propósitos militares. "Fui reclutado por Hamás en 2010 con el rango de brigadier general.

Gran parte de los empleados en el hospital: enfermeras, médicos, paramédicos y personal administrativo y de servicio, también son operativos militares de las brigadas Al-Qassam. Los hospitales son lugares seguros para Hamás; sabíamos que los israelíes no los atacarían", dijo.[91]

Las llamadas de atención de que la UNRWA daba empleo a terroristas y auspiciaba el terrorismo llegaron de muchos lados, desde hace más de una década. El dos veces premio Pulitzer, Adam Entous, documentó para Reuters en 2008 que Awad al-Qiq, un respetado maestro de ciencias y director de una escuela de la UNRWA, tenía una doble vida: de noche dirigía la unidad que construía misiles y bombas para la Yihad Islámica, de día enseñaba a niños. El entonces vocero de UNRWA, Christopher Gunness, lo negó.

Entous no fue el único. Meirav Eilon Shahar, hoy embajadora de Israel ante la ONU, asegura que en 2011 y 2012, cuando ella dirigía el departamento de relaciones con la ONU en el Ministerio de Asuntos Exteriores israelí, envió información sobre colaboradores de Hamás que trabajaban en la UNRWA. Nadie quiso escucharla. También Michael Oren, quien fuera embajador de Israel en Estados Unidos, dio a conocer en un artículo que publicó en la revista *Mosaic*, que él mismo llegó a decirle al presidente Barack Obama que el concreto que se enviaba a Gaza no era para reparar estructuras dañadas, sino para construir túneles, sofisticadas obras de ingeniería para el terrorismo. Obama no le creyó.[92]

Rompiendo tratados internacionales, usando a niños, enfermos y supuestos funcionarios de la ONU como escudos

91 La información es del 19 de diciembre de 2023, entre otros, la publicó Jana Beris en sus portales.

92 Michael Oren, "How Gaza Became Israel's Unsolvable Problem", *Mosaic*, 7 de junio de 2021.

humanos, Hamás instaló fábricas de armas, salidas de túneles, instalaciones estratégicas y lanzaderas de misiles en escuelas, hospitales, kínders y oficinas de la UNRWA, calculando que Israel no atacaría esos sitios y que, si algún día se atrevía a hacerlo, como ha sucedido ahora con las incursiones de la guerra, echarían a andar una efectiva maquinaria de propaganda y victimización usando a su favor a los medios de comunicación, a políticos y activistas, y a funcionarios corruptos de la ONU dispuestos a promover la agenda de los terroristas islamistas, a fin de culpar a Israel de ser genocidas de niños, asesinos de enfermos, homicidas de funcionarios de la ONU.

La estrategia de Hamás siempre ha sido falsificar la realidad, ganar la guerra mediática conmoviendo al mundo con su condición de debilidad. Bassem Eid, periodista y activista pro-derechos humanos palestinos residente de Jerusalén, hizo pública la historia de su amigo Yusuf que vive en Betlaya, al norte de Gaza. Padre de seis hijos, trabajaba jornadas de doce horas en una panadería ganando sólo dos dólares y medio al día. Según relató Bassem Eid en sus redes sociales, cuatro miembros de Hamás llegaron a la casa de Yusuf y le ofrecieron cincuenta dólares al mes por cavar un túnel debajo de su hogar. Bassem Eid le preguntó a su amigo qué respondió ante tal ofrecimiento. La contestación es reveladora de lo que ahí sucede: "¡Por mí, que excaven cuatro túneles! Los que necesiten".

Bassem Eid ha sido muy crítico, ha dicho que Hamás usa la pobreza para sembrar el fanatismo:

> Los gazatíes sabían perfectamente bien que vivían arriba de almacenes de pólvora. Cuando Israel les pedía que se

fueran del norte al sur, entendían lo que estaba pasando en sus ciudades. Eso es terrorismo, no resistencia. Esa es la agenda iraní, no es la agenda palestina. Israel usa sus cohetes y armamento para proteger a los israelíes, y Hamás ha usado a los palestinos como escudos humanos para proteger sus misiles.

Ante la evidencia de los túneles, Philippe Lazzarini, comisionado general de UNRWA, se ha mostrado sorprendido. Alegó que no sabía nada, que UNRWA no tiene experiencia militar o de seguridad, que es una "organización humanitaria", pero ello resulta absurdo porque cuando menos uno de los cuarteles estratégicos de Hamás fue descubierto debajo las oficinas de UNRWA. Esa oficina de la ONU proveía luz, agua e internet a ese centro de mando que estaba conectado a cientos de kilómetros de pasadizos. Como ha escrito Ronen Bergman en el *New York Times*: "Habría que ser muy ingenuos para pensar que el personal de UNRWA no sabía lo que estaba sucediendo bajo sus pies".

Por otra parte, 58% del dinero que Hamás recibía de UNRWA era para educación, pero tampoco hubo quien vigilara qué clase de formación era la que se estaba impartiendo en sus instalaciones. Hoy se sabe y está plenamente documentado que Hamás lleva décadas enseñando a los niños a ser mártires, *shahids*, que en las escuelas se enseña a los pequeños a portar metralletas "para matar judíos", que en los libros publicados por UNRWA —obras redactadas, supervisadas, aprobadas, impresas y distribuidas por UNRWA— se educa en el odio, se enseña que el objetivo más digno es sacrificarse en nombre de Alá para "retornar" algún día a "sus hogares", "usurpados por el Estado sionista en 1948".

Se les instruye que el sacrificio más digno para un niño o joven, que la misión fundamental en esta vida, es estar listo para ser un *shahid*, un mártir de dios, a fin de elevar a su familia y ser recompensados en otra vida. A los familiares de los *shahids* se les recompensa con una pensión vitalicia por morir y matar, el oficio mejor pagado de los palestinos, dinero que también proviene de UNRWA. Es decir, dinero de contribuyentes de Europa, Estados Unidos y Canadá que no tienen la menor idea de lo que están auspiciando con los impuestos que pagan en sus países.

El Palestinian Center for Policy and Survey Research publicó en diciembre de 2023 una encuesta que realizó a los palestinos de Gaza y Cisjordania, los resultados son aterradores: el apoyo a Hamás se triplicó tras el ataque del 7 de octubre. Peor aún, 85% de los palestinos no cree que se hayan cometido atrocidades a civiles israelíes y 36% de los niños quieren morir como mártires.

Para nadie debe de ser sorpresa que la mayoría de los terroristas de hoy, si no es que todos, fueron alumnos de las instituciones que auspicia UNRWA. Los libros antisemitas que fomentan la violencia y el martirologio son producidos por UNRWA. Los profesores son empleados de UNRWA y su mensaje de odio está avalado por UNRWA, un organismo que tramposamente lleva el nombre de las Naciones Unidas y que no es más que una agencia del grupo terrorista Hamás.

En las oficinas de UNRWA laboran treinta mil personas, todos palestinos, salvo cien oficiales internacionales de Naciones Unidas. Es decir, quienes manejan UNRWA no son suecos, daneses o americanos, sino terroristas del grupo Hamás que administran los miles de millones de dólares que reciben.

El dinero que les provee el mundo sirve también para abultar las cuentas bancarias de los líderes del grupo terrorista. Hay fotos de los lujos en los que vive la cúpula de Hamás en Turquía y Qatar. Dinero robado a los palestinos y a la comunidad internacional, millones de dólares con los que compran yates, mansiones y aviones privados. Se especula que la fortuna de Khaled Mashal, uno de los fundadores de Hamás, asciende a cinco mil millones de dólares; la de Ismail Haniyeh, jefe de la división política, a cuatro mil millones de dólares; y la de Musa Abu Marzuk, subjefe del departamento político, a tres mil millones de dólares.

Lo saben muy bien, entre más victimización, más fondos reciben de UNRWA. También, más adeptos. Entre más mártires sacrificados, más beneficios. Entre más mentiras, más seguidores. Lo peor es que siguen hablando de "refugiados palestinos" cuando viven en Gaza, bajo administración y mando de un gobierno palestino. Refugiados ante la ONU. Refugiados en su propia tierra.

De los 750 mil refugiados que UNRWA recibió en 1948, hoy contabiliza 5.6 millones, porque para ellos el título de refugiado es hereditario y a nadie borran de la lista porque cada refugiado se traduce en dinero. Van cinco generaciones y contando. Las listas con nombres crecen y crecen y crecen, como si se tratara de una fábrica de refugiados palestinos, sobre todo porque cada día nacen más y porque incluyen a ciudadanos de otros países y a personas fallecidas.

En esa lista, por ejemplo, hay doscientos mil ciudadanos jordanos. Bajo la propia definición de la ONU si ya son jordanos, no tendrían por qué considerarse refugiados. También figura ahí Zahua Arafat, la única hija de Yasir Arafat, heredera de ocho mil millones de dólares y quien vive en

París con su madre. Ella, que habla cuatro idiomas, pero no árabe, y quien no ha visitado la zona en más de veinticinco años, es dueña de una calle entera en Londres. Asimismo, es refugiado de UNRWA el multimillonario Mohamed Hadid, promotor inmobiliario norteamericano, padre de las modelos Bella y Gigi Hadid.

UN Watch, una organización no gubernamental cuya misión ha sido supervisar la actuación de Naciones Unidas, ha documentado desde hace más de una década la labor de la UNRWA, que ha calificado de criminal y corrupta. Después del 7 de octubre, que ha podido mirar las pruebas con mayor claridad, su director, Hillel Neuer, ha sido mucho más activo y frontal.

En las oficinas de la ONU en Ginebra, Neuer mostró listas con nombres y apellidos que dan fe que doce empleados de UNRWA participaron de primera mano en la masacre del 7 de octubre, decapitando, violando y quemando judíos. Expuso que cuando menos 1 200 empleados de UNRWA son parte de la estructura de Hamás o de la Yihad Islámica y que participan de forma activa en las operaciones políticas y militares de la organización. Asimismo, que seis mil empleados de UNRWA, la mitad de los que trabajan en Gaza, tienen familiares cercanos en la organización terrorista. Mostró imágenes de los coches y de las ambulancias de UNRWA que se usaron el 7 de octubre para transportar armamento y rehenes. Asimismo, brindó datos contundentes que revelan que algunos secuestrados fueron retenidos en casas de los empleados de UNRWA.

El voluminoso reporte que UN Watch presentó a la ONU incluía pantallazos de fotos y mensajes de un chat de Telegram donde participan tres mil profesores de UNRWA. Más de una centena de ellos celebraron la masacre, compartieron imágenes de muertos y secuestrados judíos, e incitaron a asesinar judíos porque, como escribieron, para ellos "la guerra de 1948 no ha terminado". Con ese mensaje educan a los niños.

Los ejemplos se suceden uno tras otro. Waseem Medhat Abo El Ula, maestro de inglés, el mismo 7 de octubre calificó a los terroristas de "mártires" e hizo un llamado a ejecutar judíos, a seguir haciendo más transmisiones de masacres en Facebook Live. Shatha Husan Al Nawajha aludió con gozo a la yihad y pidió que Alá les concediera la victoria a los terroristas. Safaa Mohammed al-Najjar, maestra y administradora del chat, veneró la mutilación, asesinato y violación de mujeres. Adul Kareem Mezher, un maestro de primaria pidió ejecutar a los secuestrados. Abdalla Mehjez, maestro de primaria y quien fuera reportero de la BBC, instó a los civiles de Gaza a servir de escudos humanos, a ignorar las advertencias de los israelíes, los mensajes en los que les pedían evacuar las zonas.

Neuer hizo públicas decenas de evidencias de cómo las escuelas de UNRWA adoctrinan en el odio y el antisemitismo, y cómo la incitación al terrorismo ha sido sistemática y continua por parte de los profesores de la UNRWA, violando de manera flagrante el código de conducta de la ONU. "La perversión de UNRWA —señaló— es educar en el odio y ser cómplice del terrorismo".

Ha argumentado que UNRWA se roba los fondos que deberían ser para educación y que los usa para promover el antisemitismo, para manipular, adoctrinar y auspiciar crímenes de lesa humanidad. "No es una sola manzana la que está podrida

—dijo Neuer—, la UNRWA está podrida de raíz, representa una incitación masiva a realizar actos terroristas".

António Guterres, secretario general de la ONU, dijo estar horrorizado ante las múltiples evidencias, pero Neuer no le permitió escurrirse o jugar a la inocencia. Dijo que por nueve años UN Watch estuvo publicando testimonios que mostraban que UNRWA era parte de la incitación sistemática al terrorismo y que en sus escuelas se educaba con "una visión nazi", pero que la ONU no sólo no mostró ningún interés, sino que, además, se dedicó a "golpear al mensajero", a calumniar a UN Watch y a acusarla de parcialidad. Señaló Neuer:

> Presentamos reportes a la ONU en 2015, en 2017, en 2019, en 2021 y en 2022. Ustedes no respondieron. Guterres sabía. El director de UNRWA sabía. La ONU sabía. No sólo no reaccionaron, nos atacaron una y otra vez para desacreditarnos. Lo hicieron cada vez que publicamos algo. El último reporte: "Los maestros del odio de UNRWA" fue de 2022 y había clara referencia a 113 profesores de UNRWA que apoyaban la violencia, el antisemitismo y el terrorismo.
>
> Elham Mansour, uno de ellos, incitaba a sus alumnos en sus *posts* de Facebook a asesinar judíos. Calificaba a los judíos de "canallas", de seres que "contaminan la tierra". Decía que había que "limpiar Palestina y el mundo de la suciedad judía". Escribió Mansour: "Por Alá, cualquiera que pueda matar y degollar a un sionista, y no lo haga, no merece vivir. Hay que luchar contra ellos y matarlos, perseguirlos por todas partes. En cada esquina, en cada calle...".
>
> Ustedes sabían todo esto e hicieron caso omiso, prefirieron guardar silencio.

En realidad, hubo muchas llamadas de atención. A Matthias Schmale, un misionero alemán que era director de UNRWA en Gaza en 2021, Hamás lo consideró persona *non grata* y le retiró la seguridad porque en una entrevista con la televisión israelí se atrevió a decir lo que vio: que Israel sí se atenía a códigos de guerra y que los asesinatos que había llevado a cabo contra líderes de Hamás habían sido precisos, sofisticados y dirigidos contra los cabecillas, sin atentar contra la población en general. El director de UNRWA pagó el precio de hablar con la verdad. Hamás lo exhibió en los medios de comunicación árabes y comenzó una terrible persecución en su contra. Temiendo por su vida, Matthias Schmale salió huyendo de Gaza.

Increíble fue que una de las primeras acciones que llevó a cabo Leni Stenseth, diplomática noruega que fue nombrada por el propio António Guterres como comisionada general adjunta de UNRWA, para sustituir a Schmale, fue ir a disculparse con Yahya Sinwar por lo que dijo su predecesor. Dijo ella públicamente que Schmale era "indefendible" y, a nombre de UNRWA, pidió perdón y se comprometió con Sinwar a trabajar de la mano. Las declaraciones vertidas en ese encuentro, reportadas en la prensa, permiten constatar la sumisión que UNRWA ha mantenido con Hamás. Es evidente que la organización terrorista es quien nombra y avala al comisionado de UNRWA en Gaza.[93]

Para terminar este apartado y ahondar aún más en el absurdo, vale la pena contrastar la labor de dos organismos de la ONU que han tenido el mismo objetivo: ACNUR, Alto Comisionado de las Naciones Unidas para los Refugiados,

---

[93] En internet: Al Mayadeen, 3 de junio de 2021; Palestinian Information Center, 3 de junio de 2021; Middle East Forum, 7 de junio de 2021, entre otras.

que reinstala a los refugiados y les da sentido de futuro, y la UNRWA, que en más de siete décadas ha eternizado y acrecentado el problema palestino. UNRWA atiende a 5.6 millones de refugiados (algunos dicen que 5.9 millones) en Gaza y Cisjordania, y recibe 1600 millones de dólares anuales, es decir: 220 dólares por palestino. ACNUR atiende a 70.8 millones de personas en 134 países y recibe 8800 millones de dólares anuales, es decir: 121 dólares por refugiado. UNRWA, por tanto, recibe casi el doble de dinero que ACNUR por expatriado.

Todavía más escandalosa es la cantidad de empleados de una y otra agencia. UNRWA tiene 30 mil empleados, uno por cada 180 refugiados; y ACNUR, 16803, es decir ¡uno por cada 4213 refugiados![94] Lo peor es que una resuelve y la otra, bajo la excusa de ser "imprescindible" y llevar a cabo "trabajo humanitario que salva vidas", incita al odio, promueve el terrorismo y perpetúa la guerra sin mayor salida que aniquilar a Israel.

Frente a la información que UN Watch publicó vinculando a UNRWA con el terrorismo, más de una docena de países occidentales decidieron congelar temporalmente la participación económica que destinaban a los refugiados. Entre ellos: EUA, Reino Unido, Canadá, Australia, Alemania, Italia, Países Bajos, Suiza, Finlandia, Estonia, Japón y Francia. Los fondos que sí permanecieron sin cambios fueron los de: Turquía, Sudán, Argelia, Emiratos Árabes Unidos, Sudáfrica, Kuwait, Arabia Saudita, Irán y Qatar. De hecho, Qatar desde 2001 aporta a Hamás 2600 millones de dólares anuales, adicionales al dinero de la UNRWA.

---

94   El Banco Mundial tiene diez mil trabajadores en mil doscientas oficinas alrededor del mundo. UNRWA tiene treinta mil empleados, tres veces más que el Banco Mundial.

De un día a otro, se redujeron a la mitad los ingresos de ese organismo, pero, paulatinamente, a medida que la guerra ha avanzado, frente a las imágenes de devastación en Gaza y la crítica a Israel, el flujo de fondos ha tendido a normalizarse. El mayor donante es Estados Unidos con 300 millones de dólares anuales.

Sea como fuere, no hay duda: UNRWA es parte del problema y no la solución. Como dicen algunos, UNRWA se ha convertido en el Domo de Hierro palestino. La petición de UN Watch es que se disuelva UNRWA, porque no es apto para lograr el cometido para el que fue creado, y que se sustituya por otra instancia que sí vele por el bienestar de los palestinos. El deseo es que la educación sea hacia la paz y se termine con el terrorismo sembrado en las mentes de los niños. Lo cierto es que mientras Occidente continúe dando fondos sin restricciones, mientras siga legitimando el terrorismo, no habrá salida al conflicto.

LA ONU, CÓMPLICE

Como en la Asamblea General de la ONU, en sus consejos y en la Corte Internacional de Justicia cada voto cuenta, se han formado bloques políticos afines que persiguen agendas propias, sin contemplar los objetivos éticos, de reconciliación, paz y seguridad que dieron origen a las Naciones Unidas.

La historia de cómo se fueron formando esos bloques se remonta a la Guerra Fría y, sobre todo, a la creación de un bloque intermedio, el de los No Alineados, países militarmente débiles y económicamente subdesarrollados que buscaban tener voz en el tablero internacional, entre el primer mundo capitalista y el tercer mundo socialista.

En 1955, Jawaharlal Nehru, de India; Kusno Sosrodihardjo (Sukarno), de Indonesia; y el egipcio Gamal Abdel Nasser, que buscaba ser líder del panarabismo y del socialismo árabe, convocaron en Bandung a otros jefes de Estado de la primera generación poscolonial de países árabes y africanos, gran parte de ellos de reciente creación, para delinear políticas conjuntas en las relaciones internacionales. La idea original era ser neutrales, no aliarse con ninguna de las superpotencias, enfocarse en el apoyo a la autodeterminación, la no adhesión a pactos multilaterales militares, la reestructuración del sistema económico internacional, el desarme y, sobre todo, la lucha contra el imperialismo, el racismo y el *apartheid* de Sudáfrica.

En 1961, 28 países (25 miembros y tres observadores) establecieron la primera Conferencia de No Alineados, en Belgrado. Cuba fue el único miembro de Hispanoamérica. Si bien en su declaración original no pretendían aliarse ni con EUA, ni con la URSS, la guerra de Vietnam y la humillación al mundo árabe tras la derrota en la guerra de los Seis Días fueron factores sustanciales para inclinar al grupo de los No Alineados con el bloque soviético. Para la década de 1970, los más de 75 miembros, además de observadores, invitados y representantes de Comités de Liberación, estaban ya enfocados en sumar su voz al socialismo de la URSS.

En 1975, los No Alineados y la URSS avalaron una primera resolución conjunta. Curiosamente fue la 3379 que considera al sionismo como una forma de racismo, instaurando la tradición de los países árabes, los socialistas y los No Alineados de votar juntos para condenar a Israel. Como las decisiones pasan por mayoría simple, países violatorios de todos los derechos humanos como Irán, Sudáfrica, Venezuela, Corea del Norte o Qatar se han dado la mano con Rusia para promover un discurso sistemático contra Israel.

Esa alianza árabe-soviética ha sido tan efectiva —son 48 naciones musulmanas en la ONU, a quienes se suman los votos de una buena parte de países latinoamericanos y africanos—, que Israel es el único país del globo con una agenda continua y activa de resoluciones críticas en la ONU. En los últimos años, tan sólo la Comisión de Derechos Humanos ha adoptado 103 resoluciones de condena a Israel, algo que no sucede con ninguna otra nación del globo.

En la Asamblea General de la ONU han pasado más sanciones contra Israel, la única democracia del Medio Oriente, que todas las que ha habido para los demás países del planeta. Ni un solo reproche a Venezuela, Rusia, China, Cuba, Arabia Saudita, Turquía, Vietnam, Argelia, Egipto, Pakistán, Qatar o Zimbawe, naciones autoritarias donde a diario se violan los derechos humanos. Y por increíble que parezca, ha habido sólo una única resolución contra Irán, Siria, Norcorea o Myanmar, haciendo evidente que la ONU está secuestrada, que blanquea gobiernos dictatoriales y que ha perdido el rumbo.

No obstante el historial represor de derechos humanos de Irán, que además incita al terrorismo mundial, desde 2023 esta país preside ¡el Foro Social de Derechos Humanos de la ONU! Un despropósito.

Más aún: en marzo de 2024 la ONU eligió a Arabia Saudita, con un muy extenso historial de discriminación a la mujer, como presidente de la Comisión para Promover la Igualdad de Género y los Derechos de las Mujeres. En

Árabia Saudita, ellas deben de obtener el permiso de un tutor masculino para casarse y su sustento económico como esposa depende del nivel de obediencia y sometimiento al marido, a los que está obligada.

Igual de grave es que, en 2024, la República Islámica de Irán fue nombrada para presidir la Conferencia de Desarme Nuclear de la ONU. Irán, que financia, provee armas y entrena a terroristas de Hamás en Gaza, de Hezbolá en Líbano, de los hutíes en Yemen, entre varios más, y que proporciona armas a Rusia para utilizarlas en su invasión a Ucrania. Hillel Neuer, director ejecutivo de UN Watch, señaló que tener al ayatola Jamenei presidiendo el programa global de desarme nuclear es como "poner a un violador en serie a cuidar un refugio de mujeres".

Estos dislates dan fe de que la ONU perdió su objetivo fundacional, que hoy purifica y da credibilidad a tiranías, que legitima a países violatorios de todos los derechos humanos y que juzga a Israel como consigna de las naciones yihadistas. Es tal la hipocresía y doble moral de la ONU, que el propio Consejo de Seguridad contempla sanciones a los países que financian a terroristas, pero no sólo no las aplica, sino que se atreve a encumbrar a Irán.

Según datos de Freedom House, organismo que defiende los derechos humanos, promueve cambios democráticos en el mundo y publica un reporte anual analizando el estatus de las naciones del mundo, de los 193 miembros de la Asamblea General de las Naciones Unidas, sólo 84 países, es decir, menos de la mitad, son sociedades libres. Peor aún, de los 47 miembros del Comité de Derechos Humanos de la ONU, sólo 13 son sociedades política y económicamente libres que respetan los derechos humanos de sus ciudadanos.

Hay muchos ejemplos de cómo la ONU ha servido como el escalafón para fincar las bases del odio y prolongar el conflicto del Medio Oriente. En 1975, la Conferencia del Año Internacional de la Mujer que se llevó a cabo en México, fue el espacio para promover la consigna "sionismo es racismo". Nada tenía que ver con el tema de la mujer pero, como documentó Ariela Katz en *Boicot*,[95] el presidente mexicano Luis Echeverría, en un cálculo político personal, porque buscaba ser secretario general de las Naciones Unidas, utilizó la Conferencia Mundial del Año Internacional de la Mujer de 1975, donde se sembró esa idea, como plataforma para ganarse el apoyo del bloque árabe-soviético y proyectar su figura como miembro destacado del Movimiento de Países No Alineados. Echeverría no consiguió ser secretario general de la ONU, pero sí logró plantar el germen del mal, sembrar el libelo y dar cauce a la propaganda antisemita que ha servido para tejer toda la línea argumentativa actual de odios contra Israel.

Ya luego, la Conferencia en Durban de 2001 serviría para hilvanar el cuento del *apartheid*, de donde se ha colgado el BDS. Sin importar que las acusaciones sean fraudulentas, a fuerza de repetirlas en la ONU, en los medios y en bocas de miles de antisemitas, se han convertido en dogma. Son palabras cortas, señales clave para deslegitimizar a Israel y a los judíos con lo que más les duele: genocidas, limpieza étnica, *apartheid*.

¿Genocidio o limpieza étnica?, ha sido un golpe al corazón porque minimiza el Holocausto y equipara a Israel con los nazis. No existe en la mentalidad israelí, simplemen-

---

95 Ariela Katz, *Boicot. El pleito de Echeverría con Israel*, México, Cal y Arena, 2021.

te no existe, la voluntad de querer destruir a un pueblo. La calumnia es tal que basta ver la composición de la población de Israel con 21% de árabes; o constatar las cifras de crecimiento que ha habido de la población palestina para reconocer la gran mentira: de 750 mil árabes que vivían en el Mandato británico de Palestina en 1948, hoy UNRWA contabiliza 5.6 millones de refugiados palestinos.

La limpieza étnica fue la de los nazis que aspiraba a eliminar a todos los judíos del mundo, cometieron un genocidio y exterminaron a seis millones de judíos, dos terceras partes de los judíos de Europa. Antes de la Segunda Guerra había dieciocho millones de judíos, y hoy, ochenta años después, el número es cercano a quince millones. Limpieza étnica también fue la que realizaron las naciones árabes, porque después de 1948 expulsaron a la totalidad de su población judía de Siria, Líbano, Irak, Irán, Argelia, Egipto, Libia, Túnez, Yemen e Irán, poco más de 850 mil ciudadanos que habían construido comunidades judías milenarias en esas tierras.

¿Apartheid?, basta viajar al país para constatar que Israel es la sociedad más antirracista, plural y heterogénea del Medio Oriente. Son ciudadanos israelíes con los mismos derechos los blancos y los negros, los beduinos, árabes, drusos, cristianos, musulmanes y judíos, incluida la comunidad LGB-TQ+. Sin importar su color, religión, identidad o convicción sexual participan en la Knéset, en las universidades y en el Ejército de Israel.

Con base en lo que se multiplica en redes, porque hoy todos parecen ser expertos en relaciones exteriores y en balística, a Israel y a los judíos se les identifica con los pecados más monstruosos. A Rusia, Irán o Corea del Norte no les resta nadie su derecho a existir, aunque cometan crímenes. A Israel, sí.

Mica Lakin Avni, un activista contra el terrorismo y a favor de los derechos humanos, se presentó en 2016 ante las Naciones Unidas para contar cómo su padre acababa de ser asesinado brutalmente por Hamás. Quería ser escuchado por el Consejo de Derechos Humanos, contarles de las incitaciones terroristas que se vivían en Israel. Tras el encuentro en la ONU, escribió en el *Jerusalem Post* el 23 de enero de 2024:

> En las Naciones Unidas constaté los peligros de la incitación palestina al terrorismo. Lo que ahí vi me cimbró y me horrorizó. Escuché a una docena de países atacar a Israel con acusaciones sin fundamento y con absoluta retórica de odio. Fue antisemitismo evidente y rampante, una maldad absoluta. Una pesadilla.
>
> Al salir de la ONU, lo primero que llegó a mi cabeza fue que sobrevivimos a Auschwitz como pueblo, pero que son las Naciones Unidas quienes colocan los rieles ideológicos del tren para llevarnos de nuevo a ese lugar. Es lo que han estado haciendo año tras año, desde hace mucho tiempo…

No son teorías conspiratorias, ahí está la realidad para ver que la ONU, donde se juzga a Israel más que a ninguna otra nación del mundo, ha sido el amplificador para validar la agenda de los países más violatorios de los derechos humanos. Tras el 7 de octubre, la condena a Hamás fue tibia, no así a Israel que, con el discurso árabe, se ha dibujado como la encarnación de la maldad. Gracias a esa narrativa, los judíos, una minoría que ha destacado en el mar de naciones,[96] hemos comenzado a vivir un antisemitismo sin precedentes que desconocíamos en nuestra generación.

La ONU ha sido cómplice y es de llamar la atención que UNICEF, el organismo para proteger los derechos de los niños, guardó un silencio tóxico frente a los niños judíos secuestrados por Hamás. Igual de grave fue que ONU Mujeres, apenas tres meses después de las obscenas violaciones masivas a niñas, jóvenes y mujeres de todas las edades, balbuceó que iniciaría una investigación, como si a las mujeres con el rostro descompuesto y los pantalones chorreados de sangre no se les pudiera creer, como si el #MeToo hubiera dejado de ser para todas.

En marzo, cinco largos meses después del 7 de octubre, ONU Mujeres presentó un informe contundente señalando que Hamás sí cometió crímenes sexuales con sadismo y brutalidad, que usó a las mujeres como armas de guerra y que esos crímenes siguen cometiéndose con las diecinueve mujeres judías que están cautivas en Gaza y que quizá están embarazadas.

Duele, cala demasiado el silencio de las feministas respecto a Israel, porque una violación siempre será una violación. Porque el silencio ensordece. Porque la soledad es un pesar injusto e inesperado. Porque los mismos terroristas capturados confesaron que llevaban un plan claro y sistemático de lo que debían de realizar, una "estrategia operacional" para violar niñas, jovencitas y mujeres de todas las edades.

---

96   Poco más del 20% de los Premios Nobel han sido a judíos, 54% de las medallas en campeonatos de ajedrez, 37% de los Premios Óscar de la Academia de Artes y Ciencias Cinematográficas, 51% de los Premios Pulitzer de literatura de no ficción.

El islam nos prohibe hacer lo que hicimos, pero Hamás nos dio permiso, nos pidió ensuciar a las niñas, manchar a las mujeres, violar a todas las que pudiéramos, matar a niños y a familias enteras, hacer el mayor daño posible. Lo hacemos por Alá...[97]

Pramila Patten, secretaria general adjunta de la ONU y enviada especial que viajó a Israel con diez expertos en medicina y derecho para certificar la violencia sexual, concluyó que lo sucedido en Israel a manos de Hamás no tiene precedente, que el nivel de salvajismo y barbarie fue un verdadero horror.[98] Se avergonzó del desprecio e indiferencia del mundo, se solidarizó y reconoció el sentimiento de traición y abandono que han vivido Israel y el pueblo judío.

El mundo exterior no puede entender la magnitud de lo que aquí paso —declaró Patten—, es diferente a todo lo que he presenciado en otras partes del mundo. Comprendí cosas que no entendía y no pude dormir una semana después de que regrese a casa. Lo que puedo declarar es que los terroristas de Hamás fueron monstruos.

Arrastrada por una coalición de déspotas y racistas, la ONU ha caído a un punto de descrédito. No en balde, después del 7 de octubre se precipitó a acusar a Israel. No a Hamás. No a Irán o a Qatar. Sólo a Israel.

---

97   Ese fue el testimonio de uno de los terroristas capturados.

98   Los terroristas mostraron una obsesión con el tema sexual en hombres y mujeres. También violaron hombres, también cortaron penes y dispararon a los genitales de una buena parte de los jóvenes del Festival Nova.

MEDIO SIGLO DE TERRORISMO YIHADISTA, Y CONTANDO...

Me di a la tarea de analizar los actos terroristas documentados en los últimos cincuenta años, seguramente han sido más, pero me baso en la información publicada en internet. Más allá de los actos barbáricos de corte nacionalista como los que cometía ETA en España (activa entre 1959 y 2018), las FARC en Colombia (que en 2016 firmaron la paz), o el Ejército Republicano Irlandés (disuelto en 2005), o de lobos solitarios, pandilleros, narcos, neonazis o desequilibrados que matan a sangre fría por odio, poder o venganza, alarma que en las últimas dos décadas el terrorismo religioso a manos de fanáticos yihadistas ha disparado las cifras de atentados a nivel mundial con grados de sofisticación y maldad cada vez más preocupantes.

La Organización para la Liberación Palestina se fundó en 1964 cuando, bajo el liderazgo de Yasir Arafat, por vez primera hubo una reivindicación nacional para los refugiados palestinos. Uno de sus grupos, el Frente Popular para la Liberación de Palestina (FPLP) —una organización marxista, leninista, de extrema izquierda— comenzó a secuestrar aviones en la década de 1970 para instaurar el miedo y atraer la atención a su objetivo. En esa década hubo 30 eventos terroristas en el mundo, algunos muy notorios del FPLP. La siguiente, la de 1980, fueron 34 eventos. En la de 1990, 36. Entre 2000 y 2010, este número casi se duplicó, se contabilizaron 60 actos terroristas de esta índole.

Entre 2010 y 2020 el incremento de episodios terroristas fue de casi 400%, fueron 239 y el 60% de ellos fueron reivindicados por el Estado Islámico o por grupos de corte yihadista. En los tres años de 2020 a 2023, antes de la monstruosidad del 7 de octubre y de los crímenes de odio que se han multiplicado en el mundo, se contabilizaban más de 100, una cifra que hubiera sido aún mayor si la humanidad no hubiera estado recluida por la pandemia de covid-19. Es decir, podemos prever que las cifras de terrorismo se acrecentarán en los años venideros de manera obscena, nos han acostumbrado a su salvaje brutalidad y, en su afán de liquidar "infieles", Occidente padecerá tiempos muy oscuros en el futuro.

Aclaro a quienes piensan que el terrorismo tiene que ver con un conflicto territorial entre Israel y sus vecinos, entre judíos y árabes o musulmanes, que gran parte de los actos terroristas del yihadismo han acontecido en países árabes y musulmanes donde no hay un solo judío. No toleran a quienes no siguen sus interpretaciones fanáticas del islam, son crueles y sanguinarios entre ellos.

Antes de enumerar el terror que han perpetrado los fanáticos musulmanes, me curo en salud apuntando los escasos actos terroristas cometidos por judíos. Fueron heridas en el corazón de un pueblo que también cuenta entre sus filas con repudiables extremistas y desequilibrados. El primero, siempre vergonzoso y que aún provoca dolor, aconteció el 25 de febrero de 1994 cuando Baruch Goldstein del grupo ultraderechista israelí Kach abrió fuego sobre una multitud de musulmanes palestinos que se habían reunido a rezar en la Tumba de los Patriarcas en Hebrón. Dejó 29 muertos y 125 heridos, antes de ser linchado por los sobrevivientes. Goldstein fue condenado y repudiado por casi la totalidad de la sociedad israelí.

El rabino Jonathan Sacks del Reino Unido dijo que ese acto había sido obsceno, una farsa de los valores judíos:

"Que haya sido perpetrado contra fieles en el lugar de la oración y en un momento sagrado lo convierte en una blasfemia... La violencia es maligna. La violencia cometida en el nombre de dios es doblemente maligna. La violencia contra aquellos que están adorando a dios es indeciblemente maligna". El primer ministro Itzjak Rabin calificó a Goldstein de "asesino degenerado", de "deshonra para el sionismo", de "una vergüenza para el judaísmo", y prohibió el movimiento Kach, al que pertenecía, calificándolo de terrorista.

Ese repugnante hecho sucedió cuando se construía la paz y se llevaban a cabo los Acuerdos de Oslo con Itzjak Rabin y Shimon Peres, por Israel, y Yasir Arafat por la OLP. Bill Clinton era el promotor y testigo. Los religiosos extremistas y algunos líderes del partido Likud, inclinados a la derecha nacionalista, se negaban a perder los territorios ocupados durante la guerra de los Seis Días y con una retórica incendiaria se oponían a cualquier concesión a los palestinos. Benjamín Netanyahu era una de las figuras más vociferantes (desde entonces). Acusaba a Itzjak Rabin de "alejarse de los valores judíos" y alimentó el discurso en contra de los Acuerdos de Oslo. Se atrevió a tildar a Rabin de asesino y traidor, y sus palabras fueron una incitación.

Y sucedió: la narrativa exhortó a la ejecución de un crimen. El 4 de noviembre de 1995, Yigal Amir, un fanático ultranacionalista ortodoxo, al final de una concentración en apoyo a los Acuerdos de Oslo en la Plaza de los Reyes en Tel Aviv, se acercó a Itzjak Rabin y le disparó tres veces. Perforó su pulmón y el primer ministro israelí, Nobel de la Paz, murió poco tiempo después en el hospital. En la bolsa de su camisa llevaba la canción *Shir la Shalom* (*Canción por la paz*) que, como una dolorosa contradicción, quedó con un agujero y una extensa mancha de sangre.

En tiempos más recientes se han registrado varios atentados terroristas perpetrados por jóvenes judíos mesiánicos habitantes de los asentamientos, que han arremetido contra población civil palestina en Cisjordania. El caso más sonado fue el de la aldea de Hawara, en febrero de 2023, donde un cruento ataque de esa facción fanática y ultranacionalista dejó un muerto y una enorme destrucción de propiedades quemadas y vandalizadas.

De un lado y del otro, el tema de la paz provoca a los fanáticos extremistas del Medio Oriente, empeñados en sabotearla. En 1951 asesinaron al rey Abdallah ibn Husayn en Jordania, que estaba llevando a cabo negociaciones secretas con Israel para alcanzar la paz. En 1981, de igual manera un integrante de la Yihad Islámica asesinó al mandatario egipcio Anwar El-Sadat por haberse atrevido a romper el pacto de no reconocimiento de Israel, por haber firmado la paz. Había abierto las prisiones creyendo en la buena fe de sus congéneres, dejó salir a todos los miembros de la Hermandad Musulmana y uno de ellos se atrevió a matarlo, no le perdonó que no abrazara al fundamentalismo islámico, a la *sharía* y a la guerra santa como verdades inobjetables.

Al contabilizar uno a uno los actos yihadistas escandaliza su crudeza y expansión en todo el globo porque no hay terroristas suicidas en ninguna otra cultura, simplemente no existen. Ha habido atentados en América y Europa, en Asia y en África, inclusive en Australia. Por supuesto también en Latinoamérica. La lista incluye a Estados Unidos, Canadá, Francia, España, Reino Unido, Bélgica, Alemania, Finlandia, Rusia, India, Argentina, Panamá, Filipinas, Kenia,

Tanzania, Nigeria, Tailandia. También países árabes como Egipto, Jordania, Líbano, Irak, Siria, Arabia Saudita, Túnez, Marruecos, Argelia y Yemen; o de mayoría musulmana como: Afganistán, Bali, Bangladesh, Pakistán, Turquía, Burkina Faso, Indonesia, Mali, Tayikistán.

Al grito de *Al-lá-hu-Akbar*, siempre en el nombre de dios, grupos de la Hermandad Musulmana han adoptado el fundamentalismo islámico como doctrina y el terrorismo ha sido el arma para imponer su verdad.

Los nombres de los grupos varían según el territorio donde surgen o actúan, pero todos tienen la misma ideología: Al Qaeda, fundada por Osama bin Laden, tiene varios subgrupos en el norte de África y en la península arábiga (uno de ellos es Salafia Jihadia, en Marruecos); el Estado Islámico, ISIS o Dáesh tienen prevalencia en Irak y Siria; Hezbolá, en Líbano; Hamás, en Gaza; Lashkar-e-Toiba es el Ejército de los Puros de Cachemira; los Muyaidines del Decán actúan en India; los Muyaidines del Cáucaso en Chechenia; el Régimen Talibán opera en Afganistán; Al-Shabbaab en Somalia; los huties en Yemen; Abu Sayyaf o Al-Harakat-Al-Islamiya, en Filipinas...

En cada acto terrorista que cometen dejan a su paso decenas, cientos o miles de muertos, y un número aun mayor de heridos. El peor fue el ataque de Al Qaeda a las Torres Gemelas en 2001, que dejó 3 016 personas de 91 nacionalidades asesinadas en una jornada, pero dista de ser el único. Cada vez son más frecuentes, más inesperados, más crueles...

Cuando en 2004 un yihadista degolló al cineasta Theo van Gogh en los Países Bajos, dejó una nota haciendo un llamamiento a otros islamistas a matar europeos y americanos, cristianos y judíos. Esas voces se multiplican, cada vez es más estruendoso el llamado de los *imams* que, en sus prédicas, incitan a matar "infieles". De hecho, desde el 7 de octubre, insisten que repetirán la masacre que cometieron en Israel con sanguinaria crueldad y la desgracia es que cada vez parece haber más *shahids* que desean ser "soldados del islam".

De uno en uno los actos terroristas se van olvidando, pero me di a la tarea de enlistarlos y clasificarlos. El resultado es alarmante. Ha habido de todo: desde acribillar a sangre fría, acuchillar, hacer explotar coches bomba, tomar rehenes, secuestrar, arrollar gente con autos o camiones, lanzar misiles o drones, inmolarse con explosivos, hasta atacar pogromos como el del 7 de octubre en donde mirando a los ojos a sus víctimas se atrevieron a violar a hijas frente a sus padres para luego matarlas; a jugar con los senos que rebanaban como si fuesen pelotas; a amarrar con alambre a familias enteras y prenderles fuego; a grabar con cámaras GoPro o hacer transmisiones de Facebook Live para que un hijo, unos padres o unos abuelos se enteraran en tiempo real de las torturas a sus seres queridos, para que miraran la sangre, para que escucharan los gritos y la zozobra de los suyos. También el júbilo de los victimarios, su depravación y cinismo.

La motivación proviene del adoctrinamiento colectivo de años, de la necesidad de ser héroes y tener gloria eterna, pero también hay retribuciones económicas para las familias. A los suicidas les ofrecen ¡72 vírgenes en el paraíso!, aunque también reclutan a mujeres y niños. De hecho, en una boda kurda en 2016 en Gaziantep, Turquía, un pequeñito de doce años cargando explosivos se inmoló: asesinó a los novios y a sus familiares, a cincuenta personas que festejaban una alegría.

Hamás y estos otros grupos yihadistas educan a los niños desde los tres o cuatro años para ser *shahids*, a asesinar judíos e infieles, a portar un arma, a vestir uniforme, kufiya y una banda en la cabeza, a sacrificarse con orgullo. La intolerancia puede llegar a límites inconcebibles. En 2020, en Conflans-Sainte-Honorine, al noroeste de París, el profesor Samuel Paty, quien impartía un curso sobre la libertad de expresión a estudiantes de secundaria, se atrevió a mencionar el tema de la revista *Charlie Hebdo*. Ello provocó chismes y habladurías, rumores sin fundamento que incitaron a un musulmán checheno de dieciocho años a cortarle la cabeza a Paty con un hacha al grito de *Al-lá-hu-Akbar*. El criminal exhibió la cabeza del profesor en una imagen que publicó en Twitter, donde dijo haber actuado en "nombre de Alá".

En los últimos veinte años, encontramos un sinfín de atentados yihadistas contra todos los credos: cristianos, musulmanes y judíos. Nadie se salva.

Inicio por enumerar los atropellos en iglesias o contra actos religiosos cristianos cometidos en nombre de Alá, siempre con el grito de *Al-lá-hu-Akbar*. En Bangkok, Tailandia, hubo ocho o diez explosiones durante la Noche Vieja del 31 de diciembre de 2006. En 2010, en la iglesia de Nuestra Señora de la Liberación en Bagdad, Irak, dispararon a los fieles, tomaron a cien rehenes y mataron a 41 de ellos. En 2011, en la misa de la víspera de Año Nuevo en la iglesia de Al-Qiddissine de Alejandría, se inmoló un terrorista de Al Qaeda asesinando a 21, hiriendo a 70. Ese mismo año, durante las misas de Navidad, el grupo Boko Haram hizo explotar varias bombas en iglesias cristianas de Nigeria, dejando 40 muertos y centenas de heridos. En 2016, pusieron una bomba en el parque Guishan-e-Iqbal de Lahore, Pakistán, donde se llevaba a cabo la misa por Semana Santa; mataron a 75, casi todos mujeres y niños, dejaron 340 heridos. También en ese 2016 hubo un atentado en la iglesia de Saint-Étienne-du-Rouvray, en Normandía, donde un hombre que invocaba a Alá en nombre del Estado Islámico tomó como rehenes al cura, a tres monjas y dos fieles; acabó asesinando al sacerdote. Ese mismo año, un atacante suicida se inmoló en la Iglesia de San Pedro y San Pablo, en El Cairo, dejando 29 muertos y 47 heridos. Asimismo, en 2016, otro atacante irrumpió con un camión en el mercado navideño de Berlín, atropellando a 12 y dejando a 50 gravemente heridos. En 2017, en vísperas de la visita del papa y en Domingo de Ramos, hubo dos atentados en Egipto, como todos los anteriores reivindicados por el Estado Islámico: una primera explosión en la iglesia Mar Guergues en Tanta y otro estallido frente a la catedral de Alejandría. Un mes después, un convoy que llevaba cristianos coptos de Maghagha, en Menia, fue detenido por hombres armados y los masacraron a todos en nombre de Alá.

La lista continúa. En 2018, un hombre abrió fuego con un rifle contra una multitud en la iglesia de San Jorge de Kizlyar en Rusia; en Surabaya, Indonesia, hubo un triple atentado suicida contra varias iglesias cristianas; y en el mercado navideño de Estrasburgo, Alsacia, un islamista radical abrió fuego indiscriminado con una AK-47. En 2019, dos bombas explotaron en la catedral Nuestra Señora del Carmen de Joló, Filipinas y, durante el Domingo de Pascua, hubo ocho explosiones suicidas en distintas ciudades de Sri Lanka, específicamente contra tres iglesias cristianas y varios hoteles, dejando 269 personas fallecidas y más de 500 heridos. En 2020, en la Catedral de Notre-Dame de Niza y en las iglesias de Normandía y Lyon, los terroristas asesinaron a los feligreses. En 2021, una bomba explotó en la misa del Domingo de Ramos en la Catedral del Sagrado Corazón de Jesús en Macasar, Indonesia. En 2022, varios hombres armados atacaron una iglesia en el suroeste de Nigeria en la misa dominical, matando a 50, y en ese mismo país hubo un atentado contra la iglesia de Owo durante la celebración de Pentecostés. Ese mismo 2022, un islamista atacó a "infieles" a cuchillazos y con un machete en las parroquias de San Isidro y La Palma, en Algeciras, España.

Las iglesias no son, por supuesto, el único objetivo. Al grito de *Al-lá-hu-Akbar*, han atacado templos hindús en Tailandia (2014), sijs en Afganistán (2020) y ceremonias sufis en Sehwan, Pakistán (2017), donde un hombre se inmoló dejando 99 muertos y más de 300 heridos.

También atentan contra mezquitas y contra cualquier musulmán que no se pliegue a su visión extrema del Corán, a la versión de "los puros". Uno de los peores sucesos aconteció en 1979, cuando fundamentalistas islámicos tomaron la gran mezquita Masji al-Haram de La Meca, Arabia Saudita, donde mataron a cientos de personas. En 2015, en Imam Sadiq, Kuwait, hubo un ataque a fieles en pleno Ramadán, y hubo masacres en mezquitas de Kukawa y Monguno, Nigeria, donde Boko Haram abrió fuego contra los fieles que oraban. Ese mismo 2015 hubo un ataque a una mezquita en Saná, Yemen, reivindicado por el Estado Islámico. En 2016, explotaron dos bombas en Sayyidah Zaynab, la mezquita de Damasco, dejando 60 muertos y 110 heridos, y hubo un tiroteo en el Centro Islámico de Zúrich. En 2017, hubo un ataque con bomba y armas de fuego en una mezquita de Bir al-Abed, en la península del Sinaí, donde murieron 311 personas, el atentado terrorista más grave de la historia de Egipto. En 2020, los huties atacaron con drones una mezquita en los terrenos de un campo de entrenamiento militar y mataron a 111 soldados yemenitas. En 2022, atacaron dos mezquitas en Peshawar, Pakistán, asesinando a 150 personas y dejando a más de 370 heridos de gravedad.

Al grito de *Al-lá-hu-Akbar* también han atacado sinagogas y centros judíos: la Asociación Mutual Israelita Argentina (1994); los centros religiosos de la Ghriba, Túnez (2002); Bet Israel y Neve Shalom en Estambul (2003); Krystalgade en Copenhague (2015); Or le Simjá en Pittsburgh (2018); la sinagoga de Jabad en Poway, al norte de San Diego (2019); la sinagoga Stadttempel de Viena (2020); y Beth Israel en Colleyville, Texas (2022).

Las embajadas o consulados también han sido foco de monstruosos ataques con cientos de muertos: Embajada de Estados Unidos en Líbano (1983); la de Israel en Argentina (1992); las de Estados Unidos en Kenia y Tanzania (1998) dejando al menos 213 muertos y 5 500 heridos; la de Reino Unido en Estambul (2003); la de España en Kabul (2015); la de Alemania en Kabul (2017); la de Francia en Burkina Faso (2018); la de Irán en Viena (2018); la de Estados Unidos en Irak (2020); y la de Rusia en Kabul (2022).

Los ataques yihadistas también han buscado desestabilizar gobiernos y asesinar detractores. En 2005, Hezbolá asesinó al primer ministro Rafiq Hariri, la figura más rica y poderosa de Líbano. En 2007 atentaron contra el Palacio de Gobierno de Argelia, contra la marina de Dellys, el Tribunal Supremo y las oficinas del Alto Comisionado de la ONU para los Refugiados. En 2008, en Damasco explotó un coche bomba en un puesto de policía en la carretera que desemboca en el aeropuerto. En 2015, atacaron el Parlamento de Túnez y mataron a 14 guardias presidenciales en un autobús. En 2016, embistieron a la fuerza aérea de Pathankot, India, y asesinaron al embajador ruso en Turquía.

En París, de forma continua matan a oficiales y policías al grito de *Al- lá-hu-Akbar* (2016, 2017, 2019, 2021). En 2017, un atacante suicida lanzó su vehículo contra un campamento militar en Gao, Malí, asesinando a 77 y dejando 120 heridos. En 2018, dos coches bomba explotaron frente a la residencia del presidente en Mogadiscio, Somalia. Ese mismo año, ocho terroristas fuertemente armados de Al Qaeda, en el Magreb, se lanzaron contra el cuartel general del Estado Mayor de las Fuerzas Armadas de Burkina Faso. Antes de las elecciones generales de Pakistán en 2018, hubo dos atentados suicidas en Mastung y Banny, reivindicados por el Estado Islámico, dejando 154 muertos y 224 heridos.

En 2018, en As-Suwayda, Siria, hubo cinco explosiones suicidas de yihadistas en mercados, plazas y hospitales buscando desestabilizar el gobierno de Bashar al-Assad, dejando al menos 315 muertos, 200 heridos y un buen número de secuestrados. En Ahvaz, Irán, cinco terroristas del Estado Islámico de Irak y el Levante dispararon durante más de diez minutos contra un desfile militar. En 2019, con dos furgonetas cargadas con explosivos atacaron el centro de adiestramiento de Kulikoró en Mali, donde la Unión Europea entrenaba militares. En 2019, en Mogadiscio, Somalia, un camión bomba mató a 85 personas en un puesto de control de la policía, la mayoría estudiantes que regresaban a sus casas de la Universidad de Benadir. En 2021, un yihadista intentó asesinar al expresidente Mohamed Nashid, en Maldivas, y ese mismo año otro terrorista de Somalia apuñaló al político conservador David Amess, miembro de la Cámara de los Comunes de Reino Unido.

Los medios de transporte y los lugares turísticos han sido claro objetivo de ataques, los ha habido en centrales de camiones, estaciones de metro, aeropuertos y vuelos de avión, en barcos, hoteles, museos, restaurantes, discotecas, bares y sitios que frecuentan los turistas. Asimismo, en mercados, tiendas, centros comerciales, escuelas, hospitales, centros culturales y en eventos nacionales, sociales o deportivos del mundo entero. También en calles, edificios y zonas residenciales de las distintas ciudades.

El odio es muy fuerte contra la comunidad LGBTQ+, contra periodistas, contra cualquiera que ostente libertades. Los ataques han sido, inclusive, en fiestas o bodas, pero también en funerales. Además de matar indiscriminadamente para generar terror, el secuestro es el arma socorrida como moneda de chantaje en la ruleta rusa que imponen los fundamentalistas.

Enumero actos yihadistas en autobuses y estaciones de camiones: Plaza Tavistock, Reino Unido (2005); sur de Israel (2011); Volvogrado, Rusia (2013); Abuya, Nigeria (2014); Maiduguri, Nigeria (2015); Tunis, Túnez (2015); Ankara, Turquía (2016); Jerusalén, Israel (2016); dos explosiones suicidas en la terminal de Yakarta, Indonesia (2017); estación central de Bruselas (2017); terminal de camiones de Manhattan (2017).

En estaciones de metro, la más mortífera fue el 11 de marzo de 2004, el 11M, una serie de ataques terroristas en la red de Cercanías de la Comunidad de Madrid, cuando Al Qaeda realizó diez explosiones simultáneas en cuatro trenes entre la estación de Alcalá de Henares y la estación de Atocha, dejando 193 personas muertas y 2 057 heridos.

El 7 de julio de 2005, cuatro explosiones paralizaron el transporte público de Londres, estallaron tres bombas en distintos vagones del metro, el saldo: 56 fallecidos, más de 700 heridos. Al Qaeda asumió la responsabilidad y el 21 de julio de 2005 intentó de nuevo causar terror en el metro de Londres, pero no lo logró.

En la capital financiera de Mumbai, en 2008, hubo doce ataques terroristas en el metro y hoteles de lujo, incluida la atestada estación Chhatrapati Shivaji, en donde dejaron un total de 173 fallecidos, atentados reivindicados por los Muyahidines del Decán y por otros grupos terroristas islámicos de Pakistán. El mismo modus operandi sucedió en Moscú, donde dos mujeres se hicieron estallar en dos estaciones de metro en 2010, dejando 38 muertos y 65 heridos. En 2011 fue en la estación Oktiabrskaya de Minsk, Bielorrusia; en 2016, en la de Maalbek en Bruselas, donde mataron a 35 y dejaron a más de 300 heridos. En 2017, explotó un vagón del metro de Londres y, ese mismo año, también hubo un atentado en la estación de Sennaya Plóshchad de San Petersburgo.

Con el mismo grito de "Alá es grande", ha habido cuantiosos ataques terroristas en estaciones de trenes ya sea por bombas, atacantes sucidas, cuchillazos y apuñalamientos de viajantes y turistas: Samjahauta Express, India (2007); Nevsky Express, Rusia (2009); Volgogrado, Rusia (2013); Thalys, Francia (2015); Wurzburgo, Alemania (2016); Londres y Saint Charles de Marsella (2017); estación central de Ámsterdam y en la estación de Manchester, Reino Unido (2018) y en Ultrecht, Países Bajos (2019).

Los aeropuertos también han sido objetivo, ya sea con coches bomba, personas que se inmolan o tiroteos. En 2007, en Glasgow, Reino Unido, explotaron dos coches bomba. La lista incluye los aeropuertos de: Moscú, Rusia (2011); Burgas, Bulgaria (2012); Borno, Nigeria (2015); Bruselas, Bélgica (2016); Estambul, Turquía (2016); París-Orly, Francia (2017); Adén, Yemen (2020); Kabul, Afganistán, donde murieron 183 personas (2021); Abu Dabi, Emiratos Árabes Unidos (2022).

Han secuestrado aviones en vuelo o los han hecho estallar: Air France, que culminó en la Operación Entebbe (1976); Lufthansa (1977); Pan Am de Londres a Nueva York, que explotó asesinando a 259 personas (1988); Alas Chiricanas de Panamá (1994); Air France (1994); avión de DHL en vuelo a Irak (2003); Northwest Airlines (2009); un chárter de Metrojet que volaba de Sharm el-Sheij a San Petersbugo explotó con 224 personas a bordo (2015); Afriqiyah Airways, Libia (2016).

También los barcos han sido objetivo, aunque en menor escala. En 2000, una célula de Al Qaeda se inmoló en el *uss Cole*, anclado en Yemen; en 2008 hubo atentados en los puertos de Mumbai y en 2017 en los de Nueva York y Nueva Jersey.

Se han ensañado sin piedad, cometiendo atentados en hoteles de todos los rincones del mundo: en 2002, en el Park Hotel de Netanya, Israel, un suicida de Hamás, disfrazado de mujer, se hizo estallar en el comedor del hotel matando a 30 comensales, dejando a 140 gravemente heridos. Similar fue el ataque al Hotel Farah de Casablanca, en 2003. En los hoteles Movenpick y Ghazala Gardens de Sharm el-Sheij, Egipto, en 2005, mataron a 90 personas y dejaron a

150 heridos. Ese mismo 2005, atentaron contra los hoteles Grand Hyatt, Radisson SAS y Days Inn de Amán, Jordania, dejando 60 muertos y 115 heridos. En 2008, atacaron el Marriott de Islamabad, Pakistán, el Taj Mahal Palace and Tower y el Oberoi Trident de Mumbai haciendo explotar bombas; además ametrallaron indiscriminadamente a turistas y tomaron rehenes.

En 2009, hubo terror en el Marriott y en el Ritz Carlton de Yakarta, Indonesia. En 2015 atacaron el Rui Imperial Marhaba de Túnez, el Radisson Blu de Bamako, Mali, y Al Arish, Egipto. En 2016, el Hotel Splendid y el Uagadugú de Burkina Faso, así como varios más de la zona costera de Grand Bassan, Costa de Marfil. También los hoteles más lujosos de Yakarta. En 2017, un terrorista del Estado Islámico de Irak disparó a civiles e incendió el casino del Resorts World Manila de Filipinas con varios galones de gasolina que llevaba consigo; asesinó a 38, hirió a 70. En 2018, dispararon contra los turistas hospedados en el hotel Intercontinental de Kabul, Afganistán, dejando 24 muertos y más de 50 heridos. En 2019, el grupo islamista Al-Shabaab atacó con rifles de asalto durante diecinueve horas el Complejo 14 Riverside Drive de Nairobi, Kenia, provocando muertos, heridos y pánico, tuvieron que evacuar a más de 700 personas. Ese mismo año, hubo 290 muertos y 500 heridos en ocho explosiones en Colombo, Sri Lanka, que incluyeron los hoteles de lujo Shangri-la, Cinnamon Grand y Kinsbury.

Los grupos islamistas también han cometido actos en museos y lugares turísticos del mundo entero: WTC (1993); Luxor, Egipto, donde asesinaron a 62 extranjeros (1997); WTC, Pentágono y en la ciudad de Pensilvania, cuatro ataques terroristas en aviones reivindicados por Al Qaeda (2 996 muertos y más de 25 mil heridos), el mortífero ataque del 11 de septiembre de 2001. En Times Square, Nueva York (2010); en el Museo Judío de Bélgica (2014); en el Museo Nacional del Bardo, Túnez (2015); en la Mezquita Azul o Hipódromo de Constantinopla de Estambul (2016); en el Museo del Louvre de París (2017); en el Parliament Square y Puente de Westminster, Londres, donde atropellaron a peatones (2017); en dos distintas ocasiones tiroteos en los Campos Eliseos de París (2017); atropellos masivos en La Rambla (2017); Times Square, Nueva York (2017); en el Puente de Londres (2017); en la Ciudad Vieja de Jerusalén (2017); en el centro de Kabul, Afganistán, (2018); en la Ópera de París (2018); un coche embistió a ciclistas en Danghara, Tayikistán (2018); en el Palacio de Westminster, Londres (2018); en la cordillera del Atlas de Marruecos, donde yihadistas decapitaron a una danesa y a una noruega que hacían senderismo (2018); en el Parque Reading, Berkshire, Reino Unido (2020).

También han atacado restaurantes, discotecas o bares. En 2002, en el Paddy's Club y Club Sari de Bali, Al Qaeda asesinó a 202 personas, en su mayoría extranjeros, tras detonar tres bombas: una que llevaba un suicida, un coche bomba y un pequeño explosivo. De igual forma han sido atacados: el Leopold Café de Mumbai, India (2008); la pizzeria Le Positano de Casablanca (2003); tres restaurantes de Kampala, Uganda (2010); la cafetería Lindt, Sidney (2014).

El 13 de noviembre de 2015 hubo múltiples ataques terroristas islamistas en París: en Saint Denis dispararon contra las terrazas de cinco bares y restaurantes, tirotearon y tomaron rehenes en la sala de conciertos Bataclán, hubo explosiones suicidas alrededor del Estadio de Francia y en otro restaurante cerca de la Plaza de la Nación, dejaron 130 muertos y 415 heridos, la peor masacre en Francia desde la Segunda Guerra Mundial.

En 2016, hubo una terrible matanza en la discoteca gay Pulse de Orlando, Florida, reivindicada por el Estado Islámico, el segundo tiroteo con mayor número de muertes en la historia de Estados Unidos. En ese 2016, dos palestinos abrieron fuego en varios restaurantes de Tel Aviv, Israel, tras la marcha de orgullo gay; ese mismo año, cinco terroristas islámicos atacaron el restaurante y panadería Holey Artesan Bakery de Daca, Bangladesh. En 2017, en la discoteca Club Reina de Estambul, en el barrio europeo de Turquía, un hombre abrió fuego contra la multitud, dejó 39 muertos y cientos de heridos, un acto asimismo reivindicado por el Estado Islámico. En 2018, un militante islámico fue balaceando a quienes encontró en la avenida Danforth de Toronto, para luego ensañarse contra los comensales que estaban en los restaurantes del área Greektown. Lo mismo sucedió en 2020 en la plaza de Schwedenplatz de Viena, cuando un hombre disparó al azar a personas sentadas en las terrazas de cafés y bares en Judengasse y Seitenstettengasse, en el centro de la capital austriaca. Y en 2021 explotó un coche bomba en un restaurante de Mogadiscio, Somalia, matando a 20, hiriendo a 30, en un ataque reivindicado por el grupo yihadista al-Shabaab.

Las escuelas no se han salvado, han sufrido numerosos actos terroristas contra alumnos o para evitar que las niñas estudien: Mercaz HaRav, Jerusalén (2008); el caso de Malala Yousafzai, atacada por los talibanes en Pakistán (2012); un ataque suicida de Boko Haram en Potiskum, Nigeria, dejó 46 niños muertos (2014); dos escuelas de Peshawar, Pakistán, en una de ellas quemaron viva a la maestra y asesinaron a 133 niños (2014); un ataque de Al Shabab dejó 147 muertos en la Universidad de Garissa, Kenia (2015); los talibanes mataron a 19 en la Universidad en Charsadda, Pakistán (2016); en la Universidad Estatal de Columbus, Ohio, en Estados Unidos, un somalí atropelló y luego apuñaló a estudiantes (2016).

En Bélgica, en 2018, un miembro del Estado Islámico recién salido de la cárcel, hirió con un cuchillo a dos policías, les robó sus pistolas y se atrincheró en una escuela tomando a los niños como rehenes. En 2020, hubo ataques en la Universidad de Kabul, en la escuela secundaria Abdul Rahim Shahid y en el centro educativo Kaaj de Afganistán. En 2021, explotó un coche bomba y varios artefactos en una escuela de niñas en el oeste de Kabul, Afganistán, matando a 85 de ellas, niñas de entre once y quince años, y dejando a 147 heridas de gravedad. Su pecado: estudiar.

Ni siquiera los hospitales son zona segura. En 2008, en nombre de Alá, atentaron contra el hospital Cama de Mumbai y en 2015 contra el de Homs, Siria. En 2016, un hombre con ocho kilos de explosivos se detonó en la sala de emergencias del Hospital Civil de Quetta, Pakistán, matando a 93 y dejando a 120 heridos. En 2019, tocó al Instituto de Cáncer de El Cairo, Egipto, y en 2021 al Hospital de Mujeres de Liverpool, en Reino Unido.

La lista de atentados a mercados, tiendas, supermercados o centros comerciales también es larga: Sharm el-Sheij, Egipto (2005); Nueva Delhi, India (2005); Nakumatt Westgate de Nairobi, Kenia (2013); mercado de Navidad de Nantes, Francia (2014); supermercado judío en Porte de Vincennes,

Francia (2015); mercado de pescado de Baga y un segundo atentado en Monday Market, en Maiduguri, Nigeria, dejando cuando menos 200 muertos (2015); mercado Sarona de Tel Aviv, Israel (2016); Bagdad, Irak, seis explosiones suicidas dejaron 309 muertos y 246 heridos (2016); zona de lujo de Yakarta, Indonesia (2016); Múnich, Alemania (2016); Pattani, Tailandia (2017); Turku, Finlandia (2017); Borough Market de Londres, Reino Unido (2017); Hamburgo, Alemania (2017); mercado de Mogadiscio, Somalia que dejó 587 muertos (2017); supermecado Perekrestok, San Petersburgo, Rusia (2017); Melbourne, Australia (2018); Trèbes, Francia (2018); panadería del centro de Lyon, Francia (2019); mercado al aire libre de Bagdad (2021); LynnMall Countdown, Auckland, Nueva Zelanda (2021).

También los centros culturales, eventos nacionales, sociales o deportivos han sido objeto de arteros ataques en nombre de Alá. Asesinaron a once deportistas israelíes que participaban en la Olimpiada de Múnich (1972); Hezbolá hizo explotar un coche bomba en la AMIA, Asociación Mutual Israelita Argentina, dejando 85 muertos y 300 heridos (1994). En 2003, el grupo terrorista Salafia Jihadia realizó cinco ataques en Casablanca, el más mortífero fue en el centro cultural Casa de España y la Cámara Española de Comercio, donde varios suicidas se inmolaron. En 2013, dos hermanos chechenos detonaron dos artefactos explosivos junto a la meta del Maratón de Boston, matando a 3 e hiriendo a 282 personas. Hubo dos tiroteos en el centro cultural Krudttonden de Copenhague donde se llevaba a cabo el seminario "Arte, blasfemia y libertad de expresión" (2015). Hubo un doble atentado suicida en manifestaciones pro-paz en Ankara, dejando 102 muertos, el peor atentado en la historia de Turquía, reivindicado por el Estado Islámico (2015). Hubo tiroteos en una exhibición de arte del American Freedom Defense Initiative de Dallas, los acusaron de ser islamófobos por haberse atrevido a comentar el caso de la revista *Charlie Hebdo*.

Ese 2015 también explotaron bombas de islamistas en el Centro Cultural de Suruc, Turquía; asimismo, una pareja de talibanes cometió una masacre en un banquete en el Inland Regional Center de San Bernardino, EUA. En 2016, un coche bomba explotó en las inmediaciones del Estadio Vodafone Park de Estambul, Turquía; se inmoló un yihadista en el festival de música de Ansbach y un camión con miembros del Estado Islámico arrolló a una multitud que celebraba la fiesta nacional en Niza, Francia, dejando 87 muertos y cientos de heridos.

En 2017, al terminar el concierto de Ariana Grande en la Manchester Arena de Reino Unido, cuando dieciocho mil personas iban saliendo del estadio, un hombre se hizo explotar dejando 23 muertos y más de 800 heridos; el ataque fue reivindicado por el Estado Islámico de Irak y el Levante. Ese mismo 2017, en el Estadio de Edmonton, Canadá, hubo dos atentados cuando un yihadista embistió, primero con un coche, luego con un camión, a personas que estaban en las inmediaciones de la arena.

También en 2017, durante la actuación de Jason Aldean, un tirador disparó desde su cuarto en el piso 32 del Hotel Mandalay Bay de Las Vegas, contra la multitud que disfrutaba el festival de música country Route 91 Harvest; dejó 59 muertos y 851 heridos, el tiroteo más mortífero en la historia de Estados Unidos, también reivindicado por el Estado Islámico. Ese mismo año, también al grito de *Al-lá-*

hu-Akbar, un terrorista atropelló a ocho y dejó decenas de heridos a orillas del río Hudson, en Manhattan, en las celebraciones de Halloween.

En 2018, en Afganistán hubo varios atentados: en enero estalló una ambulancia colmada de artefactos explosivos cerca de la Plaza Sidarat de Kabul, los talibanes se enorgullecieron de haber matado a 103 personas y dejar a 135 heridos; en agosto, un terrorista de ISIS hizo explotar un vehículo en las oficinas de Save the Children de Jalalabad, matando a 18; en esa misma ciudad hubo varios ataques suicidas, uno de ellos mató a 68 personas, en su mayoría miembros de la minoría sij. En 2023, en el descanso del partido entre Bélgica y Suecia para la clasificación a la Eurocopa, en el estadio Rey Balduino de Bruselas, un terrorista disparó contra "los infieles" y antes de hacerlo grabó un mensaje señalando que era "la decisión de dios". El ataque más reciente fue el 24 de marzo de 2024, cuando terroristas de ISIS agredieron a balazos a quienes asistieron a una popular sala de conciertos cerca de Moscú, dejando al menos 143 muertos.

Estos ataques no discriminan y han sucedido en calles, edificios y zonas residenciales de distintas ciudades del mundo, sin importar a quien maten o hieran en su camino, sin distinción de credo o nacionalidad: Buyanksk, Moscú y Volgodonsk, Rusia (1999); Casablanca, Turquía (2003); Vile Parle, India (2008); Montauban y Toulouse, Francia (2012); Spen Khawri, Pakistán (2012); Líbano (2012); Woolwich, Reino Unido (2013); Londres (2013); Dijon y Tours, Francia (2014); Baga, Nigeria (2015); Kumanovo, Macedonia del Norte (2015); Homs y otras ciudades de Siria (2015); Chattanooga, Tennessee, EUA (2015); Beirut, Líbano (2015); seis explosiones en París (2015); Zilten, Libia (2016); Estambul

(2016); doble ataque suicida en Bagdad, Irak (2016); explosiones simultáneas en el barrio de Chelsea de Manhattan y en Seaside Park, en Nueva Jersey (2016); Jerusalén (2017); cuatro explosiones en Sylhet, Bangladesh (2017); Norrmalm, Estocolmo (2017); Surgut, Rusia (2017); Edmonton, Canadá (2017); Melbourne, Australia (2017); Lieja, Bélgica (2018); Munster, Alemania (2018); Streatham, Londres (2020); Joló, Filipinas (2020); Tillabéri, Níger (2021); Vetlanda, Suecia (2021); Palma, Mozambique (2021); Kabul, Afganistán (2021); Ontario, Canadá (2021); Wurzburgo, Alemania (2021); Murcia, España (2021); Konsberg, Noruega (2021); Damasco, Siria (2021); varias ciudades de Israel: Beersheva, Hedera, Bnei Brak, Tel Aviv, Jerusalén (2022); Mogadiscio, Somalia (2022).

Se ensañan con homosexuales: en Orlando, ya mencionamos el ataque a la discoteca gay en 2016, pero no ha sido el único. En Dresde, Alemania, hubo apuñalamientos reivindicados por yihadistas en 2020 y en el distrito de vida nocturna de Oslo, Noruega, durante el festival de orgullo LGBTQ+, en 2022.

Han ultimado a personas en bodas (Kabul, Afganistán, 2019) o en funerales (Irak, 2007). También en prisiones: Uzbekistán (2005); Vendin-le-Vieil, Francia (2018). Asimismo, han atacado a periodistas o a quien osa cuestionarlos. En Kabul, Afganistán, en 2018, hubo un doble ataque suicida contra periodistas reivindicado por el Estado Islámico, que dejó 25 muertos y 45 heridos.

Han secuestrado a cientos de ciudadanos por tiempos prolongados, algunos han regresado, pero a muchos los han asesinado. En 1974, en Ma'alot, Israel, tomaron como rehenes por dos días a 115 estudiantes de una secundaria y ultimaron a 31 de ellos. En 1979, 66 diplomáticos de la Embajada de Estados Unidos en Irán fueron tomados como rehenes por muhayidines —los que luchan por la "guerra santa"—, pasaron 444 días cautivos. En 2002, 850 asistentes al Teatro Dubrovka de Moscú fueron retenidos durante tres días, la crisis culminó con la muerte de 150 personas. En 2004, 1 181 estudiantes de la Escuela Beslán de Rusia, la mayoría niños, pasaron varios días de septiembre cautivos y el rescate dejó 334 muertos. En 2007, 23 misioneros surcoreanos en Afganistán —16 mujeres y 7 hombres—, fueron secuestrados y vivieron cautivos casi dos meses, varios fueron asesinados. En 2008, tras doce ataques terroristas a hoteles cinco estrellas y restaurantes de la India, se llevaron a decenas de turistas secuestrados, ensañándose con judíos británicos y norteamericanos que también ajusticiaron. Sucedió también en el barrio Brighton de Melbourne, en 2017: una mujer fue tomada como rehén y el terrorista acabó por matarla. En Francia, un año después, un marroquí, que juró lealtad al Estado Islámico, tomó rehenes en el supermercado Super U de Trèbes.

En 2014, el grupo terrorista Boko Haram irrumpió en el colegio femenino de Chibok, en Borno, al noreste de Nigeria, asesinaron a 48 niñas, dejaron heridas a 79 y se llevaron a 279 alumnas secuestradas para esclavizarlas. Por la presión del mundo, dos años y medio después del rapto, se logró la liberación de 21 niñas, pero aún hoy, de cuando menos 112 nada se sabe y se presume que son esclavas sexuales. Boko Haram, que significa "la educación occidental es pecado", desde 2010 ha matado a centenas de niñas por querer estudiar, porque para ellos la occidentalización es la corrupción de Nigeria. En 2021, atacaron otras tres escuelas para secuestrar niñas, en total 633 víctimas. Por algunas se pagaron millonarios rescates, otras lograron escapar, de la mayoría se desconoce su paradero.

Toda esta interminable lista de barbarie se ha sellado con el mismo clamor: *Al-lá-hu-Akbar*. No sé si los perdemos de vista porque los hechos son aislados y no los miramos en conjunto, o si en Occidente preferimos no ver. Lo que sí resulta evidente es que no todo se mira con el mismo rigor, que la atención mediática es mucho más severa cuando las notas involucran a Israel y a los judíos.

¿Sabrás querido lector, por ejemplo, que en 2021 el grupo yihadista Al Shabab, afiliado a Dáesh, llevó a cabo una masacre en Palma, Mozambique? ¿Habrás escuchado que quemaron casas, asesinaron a mansalva y dejaron más de 6 000 muertos en un par de días y más de 1 millón de desplazados? Por qué será que nadie se pronuncia por esta pobre gente cuya miseria, insalubridad y pobreza continúa. Por qué será que el mundo tolera y guarda silencio ante el terrorismo islámico. Por qué será que vivimos a expensas de él. Quizá es tiempo de levantar la voz, o cuando menos de entender y no seguir avalando aquello que puede destruirnos.

TIEMPOS DE OSCURIDAD

El veneno del odio surte efecto
cuando se hace costumbre…

XAVIER VELASCO

OCTUBRE 10, 2023:
Explicar lo inexplicable, justificar lo injustificable[99]

Lo que he visto en chats en estos días me recuerda un concierto en la Ciudad de México en el Zócalo, no recuerdo bien los datos para precisarlos, pero fue uno o dos días después del embate a las Torres Gemelas, donde el intérprete, bien aferrado a la postura antinorteamericana de izquierda, "políticamente correcta" entonces, se atrevió a alardear que "los gringos se lo merecían". Sí, así de escalofriante: los gringos eran tres mil personas fallecidas, personas de entre dos y noventa años, ciudadanos de 91 países. Aunque no encuentro en las redes la información exacta, sé que sucedió, sé que los dichos del cantante tuvieron eco y sé, también, que hordas de fanáticos lo aplaudieron y celebraron.

---

99 Una versión de este texto fue publicada en el portal de LatinUS, 10 de octubre de 2023.

Una vez más, veintidós años después, en este mundo de sobreinformación y poca comprensión en torno a quién dice qué y por qué lo dice, veo en las redes, en mis propios chats, una multiplicación de mensajes para intentar explicar lo inexplicable. He visto comentarios, memes e imágenes que faltan a la verdad, que quieren justificar que los israelíes "se lo merecían".

Uno de ellos ha sido un mapa con una supuesta Palestina, donde gráficamente "se muestra" cómo, con el pasar de los años: 1878, 1946, 1947, 1967 y 2008, Israel "les fue robando" sus tierras a los palestinos. Quienes crearon esa infografía y quienes la reenvían por WhatsApp, explican el supuesto "contexto", "el enojo de los palestinos", "la rabia justificada de Hamás", la forma en que "Israel usurpó una tierra que no le correspondía".

Con esa tergiversación de la información, con esa mezcla de imprecisiones, mentiras y creencias prefabricadas, algunos se atreven a justificar, a avalar la barbarie del 7 de octubre. Lo cierto es que con mentiras o sin ellas, no existe racionalidad posible para entender la deshumanización a la que nos condenan desde hace tiempo los terroristas, los fundamentalistas islámicos.

No hay palabras en el lenguaje para expresar el estupor, el pasmo y la conmoción ante el horror, ante la sangre que ahoga, ante la irracionalidad de la tragedia y las atrocidades que hemos visto en los últimos días a manos del grupo terrorista Hamás: secuestros y asesinatos de bebés, niños y jovencitos; crueles homicidios de civiles en hogueras; aterradores secuestros de jovencitas a quienes jalan de los cabellos para subirlas a camionetas, apenas pueden caminar, van chorreando sangre de entre las piernas; crímenes de odio de lesa humanidad contra miles de judíos, israelíes y ciudadanos del mundo, que tuvieron la mala suerte de estar en el momento y el lugar equivocados.

En este ataque masivo y sorprendente a Israel fueron asesinados jóvenes que festejaban la vida y promovían la paz en un concierto. Fueron violentadas y asesinadas familias enteras con la máxima crueldad. Secuestraron a bebés y niños y los expusieron a presenciar cómo asesinaban a sus padres, o viceversa. Decenas de mujeres fueron arrastradas semidesnudas por las calles después de ser violadas en forma multitudinaria. Descuartizaron a personas de todas las edades, también a bebitos, y ya ensañados siguieron soltando hachazos en cuerpos sin vida. Todo está grabado, todo fue exhibido por los propios asesinos que glorificaron la violencia. Terroristas que se regodean con la sangre y bailan entre cadáveres invocando a su dios, violando todos los códigos de la moralidad humana.

Es criminal confundirnos con justificaciones. Esto no tiene que ver con consignas territoriales ni con movimientos libertarios o de reivindicación nacional. No cabe ninguna excusa ante la más perversa maldad. El terrorismo, hay que decirlo claro, no tiene disculpa, no tiene excusa o perdón. No hay medias tintas. No hay neutralidad, porque jugar a ser "neutrales" o meter en el paquete "las demandas palestinas" es ser cómplices de la barbarie de estos criminales que, lejos de apelar a la paz de la región, se enmascaran en una supuesta religiosidad para robarse el futuro de generaciones enteras. Para traumatizar al mundo y normalizar la violencia. Para esclavizar a las mujeres como trofeos. Sobre todo, para dañar, no sólo a los judíos, también a los palestinos que dicen defender.

El 7 de octubre es un parteaguas que desarticula el mundo como hasta ayer lo conocíamos. Está en juego nuestro mañana...

Me remonto a la historia para quienes están confundidos o quienes han hecho circular ese mapa de la supuesta ocupación judía de Palestina. Un mapa realizado con falsedad y malas intenciones.

Comienza esa infografía con la "Palestina de 1878", pero Palestina no existía en 1878. Palestinos eran los judíos, los cristianos y los musulmanes que habitaban en toda la zona del Medio Oriente. Palestina nunca existió como territorio soberano, basta ir a los datos, a la historia.

El nombre Palestina fue impuesto por los romanos para disasociar Judea de los judíos. En el año 135, en la época del Imperio romano, un grupo de judíos de la provincia de Judea, comandado por Shimon bar Kojba, se rebeló contra el emperador Adriano. Los judíos querían independencia. Adriano reunió fuerzas para mostrar su poder, para aniquilarlos. Cuando asesinó a un buen número de ellos, buscó la forma de cortar la conexión de los judíos con su tierra natal; nombró Filistín a Judea, como aquellos marineros que aparecen en la Biblia y que fueron enemigos del rey David. Los filisteos habían dejado de existir como pueblo desde el siglo VII a.C. La misma Biblia dicta que no eran autóctonos de la región, que eran pueblos del mar provenientes del Egeo. Nadie sabe cómo se llamaban a sí mismos. La palabra Filistín proviene del hebreo antiguo, de *plishtim* que significa invasores. Como una paradoja, fueron los judíos quienes le dieron nombre a los palestinos actuales. No hay ninguna conexión entre los filisteos y los palestinos actuales.

Esa zona fue territorio de distintos imperios: del romano, del romano de Oriente (Bizancio), de los califatos árabes, de los reinos cruzados, otra vez de los califatos árabes, del Imperio otomano... En 1878, el año que retoma la infografía, esa zona formaba parte del Imperio otomano, donde judíos y cristianos habían gozado de estrecha convivencia con los musulmanes a lo largo de cuatro siglos.

Tras la Primera Guerra Mundial y el declive de los otomanos, ese territorio se dividió entre ingleses y franceses, no para colonizarlo, sino para dar un lapso de tiempo de no más de 25 años para consolidar fronteras y crear Estados nación para cada uno de los diferentes grupos que habitaban esa zona: árabes, armenios, kurdos, turcos y judíos. Fue hasta ese momento que se fundaron países, antes simplemente no existían. Ninguno de ellos.

La parte que hoy es Israel, Cisjordania y Gaza quedó en manos de los británicos. Mi abuelo, que era judío, tuvo un pasaporte del Mandato británico de Palestina, porque todos los que ahí vivían eran "palestinos".

Los judíos, a lo largo de dos milenios, han tenido una estrecha conexión espiritual y religiosa con *Eretz Israel*. Por ello, en el contexto de la creación de los diferentes Estado nación, lord Balfour prometió en 1917 su apoyo para establecer un hogar nacional para el pueblo judío en Palestina, en ese sitio donde se asentaron familias judías huyendo de los pogromos y de las persecuciones de las que eran objeto en Europa, ahí donde vivían judíos desde siglos atrás.

Los árabes, comandados por Hajj Amin al-Husayni, el muftí de Jerusalén, que promovía el nacionalismo árabe con una base islámica, se opusieron a que los judíos tuvieran un Estado soberano y comenzaron a usar la violencia y el terrorismo como arma. En realidad, lograron su objetivo porque la creación del Estado de Israel se pospuso y no fue hasta después de la Segunda Guerra Mundial, tras los estragos del Holocausto, tras la vergüenza del mundo de haber permitido el asesinato de seis millones de judíos en campos de concentración, que Gran Bretaña decidió cumplir con su mandato.

Además pesaba que, por la violencia árabe, los ingleses cedieron e impusieron políticas migratorias que, vistas con perspectiva, habían sido un desatino. El Libro Blanco, como se les llamó, impidió que más judíos llegaran a Palestina cuando buscaban escapar del nazismo, cuando ninguna otra nación abría sus puertas. Quedó para la historia la suerte del *ss St. Louis* que partió en 1939 de Hamburgo a América pretendiendo encontrar un lugar de asilo para los 937 judíos que llevaba a bordo, huyendo del Tercer Reich. Recorrieron de puerto en puerto la costa este de Estados Unidos y de Canadá, también Cuba, pero no hubo quien los recibiera. Tuvieron que regresar a Alemania, donde 254 de ellos murieron en las cámaras de gas.

En 1947, Gran Bretaña propuso ante la ONU terminar con el Mandato británico y crear dos Estados: uno árabe, otro judío. La zona era una olla en ebullición. El mapa en ese estrecho territorio, con zonas árabes y con zonas judías, se estableció con base en la población mayoritaria de cada poblado. Los judíos dijeron: sí. Los árabes se opusieron.

El 15 de mayo de 1948, tras la retirada de los británicos, las naciones árabes declararon la guerra a Israel. Tropas de Egipto, Irak, Líbano, Siria y Transjordania, apoyadas por Libia, Arabia Saudita y Yemen invadieron al naciente Estado de Israel que se defendió con armas y dientes, porque, después del brutal odio del mundo, los judíos añoraban tener una nación. Había en los judíos un profundo deseo de vivir en paz, de tener soberanía y autodeterminación en la tierra de sus antepasados, a la que por siglos le habían rezado. *Eretz Israel*, la tierra biblíca, donde nunca dejó de haber presencia judía. Baste decir que la primera piedra de la Universidad Hebrea de Jerusalén se puso en 1918, treinta años antes de la declaración de Independencia de Israel.

En ese mismo 1948, y de eso nunca se habla porque los judíos no se victimizan, 850 mil judíos fueron expulsados de los países árabes, de la tierra que habían ocupado desde tiempos del rey David. Es decir: de Siria, Yemen, Argelia, Irak, Egipto, Myanmar, Qatar, Sudán, Baréin, Arabia Saudita, entre muchos más. En ninguno de estos países quedaron judíos, quizá contados. Los echaron de un día a otro como castigo por la creación del Estado de Israel. La mayoría de estos judíos se refugió en Israel, que duplicó su población en los primeros años de su existencia.

Israel, por el contrario, no expulsó a los árabes de su territorio, los hizo ciudadanos con plenos derechos. Hoy 21% de la población israelí son árabes, muchos de ellos pelean por Israel en el ejército y algunos inclusive son miembros del parlamento israelí, de la Knéset. La mayoría prefiere el horizonte de libertades en el que viven, que ser ciudadanos de cualquier país árabe vecino.

Quienes se fueron, lo hicieron creyendo en el discurso de los líderes árabes vecinos que aseguraron que liquidarían a Israel. Transjordania (hoy Jordania) se quedó con las tierras de Cisjordania que la ONU dispuso para crear la nación árabe, y Egipto, con Gaza; pero ni Jordania ni Egipto integraron a la población árabe palestina como ciudadanos. Los marginaron, concentraron y aislaron en condición de refugiados, prometiéndoles su retorno a Palestina cuando destruyeran a Israel.

De 1948 a 1967, esas tierras estuvieron bajo ocupación jordana y egipcia. Ahí mantuvieron en condición de refugiados a los árabes de Palestina. La identidad palestina —y el deseo de tener un país propio— se fraguó en ese contexto de apátridas. En 1964 crearon la Organización para la Liberación de Palestina bajo el liderazgo de Yasir Arafat, con el respaldo de la Liga Árabe, dirigida por el presidente egipcio Gamal Abdel Nasser, y con la bendición del ayatola Jomeini de Irán. Antes de ese momento ni había palestinos como tal, ni había un deseo de tener un Estado independiente.

La OLP, desde el primer día, tuvo como consigna la destrucción de Israel y el asesinato de judíos (de seguro, querido lector, recuerdas la masacre de deportistas israelíes en las Olimpiadas de Múnich). La condición de refugiados fue un acicate para el terrorismo.

No todas las naciones árabes estaban de acuerdo. En 1970, en lo que se conoce como Septiembre Negro, el rey Hussein de Jordania liquidó a cerca de 25 mil fedayines palestinos que vivían en Cisjordania, porque desde ahí planeaban los secuestros de vuelos internacionales, los actos de terror y, también, amenazaban su poder y autoridad. Los palestinos que sobrevivieron se fueron a refugiar al Líbano. Egipto tampoco los quiso. Cuando en 1979 firmó la paz con Israel a cambio de territorios, se encargó de que en el mapa no se incluyera a Gaza. Sólo aceptó la península del Sinaí, rica en minerales, piedras preciosas y petróleo.

Los mapas de 1949 a 1967 que se muestran en la imagen falaz a la que hago referencia obedecen a varias guerras iniciadas por las naciones árabes en las que Israel, buscando defenderse, se hizo de territorios que quiso usar como moneda de cambio para alcanzar reconocimiento y paz, como lo hizo con Egipto.

Por eso es que en 1967, posterior a la guerra de los Seis Días, el mapa en cuestión aparece con mayor territorio israelí, porque se defendió en una guerra en la que fue atacado. Porque logró ganarla. Porque conquistó Gaza, Cisjordania, el Sinaí, las Alturas del Golán y el este de Jerusalén. Nunca pretendió ser "colonizador". Golda Meir vivió sus últimos años buscando interlocutores para firmar la paz, pero tristemente nunca los encontró porque los árabes, humillados por su fracaso, se aliaron en un contundente "no": no a reconocer a Israel, no a negociaciones, no a la paz. Por eso ella decía: "La paz llegará cuando los árabes amen más a sus hijos, de lo que odian a Israel".

El territorio palestino hoy está dividido en dos: Gaza, donde gobierna Hamás; y Cisjordania, presidido por Mahmud Abás —también llamado Abu Mazen—, líder del Movimiento Nacional de Liberación de Palestina o Al Fatah.

Mahmud Abás dice tener intenciones de negociar, de alcanzar la paz, pero no ha logrado la legitimidad necesaria entre los pobladores a los que gobierna y cierra el ojo en torno al culto de muerte con el que se educa a los niños. En realidad, ha seguido el legado de Arafat, quien le heredó el poder. Arafat nunca quiso negociar, ni siquiera cuando Ehud Barak le ofreció todo; siempre se echó para atrás, quizá perseguido por su historia de guerrillero, por sus miedos y sus fantasmas.

Gaza se cocina aparte. En 2005, como dije, Israel se retiró de manera unilateral de esa zona, una superficie pequeña, pobre y densamente poblada. Cuando los israelíes se fueron, dejaron casas e invernaderos listos para ser ocupados, un acto de buena fe y buena vecindad, pero Hamás quemó todo al tomar el poder en 2007. Su consigna, escrita en su acta fundacional, es aniquilar a Israel, llevar a cabo la guerra santa contra los infieles y no estaba dispuesto a aceptar nada de sus enemigos.

Con los miles de millones de dólares anuales que el liderazgo palestino recibe de Irán, Qatar y de otras naciones árabes —también de la Unión Europea, supuestamente para el bienestar de los palestinos— Hamás ha construido túneles y redes del terror, ha comprado armamento y misiles, y se ha preparado para cometer actos terroristas. También los cuantiosos fondos han servido para abultar las cuentas bancarias de los líderes que viven con lujos desorbitantes.

Desde 2007, Hamás no ha dejado de lanzar misiles a Israel. Miles de ellos. No han logrado el daño esperado porque con el Domo de Hierro Israel logra interceptarlos en el aire, antes de que exploten. Hamás, sin embargo, continuó con su plan, educando para matar y preparándose para el horror que perpetró el 7 de octubre de 2023.

Cabe preguntarse por qué se llevaron secuestrada a tanta gente. La respuesta está en lo que aprendieron. En 2011, Israel intercambió a Gilad Shalit, un joven soldado que llevaba cinco años secuestrado, por 1 027 presos palestinos. Varios funcionarios del gobierno de Israel repitieron que para ellos la vida era lo más importante, que siempre protegerían a los suyos y que por eso estaban dispuestos a intercambiar una vida, por 1 027 individuos. Por ello, ahora secuestraron a cientos de israelíes, incluidos niños, para presionar a Israel, para librar una guerra psicológica, para mostrar su poderío, sobre todo, para lograr la excarcelación de terroristas. Los videos del maltrato y las violaciones que han circulado son atroces. Esos desalmados han usado a mujeres y niños sin el menor escrúpulo, con el objetivo de coercionar a Israel. De aterrorizar al mundo con su barbarie.

Quien ha viajado a Israel sabe que nada de lo que se dice es cierto. En contraste con los vecinos árabes, regímenes teocráticos que someten a su población, Israel es un lunar democrático de libertades en Medio Oriente, un islote de voluntad, desarrollo científico y creatividad humana. El desierto lo han convertido en un vergel. Lo que ahí se ha logrado es un milagro de la voluntad humana, del deseo profundo de desarrollar la ciencia, de vivir en paz y en democracia con igualdad entre hombres y mujeres, en franca apertura respecto a la diversidad sexual, tan condenada por el mundo árabe que los rodea.

Desde su creación, ésa ha sido la consigna: convertir el desierto en un lugar donde crezcan naranjas y jitomates, donde se desarrolle la mente humana, donde haya avances en ciencias y tecnología al servicio de la humanidad. Tan sólo cruzar la frontera uno puede ver el contraste. En Israel hay verdor y ciudades. En los países vecinos sólo arena, vacío y el sol abrasador del desierto.

Es cierto, Netanyahu ha sido un pésimo gobernante en sus últimos tiempos porque, con ambición de poder ha dividido a Israel, ha polarizado a su gente, ha minado los valores democráticos y se ha rodeado de mesiánicos sin escrúpulos para mantener la coalición. Durante casi un año, cientos de miles se manifestaron cada lunes, jueves y sábado en la noche en varias ciudades de Israel para generar consciencia, para tirar al gobierno, para luchar por los valores identitarios del Estado judío.

No hay duda, Netanyahu fracturó a la nación y tendrá que pagar las cuentas de lo que derivó de su irresponsable proceder porque, por omisión y soberbia, permitió que el horror del 7 de octubre sucediera. No protegió a su gente, una sociedad que reconoce el valor de la libertad, que opina y protesta, un pueblo que apela para vivir con sentido de justicia. Con valores democráticos, éticos y morales.

Jamás verán a un judío celebrando la muerte. Jamás verán a un israelí o a un judío asesinando bebés, degollándolos, como hicieron los fanáticos de Hamás, cuyos cuerpecitos, más de cuarenta infantes inocentes, fueron encontrados en un kibutz.

Por todo esto, no es tiempo de justificaciones, ni de tibieza. Lo sucedido aquel fin de semana no es un asunto de disputas territoriales ni de incapacidad de alcanzar un plan de paz. Es el rostro más oscuro del odio y la maldad. No hay ninguna excusa posible frente a las torturas, la barbarie y las masacres enmascaradas en un halo de supuesta religiosidad. Lo que ha sucedido es un pogromo, un asesinato indiscriminado de familias, un abuso de niños, violaciones multitudinarias y crímenes contra cientos de jóvenes que bailaban por la paz.

Es odio puro maximizado a la centésima potencia. Además, estos criminales tuvieron el cinismo y la vileza de grabar, difundir y festejar sus atrocidades. Ninguna persona que se precie de ser decente, que valore la vida, puede defender lo indefendible, las perversas y monstruosas violaciones a los derechos humanos que hemos visto, algunas que jamás podremos borrar de la mente. Lo peor es que las perpetran en el supuesto "nombre de dios".

El objetivo, sin cortapisas, debería de ser el respeto a la vida, la paz, la moralidad e integridad, la inteligencia humana, la generosidad y, sobre todo, la bondad que debería de unirnos por sobre de todo. Sobraría decir que estos terroristas, con la misma inspiración de las cruzadas, aniquilarían a cualquiera que no practicara el islam fanático que ellos promueven. Si no levantamos la voz podrían acabar también, con la misma maldad, con católicos o protestantes, como lo hacen hoy con los judíos. Como ha demostrado la historia, los judíos somos el canario que se lanza a la mina...

Hay una frase de un pastor luterano alemán antinazi llamado Martin Niemöller que decía que cuando los nazis se llevaron a los comunistas, él guardó silencio porque no era comunista. Cuando encarcelaron a los socialdemócratas, guardó silencio porque no era socialdemócrata. Lo mismo cuando llegaron por los sindicalistas, no protestó porque no era sindicalista. Cuando llegaron por los judíos, no protestó porque no era judío. Y al final, cuando fueron por él, no hubo nadie que pudiera protestar...

Quienes quisiéramos que Palestina logre algún día ser un Estado que prospere y viva en paz con Israel, debemos de levantar la voz. Hamás es el equivalente a ISIS. Hamás es un culto de muerte. Hamás no significa apoyar al pueblo palestino. El silencio cómplice ante estos actos salvajes inéditos es monstruoso y brutal, alienta más el terror. Como lo ha dicho Einat Kranz, la embajadora de Israel en México, lo que Israel vive es atroz y los gobiernos que no condenan a los terroristas sí están tomando postura: apoyan y respaldan a criminales. Esto va para México, va para tantos más porque, sin duda, esa complicidad con el mal, resulta lamentable.

OCTUBRE 15, 2023:
La contaminación de las conciencias, un llamado a la izquierda mexicana[100]

En menos de 24 horas, en esta semana, la Embajada de Israel en México fue testigo de la presencia de dos grupos antitéticos que supuestamente "representan" las dos caras del "conflicto bélico entre Israel y Palestina". Entrecomillo la palabra "representan" y "conflicto bélico entre Israel y Palestina" porque pareciera que algunos distraídos de izquierda —con sus anacrónicas consignas antiimperialistas, anticolonialistas, antirracismo, pro-pueblos nativos y pro-Palestina, las mismas que enarbolaban hace medio siglo para cuestionar a Estados Unidos y apoyar a la URSS durante la Guerra Fría— no sólo han perdido la brújula geográfica e histórica, también la mira moral.

Frente a los actos terroristas de Hamás, la búsqueda de una equivalencia moral entre Israel y Palestina es una forma de propagar el odio, abrir canales al antisemitismo y consolidar al terrorismo fanático islámico. Sin darse cuenta, algunos —como el presidente AMLO y morenistas como Sheinbaum, Noroña y Citlali—, lejos de apelar al legítimo derecho del pueblo palestino a una tierra, con su tibieza y búsqueda de simetrías, apuntalan al gobierno sediento de sangre de Hamás, un régimen que es corrupto, misógino, teocrático y represor, y que, peor aún, ocupa los miles de millones de dólares que recibe anualmente para objetivos terroristas, como mostró la barbarie antisemita cometida el sábado 7 de octubre de 2023 en Israel.

---

100   Publicado en el portal de LatinUS, 15 de octubre de 2023.

No todo cabe en la cubeta de las reivindicaciones sociales. Ese horror, un nuevo 9/11, dejó a la humanidad perpleja, herida y en las tinieblas más funestas, no hay "peros" que valgan, rompió cualquier norma de guerra previa, porque hasta en la guerra hay (había) reglas. Tengo infinidad de videos inenarrables del sadismo de estos depredadores, de la carnicería humana cometida por Hamás, acrónimo en árabe de Movimiento Islámico de Resistencia, un grupo terrorista apoyado con dinero, armas y formación militar de Irán, que durante décadas ha promovido la "guerra santa", no para obtener paz, sino para aniquilar los valores de Occidente encarnados en Israel, la única democracia en el Medio Oriente, y a los judíos que hostiga.

Vamos por partes, porque no hay nada más peligroso que la ignorancia, porque no hay nada más inmoral que las justificaciones y los asegunes ante lo ocurrido. Porque no cabe en esta ocasión el socorrido discurso del opresor y del oprimido, y porque, tristemente, una izquierda obnubilada, alimentada por los recursos del mundo árabe, iraní y soviético, defiende los atavismos más arcaicos.

En un mundo de excesiva información, priva la desinformación.

Explico y juzgue usted, querido lector. La tarde del miércoles 11 de octubre, un grupo de varios cientos de mexicanos judíos y evangelistas, de manera informal nos congregamos frente a la embajada israelí con el alma en vilo, portando banderas de Israel y de México, carteles de solidaridad, flores y veladoras. Estábamos desgarrados y en pasmo, apenas cuatro días antes algo había muerto: la humanidad como la conocíamos, la inocencia, las certezas y la confianza en el mañana.

Los que ahí nos congregamos teníamos la urgente necesidad de abrazarnos, de llorar juntos frente al desconcierto de la maldad, de mostrar fortaleza. La crueldad y brutalidad comenzaban a develarse de manera atroz, circulaban imágenes y videos espeluznantes imposibles de olvidar: niños torturados, familias enteras quemadas vivas (imposible no recordar sus alaridos de dolor), hachazos para decapitar a cuerpos aún con estertores, sangre, extremidades mutiladas y destrucción por doquier, cabezas sin tronco, cenizas, mujeres violadas masivamente cuyos cuerpos semidesnudos se exhibían como trofeos, cientos de personas calcinadas a las que, ya muertas, aún se insistía en arrancarles los ojos. Cientos de coches incendiados con cuerpos quemados como en una macabra película de cine *gore*. El dolor frenético de la muerte cobarde y sin sentido.

Queríamos rezar un *kadish*, plegaria judía de duelo, por los entonces más de mil muertos en Israel: los hijos, nietos, padres y abuelos. Los ultrajados por violadores e infanticidas, yihadistas de alma negra. Queríamos condenar esos crímenes de lesa humanidad, manifestar nuestras condolencias al pueblo de Israel y a todas las familias enlutadas, y juntar nuestras voces, suplicar que los más de 150 secuestrados[101] regresaran pronto a casa, sobre todo los bebés y los pequeñitos a quienes les arrebataron la inocencia, esos niños de rostro desencajado que imploraban: "*ima, ima*" (mamá, mamá) mientras se los llevaban con violencia, dejando atrás los cuerpos inertes de sus padres, aún desangrándose en lo que algún día fue su hogar.

Nos sabíamos (nos sabemos) vulnerables. Nos unía (nos une) el pasmo ante la brutalidad de la carnicería huma-

---

101   En ese momento aún no se sabía que eran 252.

na cometida por el grupo terrorista Hamás, la degradación y el salvajismo del islam fanático, "la guerra santa contra los infieles", una nueva y aún más cruda versión de la barbarie antisemita que nos recuerda tiempos vergonzosos de la humanidad: la Inquisición con sus crueles torturas y sus piras humanas de judaizantes como espectáculos públicos; los pogromos en Rusia y Europa Oriental a finales del siglo XIX y principios del XX, y sobre todo, las atrocidades del Holocausto —los judíos jamás habíamos vuelto a usar ese término para nada más que los campos de concentración del nazismo, pero hoy, sin temor de decirlo con todas sus letras y con su inquietante peso emocional: el sábado 7 de octubre el pueblo judío padeció un despiadado pogromo, un nuevo holocausto.

Esa tarde catártica frente a la Embajada de Israel, los presentes cantamos el himno de México y el "Hatikva", de Israel. Hubo testimonios de familiares de víctimas y, hombro con hombro, rodeando la ofrenda de flores, veladoras, banderas y mensajes de esperanza, entonamos las canciones de paz que nos unen y conmueven a los miembros del pueblo judío. Una y otra vez: *Osé shalom bim romav, hu iasse shalom aleinu, veal kol Israel, ve-imrú amén. Ooose shalom, oose shalom…* (Él, que establece la armonía en las alturas, nos conceda la paz a nosotros y a todo Israel, amén).

El cielo parecía escuchar nuestro clamor de paz, lloró con una llovizna leve y luego estalló en rojos encendidos como si se abriera el firmamento. Al término de la solemne ceremonia nadie quería irse, durante más de una hora siguió el llanto y los cantos alrededor de ese altar. Jóvenes judíos y evangelistas, aferrados a la unión y permanencia del pueblo judío, entonamos melodías de paz y esperanza hasta que cayó la noche invocando un mejor mañana: de tranquilidad, reconocimiento, moralidad, armonía y decencia. De fortaleza y miedo, porque todos ahí entendíamos (entendemos) que la guerra que Israel no inició será por su supervivencia. Por la permanencia del pueblo judío. Por la existencia que refrendamos en cada brindis, en cada *lejaim* (¡por la vida!).

Un día después, la tarde del jueves, estaba convocada una manifestación en "defensa del pueblo palestino", ahí mismo frente a la Embajada de Israel. Llegaron apenas cincuenta personas, creo que todos mexicanos. Traían consigo banderas de Palestina y botes de pintura roja, verde, blanca y negra, colores de la bandera palestina, listos para vandalizar pisos, paredes y jardineras de la embajada con pintas. "Muerte al sionismo". "Palestina libre". "Sionismo genocida". "Israel asesino". También llegaron dispuestos a destruir la banca que el artista plástico Noe Katz realizó el año pasado para conmemorar los setenta años de relaciones diplomáticas México-Israel, una impoluta pieza blanca que dejaron rota y pintarrajeada.

Como si se tratara de una tómbola variopinta, al comenzar los discursos se dejó entrever que a estos participantes los mandaron a apoyar "la causa palestina", sin tener idea de qué hacían ahí, de aquello que defendían. Tomó el micrófono un primer participante:

> Ha habido muertos en la frontera de México, niños asesinados, me acuerdo de uno, Ismael Hernández de quince años, lo mataron en Ciudad Juárez por aventarle piedras al Border Patrol. Al escuchar esta noticia del niño de la frontera, me acordé de los niños palestinos que son masacrados por los sionistas. Tenemos que hacer un trabajo profundo de difusión.

Siguió una treintañera con kufiya al cuello, pañuelo tradicional palestino de fondo blanco, con dibujo geométrico negro. Gritaba mezclando ideas sin sentido. Desconocía que Gaza es independiente desde 2005 y que sus líderes, en lugar de construir un Estado, con la ayuda de Irán y Qatar destinaron todos los recursos al terrorismo, a llevar a cabo una "guerra santa" contra Israel y Occidente, adoctrinando a los niños y a los jóvenes a convertirse en víctimas suicidas. No tenía idea de los actos de terrorismo de Hamás, mucho menos tenía intención de reconocer que ese grupo, rama de la Hermandad Musulmana, somete al propio pueblo palestino condenándolo a la pobreza, la ignorancia y el fanatismo.

Por ser mujer, por no traer el chador negro cubriéndole por completo la cabeza y el cuerpo, ella jamás hubiera podido pronunciarse en el mundo fanático islámico, pero en México, frente a la Embajada de Israel, portando *jeans* y sin consciencia del horror que padecen las mujeres que se niegan a estar cubiertas en esos países musulmanes del Medio Oriente, gritaba a bocajarro sus consignas inconexas.

> Estamos aquí para romper con el sionismo y su política criminal, con su *apartheid* en Gaza. Ante la nueva ofensiva de la ultraderecha conservadora,[102] es necesaria una lucha masiva de todo el pueblo palestino contra la clase trabajadora árabe y judía en Israel y en todo el Medio Oriente, para enfrentar y desmontar al Estado sionista y al imperialismo con el método de la lucha de clases, con la huelga general, con la insurrección obrera y popular. ¡Trabajador, escucha, ésta es tu lucha…! ¡Trabajador, escucha, ésta es tu lucha…!

---

102 ¿Oí bien?, pareciera una versión de "la mañanera", ese informe diario matutino del presidente mexicano Andrés Manuel López Obrador donde a todo mal, la culpa es de "la derecha" y de "los conservadores".

Continuaron con una danza azteca, sostuvieron banderas palestinas en sus brazos, elevándolas como ofrenda a los dioses. Tres mujeres con túnicas blancas, sonajas en las manos y cascabeles en los tobillos bailotearon unos minutos. Tomó ahora el micrófono la representante del grupo musical.

> Desde los pueblos de Abya Yala,[103] hasta Palestina, les decimos que tienen con nosotras, nuestras compañeras del colectivo de danza prehispánica, solidaridad con nuestros hermanos y hermanas del heroico pueblo de Palestina. Tiene también Palestina la ofrenda a la Mama Pacha desde los pueblos de la Abya Yala, en este día de lucha…

Cada colectivo improvisaba alguna rancia consigna contra Estados Unidos o el sionismo, y apelaba a la resistencia colectiva como propuesta de lucha, enarbolando uno y mil engaños, falsedades e invenciones.

> Hoy los pueblos del mundo tenemos que seguir resistiendo. No es posible que estos asesinos sionistas sigan asesinando mujeres, niñas, ancianas… Desde hace más de 75 años, estas tierras palestinas están ocupadas, por eso decimos: alto al genocidio… Y les decimos a Estados Unidos y a la Unión Europa que dejen de ser cómplices de estos brutales genocidios que están cometiendo. Estamos con la resistencia histórica y heroica de nuestros hermanos de Palestina. Hoy, en el marco del 12 de octubre, desde la Abya Yala nos unimos diferentes voces, diferentes organizaciones, para exigir justicia para Palestina.

---

103   Abya Yala es el nombre que utilizan los movimientos sociales originarios o indígenas para referirse a América.

Hacia el final los gritos eran a bocajarro, enardecidos: "Muera el colonialismo", "Muera el imperialismo", "Muera el sionismo", "Muera el racismo", "Muera el genocidio de Israel contra Palestina", "No a la guerra de exterminio".

Una y otra vez:

"Desde Abya Yala a Palestina, todos los muros van a caer… Desde Abya Yala a Palestina, todos los muros van a caer… Desde Abya Yala a Palestina, todos los muros van a caer…"

Los carteles por la paz que habíamos dejado un día antes quedaron cubiertos de suásticas y de consignas. "Por un Estado obrero palestino". "Por una federación socialista del Medio Oriente". Pegaron también el mapa al que me referí en "Explicar lo inexplicable; justificar lo injustificable", esa ilustración en la que falazmente muestran la supuesta "invasión progresiva de las tierras palestinas" por el "conquistador Israel". Su desconocimiento de la zona y de la historia es absoluto.

Casi para terminar tocaron una batucada y tamborazos alusivos a rituales africanos. Concluyeron con una pira con los mensajes, flores y cartas de paz que dejamos un día antes. Quemaron también la bandera de Israel. Al salir agredieron a los policías que custodiaban la embajada. Anunciaron que harían lo mismo, convocando a más manifestantes, frente a la Embajada de Estados Unidos.

¿Es en serio?, pensé. ¿Obreros, lucha de clases, imperialismo, colonialismo, trabajadores del mundo, huelgas…? ¿Es así como hablan de la reivindicación palestina? Ni un atisbo de la barbarie terrorista a manos de Hamás. Cero compasión para los palestinos de carne y hueso sometidos al gobierno fanático y corrupto de Hamás, un grupo terrorista que condena a su pueblo con dosis de adoctrinamiento, opresión y muerte.

Fue un *flashback* a mi adolescencia cuando en la UNAM o en la Universidad Metropolitana se convocaba, en las décadas de 1970 y 1980, a marchas de algún sindicato mexicano y los carteles acumulaban todo "el código cultural de izquierda". Lo políticamente correcto entonces eran: la lucha de clases, el apoyo a los grupos guerrilleros de América Latina, las reivindicaciones étnicas, los argumentos contra el colonialismo, contra el racismo, contra el imperialismo, contra el sionismo, y por supuesto, en ese *bouquet* ideológico, no podía faltar el apoyo a la Organización de Liberación Palestina de Arafat, la nueva víctima auspiciada por la URSS y por los países árabes, la OLP que llevaba a cabo actos terroristas en el mundo apelando a una supuesta reivindicación nacional.

Nadie quería recordar entonces, como ahora, que la URSS fue uno de los votantes a favor de la creación del Estado de Israel, el 29 de noviembre de 1947 en la Asamblea General de la ONU. La URSS aprobó el Plan de Partición para crear dos Estados: uno árabe, otro judío, con Jerusalén bajo administración internacional, propuesta que los judíos aceptaron con júbilo y los árabes rechazaron. Entre los 33 votos a favor (hubo 13 en contra y 10 abstenciones) estaban Estados Unidos y la Unión Soviética. Fue quizá una de las únicas veces que las dos potencias pudieron ponerse de acuerdo en algo, porque comenzaba ya el enfrentamiento político, económico, social, ideológico, militar y propagandístico entre estos dos bloques que dio lugar a la Guerra Fría, pero, en ese momento, ambos reconocieron el legítimo derecho del pueblo judío a regresar a su patria ancestral, a tener un Estado judío propio.

¡Vaya ironías del destino!

OCTUBRE 22, 2023:
Discurso frente a la Embajada de Israel[104]

Algunos israelíes en México y miembros no organizados de la comunidad judía mexicana convocaron a una manifestación más formal frente a la Embajada de Israel el 22 de octubre, a quince días del ataque. La embajadora Einat Kranz Neiger me invitó a dirigir un mensaje.

Como mexicana judía, como feminista, como mujer que educa en el bien y cree en la decencia y la paz, ocupo este espacio para dirigirme a los mexicanos.

Si quieres la paz, y me refiero, sobre todo, a quienes se manifiestan apoyando al pueblo palestino, cuyas reivindicaciones son, sin duda, justas. Si en realidad quieres la paz, no puedes jugar a la "neutralidad" frente al terrorismo de Hamás, porque su único deseo, como lo dice su carta fundacional, es la aniquilación de Israel y del pueblo judío, la destrucción de los valores de Occidente.

Hamás no aspira a una reivindicación nacional. Hamás no apela a la paz. Hamás no sólo mata a judíos, también abusa del pueblo palestino y destruye sus aspiraciones, los condena a ser víctimas de un sistema opresor y barbárico, porque, con los miles de millones de dólares anuales que el mundo occidental y el árabe les brindan a sus dirigentes, su-

---

104   Publicado en el portal de Opinión 51 el 22 de octubre de 2023.

puestamente para construir bienestar, ellos adoctrinan, convierten en yihadistas a sus niños, los usan como escudos humanos, lanzan misiles y promueven el terrorismo.

Si eres de izquierda o liberal, si eres un ciudadano libre, no puedes seguir desinformado. Israel se retiró de Gaza desde 2005 y les dejó a los palestinos toda la infraestructura para construir su futuro nacional. Es inmoral seguir justificando lo sucedido el 7 de octubre con el añejo discurso del opresor y del oprimido; no hay explicación para apoyar a terroristas que secuestran y mantienen como rehenes a inocentes, que asesinan sin escrúpulos, que aplastan al disidente y que han protagonizado las páginas más negras de nuestra historia, como lo hizo Al Qaeda con el ataque a las Torres Gemelas, como lo han hecho otros grupos yihadistas alrededor del globo.

Si crees en dios, sabes que no se puede ultrajar el nombre de dios, que ninguna religión que se precie de serlo, ninguna, pide matar, torturar o secuestrar en su nombre.

Si eres padre o madre de familia, si sabes lo que es correcto y lo que es incorrecto, no puedes, no debes guardar silencio frente al terrorismo, porque Hamás quemó a niños vivos, a otros los decapitó, a muchos más los torturó, estranguló y asesinó frente a sus padres. Hubo también papás y mamás cuya última mirada fue el horror ante la crueldad con la que aniquilaron a sus hijos. Hamás arrancó la inocencia de una generación entera con un nivel de saña jamás visto. Además, la agonía sigue, porque tienen secuestrados a pequeñitos que, hasta ayer, le sonreían a la vida, como los tuyos.

Si eres mujer, no puedes mantenerte neutral frente a Hamás porque sus "mártires", como les llaman, ultimaron a mujeres a mansalva y violaron una tras otra, a decenas de niñas y jovencitas que hicieron prisioneras, grabando sus cuerpos semidesnudos como si fueran conquistas, como si se tratara de trofeos. Las mujeres secuestradas hoy están viviendo un infierno.

Si crees en la libertad de la mujer, no puedes apoyar a grupos yihadistas, porque ellas son sometidas y obligadas a ser invisibles, condenadas a no tener voz. A Mahsa Amini la mataron a golpes en Irán, país que financió el terror de Hamás en Gaza, simplemente por no llevar bien puesto su chador, como dictan las normas de los ayatolas y del Talibán.

Si respetas la diversidad sexual, no puedes apoyar a Hamás porque no tolera y extermina esa opción de vida.

Si eres periodista y quieres mantenerte objetivo, no puedes validar la versión del asesino, como no lo harías dándole el micrófono a un narcotraficante o a un feminicida. Si tienes sentido moral y un compromiso real con la verdad, deberías de cuestionar y verificar las narrativas de los terroristas, antes de publicarlas. No es ético partir de preconcepciones para justificar lo injustificable.

Israel no inició esta guerra, nunca la hubiera querido. Israel está hoy unido en una sola voz, en el clamor de un pueblo que desea la paz, que no quiere muertos judíos y que jamás festejará, ¡jamás!, la muerte de inocentes palestinos.

Si crees en la democracia y la libertad, si crees en la decencia, la moral y la bondad, si sueñas con la paz y con un mejor futuro para este mundo, no legitimes a los grupos terroristas que buscan transformar, mediante crímenes de lesa humanidad, al Medio Oriente y al mundo entero, en aras de imponer un califato donde sólo rijan las leyes del fundamentalismo islámico.

A ti, México, con todo el respeto y el amor que te tengo, te pido que te pronuncies por lo que es correcto y moral: la condena al terrorismo y la exigencia de que los más de doscientos rehenes regresen con vida a sus hogares. Entre ellos los mexicanos Ilana y Orión; él un DJ que como cientos de jóvenes bailaba, irónicamente, por la paz.

Apelo también a que, en el afán de construir un mejor mañana, en México y en el mundo se dejen atrás los prejuicios contra el judío, y por supuesto también contra el musulmán de buena fe, que, como nosotros, está sufriendo con pasmo y dolor esta nueva página de crueldad y barbarie.

Muchas gracias. *Am Israel Jai.*[105]

OCTUBRE 27, 2023:
Otro frente de guerra: el mediático, el del odio[106]

La máxima en el periodismo siempre ha sido jamás publicar algo sin corroborar las fuentes. El propio Darío Restrepo, decano de la ética periodística y cercano a Gabriel García Márquez, defendía el periodismo de excelencia "con una visión moral", es decir con el férreo compromiso de resguardar la palabra publicada con empatía y verdad. Decía que había que ensuciarse los zapatos, reportar con rigor desde el lugar de los hechos y cuidarnos de no publicar notas amarillistas porque éstas siempre impactan la vida de las personas, porque la palabra escrita siempre afecta a la sociedad. Sellaba

---

105   El pueblo de Israel vive.
106   Publicado en el portal de LatinUS, 27 de octubre de 2023.

su credo con un principio: un buen periodista tiene que ser primero "un hombre bueno".

En el contexto actual de descalificaciones, prejuicios y preconcepciones respecto al Medio Oriente, frente a una realidad tan compleja, es necesario apelar a ese hombre comprometido y "bueno", a fin de ejercer el oficio de periodista con verdad y sentido moral. Es decir: verificar las fuentes, reportar desde el lugar de los hechos (hoy cualquier mentira se difunde y se convierte en verdad); analizar el origen de la información, quién dice qué y a quién debe uno creerle (Hamás es un grupo terrorista, experto en promover *fake news*); comprometerse con los distintos ángulos del plano histórico y global y, si uno publica algo errado (como ha sucedido con el supuesto ataque de Israel a un hospital en Gaza), es necesario asumir la falta, corregir con sentido moral y mayor vehemencia para evitar contribuir al polvorín del odio.

A esos "hombres buenos" —una centena de periodistas extranjeros que cubren el Medio Oriente y que durante décadas han buscado poner "las dos caras de la moneda"—, el gobierno israelí los convocó hace unos días en la sala de proyección de la base militar de Glilot, a fin de mostrarles 43 minutos 44 segundos, una eternidad de escenas empapadas en sangre, una selección de los cientos de horas filmadas por las cámaras de los propios terroristas encontradas en sus cuerpos abatidos, en los teléfonos móviles de las víctimas y de los rescatistas, en las redes sociales, en las cámaras de los autos y en las de videovigilancia privada de los *kibutzim*, escenas que Israel no ha querido hacer públicas para evitar normalizarlas. Para no hacer "pornografía de la maldad".

Muchos de estos periodistas son quienes, alarmados por la guerra, han juzgado a Israel, han exigido ayuda humanitaria para Gaza y han demandado una "respuesta proporcionada". Son quienes, en el afán de "dar contexto", suelen equiparar el nivel de muertos de un lado y del otro, proyectando una lectura del "opresor" y del "oprimido", dejando un mensaje confuso o sesgado de quiénes son las víctimas y quiénes los victimarios.

Los invitaron a mirar y a juzgar. A comprender en silencio. Los obligaron a dejar sus celulares afuera de la sala para que no se filtrara una sola imagen a las redes y pudieran sopesar la pesadilla que han vivido los israelíes en las últimas semanas, víctimas de atrocidades sin nombre. Algunos de estos periodistas, al ponerse "del lado de los palestinos", lo políticamente correcto durante años, no sólo han colocado el dedo acusador en Israel, también han perjudicado al propio pueblo palestino porque Hamás lo oprime y le niega el derecho a la vida.

La mayoría de los periodistas salió con la mirada ausente, con una palidez impactante. Algunos quizá reconocerían que, con su manera de reportar queriendo "ser justos" con ambas partes, han contribuido a validar el discurso de los terroristas promoviendo mentiras por años, sirviendo a causas equivocadas, resucitando, sin quererlo, al monstruo de las mil cabezas del antisemitismo.

Es paradójico, un sanguinario pogromo que debió haber generado la solidaridad del mundo, ha sido la chispa para propagar el odio contra el judío. Fue el permiso, el banderazo de salida para que los "militantes pro-palestinos" se animaran a perseguir judíos, mostrando que su propaganda antisionista no ha sido más que una forma disfrazada de antisemitismo.

Quizá es tiempo de detenernos, de explicar más a fondo. De ponderar y diferenciar lo que está bien de lo que está mal, separar lo que es criminal e inhumano de lo ético y decente. De desglosar lo sucedido.

A partir del 7 de octubre, parte del mundo occidental se conmocionó con los primeros reportes de lo acontecido, con el salvajismo sin límite. ¿Cómo fue posible tal nivel de crueldad? Con las escenas que los terroristas mismos grabaron, la barbarie absoluta: cuerpos mutilados o calcinados por doquier, bebés degollados, mujeres violadas, el pánico en el rostro de tantísimos secuestrados, la mirada huérfana de niños pequeñitos que fueron arrancados de la vida, tantísima sangre, fuego, violencia y muerte, Hamás buscó aterrorizar, ganar la guerra mediática y recuperar visibilidad en la agenda internacional.

Su intención era sabotear la posibilidad de una paz histórica con Arabia Saudita —enemigo de Irán— que se estaba forjando. Creyeron que, con el muy manoseado recurso de victimizarse y de provocar terror, como lo logró la OLP en la década de 1970, secuestrando vuelos en Europa u Oriente Medio y asesinando deportistas en la Olimpiada de Múnich, serían capaces de manejar la batuta para dirigir con un rol protagónico la orquesta de las naciones.

El objetivo de la barbarie fue dejar maniatado a Israel, humillarlo, provocar una reacción virulenta con la que fuera condenado. Es de ilusos creer que Hamás pretende un acuerdo de paz o que su lucha es por la reivindicación nacional. Desde su manifiesto fundacional niega a Israel el derecho a existir y proclama la muerte de todos los judíos. Lanzó su anzuelo sabiendo que el mundo suele caer, que "la causa palestina" tiene su primacía en la narrativa de las izquierdas, que el odio y los prejuicios frente al judío proliferan y que los reporteros, deseosos de ser "objetivos" se ponen del lado delpobre-niño-palestino-con-piedras-en-la-mano, inclinando la balanza moral y confundiendo víctima con victimario.

De cara a la masacre, a Israel no le ha quedado de otra que luchar por su supervivencia. Sí, es una lucha para sobrevivir como nación y como pueblo. Una tragedia que jamás hubiera ocurrido si el gobierno de Netanyahu no hubiera distraído recursos para salvar su pellejo intentando minar al aparato de justicia, si no hubiera polarizado a la sociedad, si no hubiera debilitado al aparato de inteligencia que, en otros momentos, hubiera estado atento para adelantarse a los hechos.

Con Netanyahu o sin él, las intenciones de Hamás siempre han sido las mismas: acabar con Israel. Por eso, la lucha de Israel está enfocada en liquidar a la cúpula de Hamás y destruir la infraestructura terrorista que, se sabe, está oculta debajo de escuelas y hospitales. Hamás está acostumbrado a sacrificar a la población civil. No así Israel, que en 2011 intercambió con Hamás la vida de ¡un solo soldado judío!, Gilad Shalit, por 1 027 presos palestinos. A Shalit lo secuestraron cuando tenía diecinueve años y llevaba cinco años en manos de Hamás. Ahí la razón por la que ahora tengan secuestrados a 229 personas,[107] israelíes y de otras nacionalidades, entre ellos treinta pequeñitos, bebés que aún toman leche materna y a quienes llaman "rehenes de guerra".

A diferencia de los yihadistas, Israel no se regodea con la muerte. Se enseña a los niños a apelar a la vida, a crecer y a salir de las tragedias, a ser resilientes como lo ha hecho el pueblo judío a lo largo de tres mil años de historia. Hamás,

---

107   Como en Israel seguían haciendo pruebas de ADN a las cenizas, a fragmentos de huesos y a dientes, aún no sabían el número exacto de muertos y secuestrados. Ocho meses después seguían identificando cuerpos. Fueron 252 rehenes.

por el contrario, adoctrina a los niños, les enseña a matar y morir, a los adolescentes les prometen 72 vírgenes en el cielo por inmolarse, y a sus familias, grandes montos por sacrificar a un hijo de entre los muchos que tienen.

El recurso del fanatismo ha resultado jugosamente útil, porque, entre más víctimas, más apoyo mediático y más dinero les da Occidente, recursos que se calculan en más de mil millones de dólares anuales. Hay muchos argumentos para validar cómo Hamás miente o usa a su pueblo, pruebas que, por desgracia, no se reportan en los noticieros del mundo.

Doy un ejemplo que casi no llega a los medios. Antes de hacer una incursión terrestre para acabar con los líderes de Hamás y liquidar la red del terror, el ejército israelí hace llamadas telefónicas a los palestinos que viven en las zonas a atacar, manda mensajes ininterrumpidos vía sms y WhatsApp, lanza millones de panfletos desde el aire, hace anuncios con megáfonos pidiéndole a la población civil que migre para no matar inocentes. Hamás, sin embargo, no deja ir a nadie. Bloquea la carretera y acusa de traidor a quien osa partir. Hay algunos testimonios que muestran que los mismos terroristas les disparan a sus hermanos que buscan salvarse, porque Hamás quiere sangre. Busca la nota porque sabe que cada muerto cuenta, que cada niño reditúa, que la victimización fructifica con creces.

Con la brutal masacre del 7 de octubre los terroristas de Hamás, de inicio, no tuvieron toda la simpatía que esperaban, pero, maestros de la propaganda, buscaron un nuevo golpe bajo para ganar adeptos y estrangular a Israel. El 17 de octubre, diez días después del ataque, Al Jazeera anunció que Israel bombardeó intencionalmente el Hospital Bautista Al Ahli de Gaza. Dijeron que había quinientas personas muertas, enfermos y niños. La noticia, sin imágenes, sin pruebas, dio la vuelta al mundo, corrió como espuma. Occidente se tragó a cucharadas la mentira, la clara intención de restregar que había pequeñitos heridos, equiparando la información con los niños que Hamás asesinó o que mantiene secuestrados desde hace muchas semanas.

De inmediato, estallaron las redes. Brotaron las voces de líderes de todo el mundo condenando "la barbarie del Estado de Israel", "la sed de sangre de Israel", "la venganza de Israel". Los líderes de Irán y Turquía hablaron de "un genocidio". Una y otra vez se repetía la nota. Fue tal el escándalo —y esa fue la razón de sembrar la mentira—, que esa misma noche se canceló el encuentro que Joe Biden iba a tener con Mahmud Abás, el líder de la Autoridad Palestina en Cisjordania.

¿Quién, que realmente quisiera alcanzar acuerdos de paz, le responde al presidente de Estados Unidos que no se reunirá con él? Biden aún no aterrizaba en la zona y su agenda ya se había malogrado.

Israel, por su parte, se paralizó. Desgarrado entre sangre y cenizas, con una sociedad traumatizada, con *kibutzim* fantasmas, con espectros de vida y huérfanos por doquier, con decenas de miles de desplazados sin techo, con familias desgarradas, con muertos y desaparecidos, con hijos en el frente de guerra, con el dolor de enterrar cientos de cuerpos a diario, algunos irreconocibles, con un número creciente de miles de heridos y mutilados en terapias intensivas, con las fotos de secuestrados multiplicadas en cada rincón, aún perplejo y traumatizado, maniatado y en la lona, nuevamente era atacado: ahora mediáticamente.

Debía buscar pruebas pronto para mostrar que no lanzó ninguna ofensiva, que Israel no pretende matar civiles, que desea vivir en paz con el mundo árabe circundante. Vivir y dejar vivir. Pero antes de que pudiera investigar, de que pudiera salir a demostrar la mentira, el mazazo de la información, seco y a la cara, ya había logrado cambiar la narrativa. En el mundo árabe, y por ende también en Occidente, se comenzó a hablar del "crimen del siglo" contra mujeres, niños, ancianos, pacientes y personal médico palestinos. De Israel-criminal. De una de las "mayores atrocidades presenciadas en la era moderna".

En la competencia de quién es más víctima, porque los terroristas tienen doctorado en ello, se ganaron la medalla de oro de la opinión pública, denunciando, inclusive, que había "niños fragmentados". Ahora eran los de ellos. En las calles de Estados Unidos y en las de otras naciones, también en México, salieron hordas enardecidas a manifestarse nuevamente "por Palestina", iban dispuestos a linchar y vandalizar negocios judíos, a quemar banderas de Israel, a perseguir judíos.

El 7 de octubre quedó borrado, simplemente no sucedió. La primera página era "la barbarie israelí", "asesinos de niños". Los defensores de los derechos humanos, tan liberales, tan humanistas, tan de izquierda, sirvieron al juego enardecidos contra Israel-criminal, Israel-ocupante. A nadie le importó perseguir la verdad. La izquierda y gran parte de los medios se compraron todas las patrañas y vituperios contra Israel, desdeñando que Irán es el autor del libreto.

La evidencia de lo que sucedió en el hospital tardó largos días en aflorar. Como suele suceder, el dictamen llegó demasiado tarde. Tras las declaraciones del "bombardeo israelí al hospital de Gaza", Israel, Estados Unidos y otros países democráticos del mundo Occidental realizaron una investigación seria respecto a qué sucedió. La conclusión fue contundente: no fue Israel, el bombardeo del que se habló fue uno de los miles de misiles que lanzan los terroristas desde Gaza, esta vez de la Yihad Islámica, que no tuvo la fuerza suficiente y cayó en su propio territorio. Además, y esto fue aún más grave, constataron que no se destruyó ningún hospital, sólo se creó un boquete en el estacionamiento. Sí hubo muertos inocentes, pero no quinientos como se reportaron, mucho menos de la quinta parte de ellos.

Antes de que la verdad pudiera siquiera atarse las agujetas para comenzar la competencia, las *fake news* ya se habían echado a correr en las redes, dando la vuelta al mundo.

Muy pocos medios se atrevieron a recular, a decir que había sido un error lo que publicaron y, quienes sí lo hicieron, ya no fueron capaces de revertir el garrotazo propagandístico que se había apoderado del relato. Hamás mintió, como lo hace siempre para demonizar a Israel, para manipular la narrativa, para filtrarse como salitre en las conciencias del mundo. Y logró su objetivo, porque, con la complicidad mediática, se canceló la razón.

De un plumazo Hamás se purificó, se volvió fuente confiable y su voz pesó mucho más que la de Israel, una democracia con estado de derecho y libertades civiles. Al Jazeera, medio de comunicación financiado por Qatar, fue parte fundamental de la maquinación. Repitió hasta el cansancio el supuesto "ataque israelí al hospital de Gaza". Bien sabe que, como medio del mundo árabe, logra que sus falacias se repitan en otros medios porque, los periodistas del mundo, buscando objetividad, es decir, queriendo mostrar "las dos caras de la moneda", recurren a Al Jazeera como fuente árabe creíble.

Hamás y Al Jazeera, ambos financiados por Qatar, manipulan la información y no obstante ello, tienen eco en CNN, BBC y otras agencias del mundo que repiten sus patrañas. Es tal el cinismo, que Bassem Niam, jefe de Relaciones Internacionales de Hamás, ha repetido una y otra vez en Al Jazeera que, el 7 de octubre, Hamás no mató a civiles israelíes: "Ni a uno solo. Nosotros no violamos, no quemamos bebés, no secuestramos niños ni ancianos. Así no actuamos nosotros". Asimismo, Mahomud Az-Zahar, cofundador de Hamás, usa los micrófonos de Al Jazeera para machacar que ni un solo cohete de Hamás proviene de áreas civiles, que es una falacia lo de los escudos humanos, que ellos no almacenan armas ni lanzan misiles desde escuelas u hospitales.

Mentira tras mentira.

Es lógico que Al Jazeera diga lo que le conviene, lo curioso es que Occidente replique sus notas sin mayor cuestionamiento. El símil de esto hubiera sido ofrecer los micrófonos a los líderes de Al Qaeda tras el ataque a las Torres Gemelas; o en nuestro país escuchar la victimización de algún feminicida, tras destripar a su víctima. O a un narcotraficante tras colgar cabezas decapitadas.

Por eso apelo a los "periodistas buenos" de los que hablaba Restrepo, porque respecto a lo sucedido en Israel no hay justificaciones y parece haber un doble rasero. Muy pocos se animan a mirar la luz de la realidad a través de las fracturas. La mayoría se contenta con lo que se dice y no cuestiona más.

Hamás es experto en manipulación y victimización. Me consta que esa maquinación perversa y bien calculada es parte del ADN del pueblo palestino.

Hago un paréntesis para contar lo que vi con mis propios ojos en 2004, cuando escasos días después de la muerte de Yasir Arafat fui a la Mukata, su cuartel general en Cisjordania. Por casualidad estaba en Israel en un congreso organizado por el Instituto Cultural Israel Iberoamérica, con diecisiete escritoras latinas; era yo la única judía y externé que no podía irme de Israel sin ir a ver "el otro lado". Le pedí a Marta Pessarrodona, la escritora catalana, que hablara con su amigo Agustín Remesal, corresponsal de la Televisión Española, para que nos llevara al fortín amurallado de Arafat en Ramala, a media hora de Jerusalén, donde aún estaban velando al líder palestino.

Salimos temprano, transitamos los controvertidos asentamientos judíos en zonas mayoritariamente árabes, una afrenta a los procesos de paz; cruzamos la cerca fronteriza que el Estado de Israel construía, fragmentos de muros de concreto y trancos de cercas electrificadas con los que Israel había logrado frenar los atentados suicidas y, finalmente, llegamos a Ramala que, para mi sorpresa, resultó una ciudad árabe moderna con avenidas anchas y frondosas palmeras.

Bastó entrar a la Mukata para enfrentar un escenario desolador; pronto me daría cuenta de que era una puesta en escena para los medios, para el propio pueblo palestino. La plazoleta constaba de montañas de escombros apilados, ocho metros de altura y cien metros de largo de ruinas: varillas retorcidas sepultadas en trozos de concreto derruidos, carrocerías de tanques aplastados, cientos de coches oxidados con las puertas abiertas y las llantas al cielo. Un montaje calculado a la perfección que, durante años, sirvió de marco a las entrevistas. Una escenografía para proyectar "un perpetuo crimen", para exhibir "el sufrimiento" que Israel ha perpetrado al pueblo palestino. Un espacio perfecto para mostrarse al mundo como víctimas. Para preservar el martirologio con el que Arafat arrastró los días y los años de su pueblo.

Ahí mismo estaba el cuerpo del líder, una tumba solitaria con numerosas coronas de flores, banderas palestinas, mensajes de condolencias, fotos históricas y la playera del jugador 12 del equipo de futbol palestino. Lo custodiaban sólo un par de soldados, ninguna multitud que llorara su ausencia. Al estar ahí pensé que se había esmerado toda su vida en acrecentar el culto a su personalidad sin comprometerse a la paz, en aras de seguir siendo un líder querido, respetado y popular, la condición que tanto buscó, pero, al final, la corrupción de su gobierno y su ineptitud lo condenaron a morir en soledad. Shimon Peres me había contado que Arafat le decía que prefería "ser popular, que controvertido", y al final, paradojas de la vida, murió siendo controvertido.

Lo que más me sorprendió al estar ahí fue el contraste de mentalidades entre Cisjordania e Israel, porque, a diferencia de lo que vi ese día, a la mañana siguiente de un bombazo yihadista en una pizzería, café, discoteca o centro comercial de Tel Aviv o Jerusalén, los israelíes se empeñaban en reconstruir los sitios explotados para volver a funcionar, para borrar la tragedia, para "olvidar" cuanto antes los rastros de muerte.

En ese otro lado, en el palestino, se mantenía, por el contrario, un montaje permanente para acrecentar el sufrimiento. Un decorado ruin para transmitir la sensación de ser un pueblo mártir, indefenso y víctima, sumido en la orfandad. Debo decir, sin embargo, que había más. En un costado trasero de ese vertedero, estaba la paradoja. La otra realidad, sólo para quien quisiera asomarse. Escondida, a un lado, atrás de un pasillo, estaba la lujosa casa de Arafat, cubierta con la cantera blanca de Jerusalén perfectamente engastada, con su puerta de madera con aldabón y uno que otro arco decorativo.

Aunque me sacaron muy pronto, constaté que Yasir Arafat tenía otras ventanas para mirar flores y campos fértiles, otra perspectiva que pudo legar a su pueblo. También, lejos de la vista pública, estaban estacionados decenas de coches Audis, Mercedes y BMW de su propiedad y de sus cercanos.

En el caso del hospital de Gaza, sembrado el fraude, los clérigos fundamentalistas siguieron encendiendo la mecha de pólvora. El 20 de octubre Hamás publicó un documento oficial en todas las mezquitas palestinas. Escrito en árabe, lavando cerebros, la organización terrorista instó "en el nombre de Alá", a no rendirse hasta "derrotar la ocupación", es decir, "la eliminación total de Israel". La justificación es que esa tierra es "parte integral de su creencia islámica": "Permaneceremos hasta que Alá, el poderoso y majestuoso, permita la victoria…". Además, citando a Sahih Muslim, una de las seis compilaciones canónicas de relatos de Mahoma, señalaba el edicto: "No llegará la hora hasta que los musulmanes combatan a los judíos y los maten, y hasta que la piedra o el árbol digan: ¡Oh, musulmán! Detrás de mí hay un judío, ve y mátalo".

La noticia del supuesto ataque al hospital y las provocaciones en el sermón han generado más manifestaciones de solidaridad en gran parte del mundo. En los países árabes quemaron banderas de Israel gritando *Al-lá-hu-Akbar*, dios es grande, y por esos días, en el aeropuerto de Daguestán, trataron de linchar a los pasajeros israelíes que llegaron a esa república rusa. Los ánimos están tan encendidos que pareciera no haber quien detenga a los criminales.

En el mundo Occidental, las izquierdas se han sumado a las proclamas. Gritan: "Muera Israel" o "Palestina libre", eslóganes añejos que repiten con una rancia mezcla de consignas anticoloniales, antiimperialistas, en solidaridad con el comunismo arcaico de la URSS y queriendo reivindicar a las culturas nativas. En realidad, un disfraz del odio antijudío.

Occidente ha caído en la trampa, ha incubado en sus sociedades libres al huevo de la serpiente alimentando el discurso de la propaganda. Sólo Francia y Alemania, que saben a dónde conduce el odio, han prohibido las manifestaciones en las calles de sus ciudades. No así en Estados Unidos y Latinoamérica, donde la supuesta izquierda, con grupos supremacistas, ha tomado las calles para multiplicar el odio.

Resulta paradójico que las mentes ilustradas no siempre sean críticas o independientes, no siempre sean personas buenas con el valor de levantar la voz. Alemania era el lugar más ilustrado del mundo en la primera mitad de siglo XX y concibió y perpetró el Holocausto judío, del cual hoy se avergüenza. En las universidades, que deberían de ser la cuna del liberalismo, del pensamiento y la democracia, prolifera el adoctrinamiento ideológico por parte de fanáticos del mundo árabe extremista que, con la libertad que no podrían ejercer en las teocracias de las que provienen, sacan raja de los valores de Occidente.

Así, con consignas mal informadas que se repiten, con prejuicios ancestrales y, sobre todo, con la supuesta convicción de que la libertad de expresión lo aguanta todo, se promueve el odio contra el judío y contra Israel, como ha sucedido en las universidades más prestigiadas de Estados Unidos (Harvard, Stanford, NYU, Columbia, Cornell, UCLA...), donde se hostiga a perseguir a profesores y estudiantes judíos, sin que ninguna autoridad educativa intervenga.

En pleno siglo XXI, peligran las vidas de judíos por la actitud dubitativa de quienes se muerden la lengua para no pronunciarse de manera abierta y franca contra el antisemitismo. Occidente no quiere abrir los ojos. Condena a Israel —una nación incluyente y democrática, una *Start Up Nation* con una producción de decenas de miles de patentes e innovaciones basadas en avances científicos, médicos, nanotecnológicos y agrícolas que benefician al mundo— y se solidariza con los terroristas. El mundo al revés.

Shimon Peres, quien ocupó el dinero del Premio Nobel para implementar proyectos de paz con los palestinos, me dijo en las varias ocasiones en las que lo entrevisté, que uno de los grandes "milagros judíos" era compensar la pobreza del territorio israelí, tierra árida sin ningún recurso, con la ilimitada capacidad para pensar, cuestionarse, crear y desarrollar la mente humana hasta lo inimaginable. Decía: "Nuestra suerte fue no tener nada, para tenerlo todo". Y así ha sido, porque las incontables invenciones israelíes se usan en el mundo entero y han transformado con creatividad e inteligencia la vida humana.

Rodeado por una abrumadora mayoría de teocracias islamistas, la democracia israelí no se pliega a jerarquías ni es condescendiente con los poderosos. De hecho, durante cuarenta semanas antes de este horrendo ataque, un millón de ciudadanos salieron a manifestarse a las calles de Jerusalén, Haifa y Tel Aviv, en todos los poblados desde Rosh Hanikrá en el norte, hasta los *kibutzim* que colindan con Gaza, para ejercer su libertad, para criticar a Netanyahu por populista, por polarizar a la sociedad, por minar a las instituciones, por querer llevar a cabo una reforma judicial que, se decía, atentaría contra los valores de la democracia.

Mientras la radicalización crece y el discurso del odio prolifera, la conciencia moral pierde el norte. Los prejuicios aumentan. Hay un vacío moral, una podredumbre intelectual, un silencio corrosivo que no permite deslindar lo correcto de lo incorrecto. Lo moral de lo inmoral. Pareciera que se hubiera resquebrajado el terreno de la razón con el acento del dinero, con el poder del mundo árabe, con la irresponsabilidad de los medios, con la complicidad de las Naciones Unidas que acusan a Israel, pero son tibias para condenar el terrorismo o demandar la inmediata liberación de los secuestrados. Hoy, cuando el mundo de la información trivializa el mal, cuando se falsea y manipula, cuando se justifica al monstruo de las mentiras o se navega en la "neutralidad", la verdad es la principal víctima.

Duelen las víctimas inocentes de ambos lados, claro que duelen, pero pareciera que no hay equidad en los criterios morales respecto a esta guerra. A medida que Israel hace incursiones para asesinar a los cabecillas y a un buen número de los treinta mil yihadistas que son miembros de la brigada Al-Qassam, se siguen comparando las cifras de muertos en los noticieros de Occidente, como si se tratara de un partido de futbol. Como si al "ganar" Palestina en número de muertos, fuera el bueno de esta tragedia. Como si pesaran igual las muertes de los terroristas, que las de los civiles.

Se sigue queriendo borrar, sin la menor compasión, cómo comenzó esta página negra, este parteaguas que Israel no provocó y que el pueblo judío, quizá también Occidente, no podrá olvidar. A muy pocos pareciera interesarles el sufrimiento de dos pueblos que no merecen el destino de adoctrinamiento, perversidad y guerras fratricidas que los condenan.

Bernard-Henri Lévy se pregunta dónde han estado los defensores de los derechos humanos que hoy se desgañitan por defender a Palestina y que han ignorado a los millones de árabes asesinados por árabes: los palestinos torturados y masacrados por Hamás; los 380 mil civiles en la guerra de Yemen; los 500 mil sirios gaseados en Damasco; las mujeres afganas encarceladas por el Talibán; las víctimas de Gadafi en Libia, las de Putin en Chechenia, los 100 mil musulmanes de Bosnia masacrados por soldados serbios...

Dice él y es desconsolador que, en el fondo, los muertos les dan igual. Asegura que el relativismo cultural tiene atrapados entre dos fuegos a quienes se desgañitan por los derechos humanos, que sólo se conmueven por las muertes que les permiten gritar: "Israel genocida", "Sionismo es racismo", o lo que es lo mismo, "Muerte a los judíos". Manipulados por maestros de la desinformación, mirando con lupa a Israel y a los judíos, siembran el caos aderezando su ignorancia con fanatismo. Advierte Henri Lévy que el antisemitismo, "el socialismo de los imbéciles", se ha convertido en "hamasismo", reproduciendo la misma imbecilidad criminal que Hamás buscó con la muerte de los judíos.

Consuela ver al pueblo judío más solidario y unido que nunca, luchando a mano partida por sobrevivir, a pesar del doble rasero del mundo.

Consuela pensar que, ahí afuera, aún hay "hombres buenos" que deslindan lo correcto de lo incorrecto. Lo moral de lo inmoral. Y que se pronuncian en consecuencia...

NOVIEMBRE 20, 2023:
Carta abierta a UNICEF:
Por la liberación de los niños de Israel, secuestrados en Gaza[108]

El 20 de noviembre, Día Mundial de la Infancia, un grupo de mexicanos fuimos a las oficinas de UNICEF en México a entregar la Carta Abierta que publicamos en cuatro medios nacionales ese día.[109] El contingente incluía a un grupo de cuarenta pequeñitos con globos azules y blancos en sus manos, cargando también cartulinas que ellos mismos elaboraron con cartas y la imagen de algún niño secuestrado. Cada uno representaba a un niño de su edad que llevaba más de seis semanas raptado, lejos de sus padres y probablemente oculto en un túnel de Gaza. El contingente incluía también a una bebita en los brazos de su madre, que iba en nombre de Kfir Bibaz, secuestrado antes de cumplir un año.

La idea era manifestarnos frente a medios en el camellón de Paseo de la Reforma, frente a las oficinas, y hacer un reclamo a UNICEF por su doloroso silencio. Ante el riesgo de aglutinar niños tan cerca de donde circulan coches, llegué temprano para hablar con Fernando Carrera, el represen-

---

108   Publicada el 20 de noviembre en cuatro medios nacionales, acompañada de 4 mil firmas: *Reforma*, *El Universal*, *Milenio* y *El Heraldo*. Fui responsable de la redacción y publicación. El grupo Unidos contribuyó a divulgarla y a recabar firmas.

109   La lectura la hizo Lourdes Melgar, exsubsecretaria de Estado.

tante de UNICEF México. Me recibió Paulina Vélez, a quien le expliqué que eran menores quienes iban a manifestarse, que era un reclamo pacífico. Le pedí que cuando llegaran los pequeñitos, al salir de sus escuelas, los dejara pasar al pasillo de entrada, al interior de las oficinas para evitar el peligro de estar en el camellón.

Quedó de consultarlo. A las 2 de la tarde me dijo que podían entrar sólo los niños, acompañados de dos adultos. Los medios tendrían que fotografiar el evento desde la reja de entrada. Mientras ingresábamos, la encargada de Comunicación me entregó una voluminosa carpeta para que yo constatara que UNICEF sí había hecho declaraciones exigiendo el inmediato retorno de los niños secuestrados. Sabiendo que no era tan cierto, pedí que me permitiera entrar al baño mientras ella me buscaba la cita precisa. Tardé un poco. Al salir me mostró sólo el *tweet* del día, no había encontrado más; estaba agobiada al darse cuenta de la falta. Más aún, cuando frente a Fernando Carrera le señalé que la manera de redactar ese *tweet* del día hacía creer que el reclamo de UNICEF era en torno a "los niños de Gaza", y no a los niños israelíes secuestrados y cautivos en Gaza.

Así iniciamos el evento. Cuatro niños de entre diez y doce años leyeron consternados y con aplomo sus cartas en representación de todos los presentes.[110] Para todos ellos fue un inicio de vida cívica. Fernando Carrera quedó conmovido. Tomó el micrófono y, con lágrimas en los ojos, reconoció la falta y se comprometió a buscar un cambio en la mentalidad para velar por todos los niños, incluidos los niños judíos y los niños de Israel. Contó que tiempo atrás estuvo en

---

110   Nicole y Giselle Schatz, Moy Shabot y Lyam Porteny.

Praga y ahí vio una exposición con los dibujos que pintaron los niños cautivos en el campo de concentración Terezin, la llamada "sala de espera del infierno", durante la Segunda Guerra Mundial. Recordando lo que vio, les dijo a los niños que se manifestaban esa tarde: "Ese día pensé: 'Nunca más', y hoy a ustedes se los repito: 'Nunca más'".

Aunque no hubo relación con nuestra protesta —curiosamente los niños manifestantes creyeron que sí—, un par de días después comenzó un alto al fuego temporal, seis días de intercambio de rehenes: un niño inocente por dos terroristas cautivos en Israel. Casi todos los pequeños israelíes regresaron a casa. Varios de ellos contaron que fueron torturados.

La desgracia continúa, porque aún hoy que escribo estas líneas, Kfir y Ariel Bibas, los pelirrojos que se volvieron un símbolo de este horror, pequeñitos de diez meses y cuatro años al ser secuestrados, siguen en manos de Hamás.

Los seguimos esperando...

Catherine Russell
Directora Ejecutiva de UNICEF

Hoy 20 de noviembre, Día Mundial de la Infancia, declarado así por las Naciones Unidas, solicitamos a UNICEF —por intervención de Fernando Carrera, representante en México— detenerse a mirar, pronunciarse y ejercer su autoridad para lograr el justo y pronto retorno de los 38 niños secuestrados el pasado 7 de octubre en el sur del Estado de Israel y llevados como rehenes a Gaza. Quizá son 39, porque Nutthawaree Munkan, una mujer tailandesa, también raptada, dio a luz a un bebé en cautiverio.

Como madres, abuelas, tías, hermanas, primas o mujeres mexicanas, como personas preocupadas por el bienestar de la infancia, sentimos el dolor de estos bebés, adolescentes, niñas y niños, algunos de ellos ya huérfanos, cuyos padres fueron ejecutados con crueldad frente a sus ojos.

Han pasado cuarenta y cinco días cautivos lejos de su hogar, viviendo un trauma psicológico tras la barbarie sufrida, al haber sido arrancados de sus familias y de cualquier certeza o esperanza en el futuro.

Sabiendo que la ONU adoptó la Declaración de los Derechos del Niño, este día nos ofrece principios inspiradores para ser congruentes con el objetivo de "defender, promover y celebrar los derechos de los niños", como dicta el ideario de UNICEF.

Señala el principio 8 de la declaración original de la ONU: "El niño será, en todas las circunstancias, uno de los primeros en recibir protección y socorro". Y el principio 6: "El niño, para el pleno y armonioso desarrollo de su personalidad, necesita amor y comprensión y crecerá bajo el cuidado y responsabilidad de sus padres y en un ambiente de afecto y seguridad moral y material".

Por ello, pedimos a usted, no sólo como titular de UNICEF, sino como mujer, como madre de dos hijos, que se ponga la mano en el corazón y ejerza su autoridad para exigir la inmediata liberación de estos 39 menores porque mantenerlos cautivos es un crimen de lesa humanidad, porque el daño físico y psicológico se acrecienta día a día, porque estos niños seguramente están viviendo un infierno.

Hoy no se trata de bandos religiosos ni de reivindicaciones políticas, es obligación de UNICEF, organismo protector de la infancia, velar por la seguridad moral y material de todas las niñas y los niños —por supuesto por los palestinos que sufren a manos de Hamás y por la guerra, por los que UNICEF ya se ha pronunciado—, pero también, y es nuestra petición, por los niños secuestrados en Israel y llevados a Gaza, que no han gozado de atención de organismos internacionales, por lo que solicitamos su intervención para lograr la inmediata liberación de los 39 menores de edad secuestrados por el terrorismo, porque ellos no deben pasar ni un día más en cautiverio. Deben de regresar hoy a su hogar.

El desplegado se acompañó de más de cuatro mil firmantes.

DICIEMBRE 10, 2023:
Carta abierta a ONU Mujeres[111]

Han pasado dos meses y tres días desde el ataque de Hamás a Israel el 7 de octubre. Sesenta y tres días de indiferencia, de "sí, pero…" ante la brutalidad: la violación, mutilación, asesinato y tortura sistemática como armas de guerra. A pesar de la evidencia proporcionada por los propios terroristas, ONU Mujeres apenas reaccionó pidiendo "una investigación". Esto es poco y tarde. El #MeToo es para todas. Aún hay mujeres y pequeñitos secuestrados por Hamás. Es tiempo de pronunciarse claro y fuerte.

111   Publicada a página completa el domingo 10 de diciembre de 2023 en la primera sección del periódico *Reforma*, acompañada de más de dos mil firmas de mujeres prominentes. Al escribirla, reboté ideas con Raquel Schlosser. El grupo Unidos contribuyó a divulgarla y recabar firmas.

Sima Bahous
Directora Ejecutiva de ONU Mujeres

Estimada Señora Bahous:

A dos semanas del 25 de noviembre, Día Internacional de la Eliminación de la Violencia contra la Mujer, hoy 10 de diciembre, Día Internacional de la Declaración de los Derechos Humanos, es momento de refrendar y asumir para todas las mujeres del planeta la declaración emitida por la Asamblea General de la ONU en 1993, que puntualiza como violencia contra la mujer "todo acto que tenga o pueda tener como resultado un daño o sufrimiento físico, sexual o psicológico para la mujer, así como las amenazas de tales actos, la coacción o la privación arbitraria de la libertad, tanto si se producen en la vida pública como en la vida privada".

Este claro y justo señalamiento, no ha sido, por desgracia, aplicado de forma universal para todas. De manera inexplicable no ha habido una declaración contundente por parte de la ONU, ni de gran parte de los grupos feministas, respecto a la brutal barbarie acontecida el pasado 7 de octubre en el sur del Estado de Israel a mujeres judías y no judías, cuando centenas de niñas y mujeres de diversas nacionalidades fueron atacadas por tres mil hombres del grupo terrorista Hamás, en una página de crueldad y maldad contra mujeres nunca antes vista.

De acuerdo con las imágenes que quedaron grabadas por parte de los propios terroristas, la mayoría de las mujeres fueron mutiladas, cercenadas, quemadas vivas y asesinadas con saña y bestialidad. Algunas de ellas fueron secuestradas y muchas violadas por decenas de hombres; se encontraron cuerpos con la pelvis rota. Hay imágenes de una embaraza-

da a quien le cortan el vientre. Hay escenas de mujeres ama-
rradas con alambre, a quienes les mutilan pechos o genitales.
A otras, las martirizaron asesinando a sus hijos frente a sus
ojos. A un bebé lo metieron al horno de la cocina. Vimos la
sangre copiosa en los pantalones de las jóvenes, vimos cuerpos arrastrados de los cabellos por hombres barbados. En el
Festival Nova los terroristas asesinaron, quemaron y violaron,
uno tras otro, a decenas de mujeres jóvenes que bailaban por
la paz. A bebés, niñas, adolescentes y mujeres de todas las
edades las raptaron y llevaron a Gaza como rehenes. Vimos
el terror en sus rostros. Vimos también a hordas de machos
regocijándose de regreso a casa con "sus trofeos", escupien-
do sobre los cuerpos desnudos de mujeres que destazaron
y violaron. Todo aderezado con los gritos de *Al-lá-hu-Akbar*
(dios es grande).

Las autocracias teocráticas islamistas y, en especial,
las agrupaciones terroristas de inspiración yihadista como
Hamás, que fue quien embistió a Israel, niegan cualquier
derecho a la mujer. Es la "policía de la moral" quien les im-
pone torturas y leyes abusivas y discriminatorias. Por poner
ejemplos: a Mahsa Amini en Irán, país que apoya y patro-
cina a Hamás —Irán que absurdamente preside el Foro
de Derechos Humanos de la ONU—, funcionarios de dicha
policía la golpearon con brutalidad por no llevar el chador bien puesto, como dicta la ley, provocándole la muerte. En Nigeria, el grupo Boko Haram, rama de la misma
Hermandad Musulmana que pretende establecer la *sharía*
como norma, en 2014 secuestró a cientos de niñas de catorce años por asistir a la escuela y querer estudiar. Las cubrie-
ron de cabeza a pies con vestidos negros, las "desposaron"
con hombres de la edad de sus padres, las violaron y, desde

entonces, hace casi diez años, hay más de 219 adolescentes de las que nada se sabe.

Desde el 7 de octubre, tras el salvajismo de Hamás en Israel que desencadenó la guerra actual, han pasado cerca de dos meses de silencio. Resulta inaceptable ser selectivos en la aplicación de los conceptos establecidos por la ONU respecto a la mujer. Resulta inmoral justificar lo sucedido: violaciones y sufrimiento físico, sexual o psicológico de mujeres, como un acto de reivindicación nacional.

Lo sucedido fue una carnicería que se distinguió por su saña y brutal violencia contra las mujeres judías. Por ello, quienes firmamos, hacemos un llamado a la congruencia, a la moral y a la empatía de las organizaciones feministas del mundo, de la ONU, de los organismos nacionales e internacionales encargados de temas de mujeres y de derechos humanos, para pronunciarse en torno a este acto de crueldad —como lo han hecho ustedes con justicia por las mujeres de Gaza—, porque el silencio o la neutralidad son obscenos y sólo ayudan al opresor. Porque hubo víctimas. Porque no se puede eclipsar la verdad ni la ética. Porque su silencio genera una confusión entre víctimas y victimarios, y los convierte en cómplices.

Lo sucedido, que no quepa la menor duda, fue un crimen de lesa humanidad que denunciaremos, perseguiremos y condenaremos con la ley en la mano, con el sentido ético, recto y de dignidad que debe de distinguirnos como sociedades progresistas y modernas que buscamos promover la libertad y la equidad de las mujeres.

El desplegado se acompañó de más de dos mil firmantes, en su mayoría mujeres.

ENERO 28, 2024:
Nos falta Orión[112]

Nos falta Orión: Orión Hernández Radoux. Un joven franco-mexicano de 31 años que lleva más de tres meses secuestrado en Gaza. Su papá Sergio Hernández, y su mamá Pascale Radoux, mexicano y franco-vietnamita, se replegaron en un agónico silencio desde el 7 de octubre, aquel día infame.

Sergio estaba viviendo en Chile; Pascale, en París. Tomaron la decisión conjunta de evitar cualquier incursión mediática, no dieron una sola entrevista creyendo que su hijo así volvería, sin ruido, sin aspavientos. Estaban seguros de que los guerrilleros de Hamás lo liberarían como un acto de justicia porque no es judío, porque es mexicano-francés con una abuela vietnamita (Vietnam, tan simbólico para la izquierda), porque es un hombre de paz, un libre pensador que tiene una hija de madre iraní y lleva él tatuado el nombre de la niña en árabe junto al corazón, porque estaba en Israel por una circunstancia fortuita, porque nada tiene que ver con el conflicto ancestral del Medio Oriente…

Pero han pasado demasiados días: más de 110 largas jornadas y Orión no regresa. Desde octubre nada saben de él. Nada. Ni siquiera tuvieron un atisbo de su existencia en el intercambio de rehenes que hubo en diciembre, tras el cese al fuego temporal, donde sí regresó Ilana Gritzewsky, la otra mexicana secuestrada.

Orión, así llamado por la constelación astral cuyas brillantes estrellas se ven desde ambos hemisferios, estuvo en

---

112   Publicado en el periódico *Reforma* el domingo 28 de enero de 2024, en primera plana y cuatro páginas de la primera sección: págs. 14, 15, 16 y 17 (*Revista R*).

el lugar incorrecto: el Festival Nova por la paz, en ese día negro que cambió la vida de cientos de miles de individuos en Israel y en el mundo. Esa mañana en la que los terroristas del grupo Hamás decidieron cometer el peor acto barbárico de los últimos tiempos torturando con crueldad y sadismo, acribillando a mansalva, decapitando, violando y secuestrando inocentes, desde bebés hasta ancianos, a cualquiera que se cruzó en su camino. 1 240 asesinados en una sola mañana. 252 secuestrados. Decenas de *kibutzim* —plural de kibutz, granjas agrícolas socialistas— fueron quemadas con sus propietarios adentro y convertidas en ruinas. Miles de heridos. Más de 200 mil desplazados que aún deambulan en hoteles y en casas que los han acogido, sobreviviendo con un trauma que jamás olvidarán.

Esa jornada fue la provocación para iniciar una guerra en Gaza que nunca debió de haber sucedido, que ha dejado miles de muertos inocentes israelíes y palestinos. Un conflicto bélico que terminaría si regresaran a los 132 secuestrados que aún quedan en Gaza —Orión entre ellos—:[113] bebés, mujeres, jóvenes y adultos que llevan meses en túneles sin ver la luz.

Hoy la muerte ronda y duele. Hoy Sergio y Pascale, unidos en la tragedia, reconciliados como padres de Orión, desean gritar el nombre de estrellas de su niño, del hijo rebelde que tanto trabajo les costó criar. Buscan traer a Orión a la agenda pública de México, Francia e Israel, también han buscado contactos y ayuda en las embajadas de Qatar, Líbano e Irán a fin de recuperar a su hijo.

Levantan su voz para que Orión Hernández, el único mexicano aún cautivo, uno de los tres franceses que perma-

---

113   En ese momento eran 132 y se creía que Orión estaba con vida.

necen secuestrados, regrese a casa. Hoy, no mañana. Orión, mil veces gritan el nombre de Orión, el joven soñador de trenza lacia negra azabache hasta la cintura y torso casi completamente tatuado. Su espalda, sus brazos, su pecho están decorados con un nuevo traje formado a la medida de sus sueños, con artísticos soles y mandalas del cosmos, con evocaciones de la Pachamama, geometrías tribales sagradas de distintas culturas, incluidos diseños budistas, patrones nativos de Asia y ornamentos huicholes.

Orión, el padre de Iyaana —en iraní: mujer con corazón de oro—, una pequeñita de dos años que tuvo con Bahar, una artesana que huyó de Irán en 2017 por el maltrato a las mujeres en ese país y quien de inicio se refugió en Alemania.

Orión, el líder de la productora de eventos Eudaimonia que, desde 2017, ha organizado dieciséis festivales de música electrónica en Tepoztlán, Tulum y San Cristóbal, también en Lago Atitlán, Ámsterdam, Budapest y Termos, donde él y su equipo promueven la paz, la danza, la libertad y la armonía universal.

Orión, flechado en 2022 por la escultórica Shani Louk, la joven de veintidós años que Hamás exhibió en escalofriantes imágenes tomadas por los propios terroristas el mismo día del ataque. Shani iba inconsciente en la caja de una camioneta que circulaba en las calles de Gaza, la pisoteaban terroristas eufóricos que regresaban a casa con sus puños y sus armas en alto. Un buen número de machos gazatíes celebraban la masacre, rodeaban la camioneta y escupían al cuerpo desarticulado de la joven. Shani, vejado su cuerpo y con una importante herida en la cabeza, era su obsceno trofeo.

Desde octubre, los padres y la banda de Orión nada saben de él. Desde entonces, la incertidumbre los quema. Cada día sin noticias es una llaga, un tenso vacío de dudas y dolor.

El destino de la tribu

Del 22 al 25 de septiembre, Orión y su banda organizaron un festival en Thermos, Grecia, fueron cinco días de música electrónica, bailes, luces, talleres de yoga y reiki, masajes y arte. Era el fin del verano, les fue bien, juntaron a 350 jóvenes en esa ciudad junto al Templo de Apolo.

De junio a septiembre, gran parte del equipo de Eudaimonia viajó por Europa para conocer mundo, para sumar nuevos miembros a la tribu, para buscar lugares para organizar festivales y promoverse. Partieron en una casa rodante que compró Orión en Toulouse, pero cuando Bahar, su exmujer, se la exigió, siguieron en camiones, rentando departamentos de Airbnb donde todos cupieran o acampando en la playa. Se dividían los gastos, compartían gustos similares. De Francia fueron a República Checa, Suiza, Hungría, Croacia, hasta llegar a Grecia.

Del 26 de julio al 6 de agosto, antes de ir a Thermos, acamparon en el festival húngaro O.Z.O.R.A., la mejor fiesta de Europa, una "reunión tribal psicodélica" donde, como en otros festivales, coinciden jóvenes de todo el planeta que aman la música electrónica y el sol veraniego, los mismos valores de la contracultura: "no al capitalismo ni a la codicia", apreciar la vida sencilla y natural, un espacio de danza y fuga para huir de ataduras, para gozar un franco sentido de liberación.

Orión era el centro de la utopía de esa familia multicultural, de un equipo de doce miembros que llevaban varios años viajando juntos. Este pasado verano de 2023 participaron en el viaje ocho integrantes de Eudaimonia, imposible saber que sería el último viaje para algunos…

A Orión y su pareja Shani, alemana-israelí, una dulce joven de veintidós años, alta y bella, tatuadora, diseñadora de ropa y tejedora de rastas, se sumaron seis amigos más: Keshet (Kesh) Calfat, un rubio brasileño-israelí de veintiún años, surfero y bailarín —el ángel de la fiesta que, como Shani, desconocía que estaba a punto de morir—; Sasha Lombard, mánager de producción y alimentos, acompañado de su novia Charlotte, ambos franceses; el mexicano Yusel Rodríguez, hijo de un mecánico de tractocamiones y agrónomo de profesión que, construyendo tarimas, pérgolas y escenografías para eventos, transformó su existencia; José Soto Grotewald de Antigua, Guatemala, productor y encargado de la barra de bebidas y de la logística en los festivales, y Daniela Russo, DJ argentina y tatuadora, responsable de contratar artistas, programar vuelos y hospedajes.

Daniela era la mujer responsable del grupo, la que regañaba a Orión porque resultaba un calvario despertarlo para salir a tiempo de los Airbnb. Si había que salir a las once de la mañana, a esa hora seguía él sumido en el quinto sueño. Era ella quien cocinaba desayunos sin cebolla para consentir a Orión. La mediadora entre Orión y Bahar; era la niñera de su hija, la sensible consejera.

Es Daniela quien cuenta cómo se fue moviendo la rueca de la fortuna, para que estuvieran el 7 de octubre en el Nova. Es ella quien conoce detalle a detalle lo que pasaron.

—Dos amigos israelíes de Kesh, los gemelos idénticos Abi e Isik, nos ayudaron a construir el escenario en Grecia, eran muy buena onda, habían estado con nosotros en Hungría y, cuando terminamos el festival, Kesh y ellos nos invitaron a Tel Aviv. Dijeron que todavía había sol y que podíamos quedarnos en sus casas. Shani también insistió y a todos nos pareció buena idea seguir la fiesta.

Tlachi (Javier Rodríguez), socio de Eudaimonia, se quedó en Europa y prometió alcanzarlos el 9 de octubre para ir juntos a Egipto. Consiguieron boletos baratos de Tel Aviv a El Cairo. Había planes, había futuro...

Daniela llegó a Tel Aviv el martes 3 de octubre. Como la casa de Shani estaba lejos y estaban apretados en la de los gemelos, decidieron rentar un departamento en Tel Aviv para los siete. Eran siete y no ocho, porque a Yusel lo deportaron al llegar al aeropuerto Ben Gurión. Esa fue su suerte. Él había vivido cuatro años en Israel con Hilá Kogan, una israelí que ya no era su pareja y, como no renovó su visa, no lo dejaron entrar como turista. En ese momento mentó madres, luego agradecería el afortunado empujón del destino.

Ese martes en la noche Keshet, José y Daniela, y las parejas: Sasha y Charlotte, y Orión y Shani, fueron juntos a la fiesta de Sucot en el Bavel para escuchar a su amigo XOMPAX, un DJ mexicano que vivía en Tel Aviv. Ahí se toparon con Shove, otro mexicano, uno de los 32 DJs que iban a tocar en el Nova. Shove los invitó al festival y les ofreció cortesías. Aceptaron gustosos, una vuelta más a la tuerca de la fatalidad.

Miércoles y jueves fueron días de playa, atardeceres y mercados de antigüedades, de disfrutar Tel Aviv, una ciudad cosmopolita, alegre y juvenil, calificada por el *New York Times* como "la capital Mediterránea de lo *cool*", una urbe que nunca duerme porque tiene vida nocturna, la mejor cocina y una cultura liberal que todo lo impregna.

—A Orión le encantaba molestar a Shani, ella se le colgaba, él la hacía un lado, pero era un juego de coqueteos —cuenta Daniela—. Era muy lindo verlos cómo se miraban, cómo se acariciaban el pelo, cómo sonreían.

La noche del jueves, Orión durmió en casa de Shani. No era la primera vez. Entre 2022 y 2023, Orión fue tres o cuatro veces a Israel, en principio a visitar a Yusel, su "hermano" y socio en Eudaimonia, que vivió cuatro años con Hilá cerca de Tel Aviv. Yusel lo había convencido de que Israel era el mejor lugar para festivales masivos, el sitio por excelencia por la pasión, libertad y energía de los jóvenes. En esas idas y venidas, Yusel le presentó a Mark Bash, un talentoso artista ruso-israelí que le tatuó a Orión un calendario maya en la nalga y también Yusel fue testigo de cómo se conocieron Orión y Shani.

—En diciembre de 2022 fuimos al Bavel para platicar con los mánagers del lugar, andábamos haciendo *scouting* para encontrar socios para eventos. Shani estaba bailando en la pista y desde que Orión la vio, se clavó con ella. Era una chava pacifista que cuestionaba al ejército. Un ángel, una mujer muy dulce. Una talentosa dibujante, de hecho, estaba haciéndole un diseño a Orión para tatuarlo. Sonreía tan lindo que era imposible no quererla. Orión cayó completito, ya no la soltó.

El viernes tempranito, Sasha, José y Daniela se fueron a rentar un coche al aeropuerto, un sedán con maletero, porque la fiesta era lejos, a una hora y media de Tel Aviv, y en el coche de Shani no iban a caber. Orión y Shani cenaron tacos en un local mexicano frente al departamento en el que estaban todos alistándose para ir a la fiesta.

—Shani y yo nos maquillamos y vestimos juntas, se veía bien bonita. Nos tomamos una foto que quedó en su celular —recuerda Daniela—. Yo me puse botas negras de plataforma, un vestido al cuerpo sin mangas y mi cangurera. Ella también llevaba botas, iba con una falda-short en su cuerpo estilizado y un top marrón con negro. Lo que se ponía le lucía increíble. Para los chicos todo era más simple: una bermuda, una playera. La de Orión era negra y tenía los siete chakras en la espalda, los canales de la energía.

Charlotte, la novia de Sasha, les anticipó que ella "no sentía vibra" para ir al Nova, que se iba a quedar a descansar. Tampoco los gemelos Abi e Isik se animaron, era viernes y ellos respetaban *shabat*.[114] Por ese golpe de suerte, los tres se libraron de deambular en el infierno.

Orión manejó el coche de Shani; Keshet se fue con ellos en la parte trasera. En el auto rentado iban José, Daniela y Sasha. Así se determinó la suerte, así lo dictó la fortuna.

Al llegar a la fiesta, un descampado a escasos kilómetros de Gaza, dejaron los coches casi junto a la puerta del estacionamiento, a veinte metros uno del otro. Aún había lugar, era pasada la medianoche y todavía no llegaban los tres mil jóvenes que ahí se conjuntarían un par de horas después. Pensaron que Shove estaba por tocar, pero les confirmó que faltaba mucho para su turno, que era al mediodía del sábado. Los dos escenarios al aire libre proyectaban luces psicodélicas de colores con figuras abstractas al ritmo de la música

---

114 *Shabat* es el séptimo día de la semana en el calendario hebreo, un día sagrado desde el atardecer del viernes hasta la noche del día siguiente. En ese día, que santifica la creación divina —dicta el libro del Éxodo: "seis días trabajó dios para crear al mundo: el cielo y la tierra, el mar y cuanto hay en ellos, y el séptimo día descansó"—, está prohibido, entre otras cosas, subir en coche o trabajar. Es un día de tranquilidad y pausa, un respiro en la semana.

electrónica. Les pareció que todo estaba bien organizado, 24 horas que prometían furor, gozo y mucha diversión.

Bailaron durante un buen rato sin copas de por medio. A las 5:30 de la mañana se fueron al sedán a descansar. Todos menos Kesh que, rodeado de cuates, se quedó a celebrar la vida, a vibrar por la paz. La fiesta todavía iba para largo, cuando menos catorce horas más de contracultura *rave*, de música electrónica, repetitiva, hipnótica, en ese desierto alejado de la civilización, con miles de jóvenes danzando hasta que cayera la noche una vez más.

Los cinco adentro del coche se tomaron una *selfie*, una última foto, sonrientes, bien apretaditos en las sombras de la oscuridad. Alrededor de las 6:25 se bajaron del auto, estaba amaneciendo y ya no hacía tanto frío. Orión se fue a dejar su sudadera al coche de Shani. Ahí mismo, aún en el estacionamiento, separados unos de otros, comenzaron a ver detonaciones en el cielo. Pensaron que eran fuegos artificiales. Primero en un lado del escenario, luego se iluminó todo el firmamento. Las explosiones eran estruendosas. Comenzaron a ver gente correr, no entendían. La música seguía, pronto la cortaron y por los micrófonos se escuchaban mensajes de agobio en hebreo.

—Detuvimos a un chico israelí, se llamaba Nitah (se pronuncia Naita), le preguntamos si hablaba inglés, queríamos que nos dijera qué estaba pasando. Había mucha confusión. Nitah preguntó si teníamos coche y se subió con nosotros para dictarnos el camino. Éramos de los primeros en salir. Nos pidió que nos detuviéramos y Nitah casi nos jaloneó a Sasha, José y a mí a un búnker de concreto a cinco minutos de la fiesta. No había tiempo para aclaraciones, sólo dijo que eran misiles que lanzaban desde Gaza. Muy pronto éramos como quince personas apretadas en el refugio, no cabía un alma más, pero seguían llegando otros —afirma Daniela—. Apenas entramos, sonó el teléfono de Sasha, puso el altavoz. Era Kesh, preguntaba dónde estábamos. Dijo que él iba con Orión y Shani en el coche y por lo que entendí ya nos habían pasado. Nosotros pensábamos que seguían en la fiesta y nos quedamos tranquilos de saber que iban juntos, pero, mientras hablábamos, escuchamos disparos. Shani comenzó a gritar, Orión también y la voz de Kesh se rompió en aullidos de dolor, luego sabríamos que lo habían balaceado. Los estaban atacando. Se cortó la llamada. No entendíamos. Sasha y yo entramos en pánico. Dudamos si debíamos tomar el coche para seguirlos, para ir a buscarlos, pero menos de un minuto después volvió a sonar el teléfono. De nuevo era Kesh, su voz era ya un hilo débil, seguían los disparos. Alcanzó a decir: "No tomen el carro, sálganse de donde estén y corran…". Fue lo último que supimos de ellos.

Todos en el búnker escucharon la llamada, pero, acostumbrados a resguardarse de los ataques aéreos en refugios, ahí se quedaron. Sólo Nitah reaccionó y salió disparado con Sasha, Daniela y José en sentido opuesto a los coches. Había mucha gente escabulléndose, dispersa, corriendo en distintas direcciones. Escasos minutos, quizá segundos después, escucharon una explosión muy grande detrás de ellos, una granada voló el búnker y todos los que ahí se habían quedado reventaron en pedazos.

—Nos habíamos salvado una primera vez, quizá dos veces, todavía faltaba demasiado…

Consigna: sobrevivir

Sasha, José, Daniela y Nitah comenzaron a correr para salvar sus vidas. Veían al frente, no volteaban atrás, sólo por momentos se frenaban a escuchar las detonaciones, cada vez se oían más cerca. Había misiles en el cielo, granadas que estallaban, también ráfagas de ametralladoras a escasos pasos de ellos. Veían gente herida, escuchaban lamentos. Su foco era correr, no pensar, sólo aguzar el oído. No ver, deambular sin consciencia. El miedo generaba suficiente adrenalina para acelerar el paso.

Nitah les dijo que hacía más de cincuenta años que no había ataques de ese tipo, pensó él que sólo habían arremetido contra el Nova. No tenía manera de saber que era una embestida simultánea de Hamás en toda la frontera: tres mil terroristas o más estaban en Israel con sed de sangre, dispuestos a torturar, quemar y decapitar a familias con crueldad, a violar en pandilla a cuanta mujer encontraran a su paso.

Después de un buen rato hallaron una plantación de olivos, de lejos parecía un buen lugar para guarecerse, pero al llegar constataron que esos árboles legendarios tenían escasas raíces, sus troncos torcidos y su follaje eran buenos para hacer sombra, no para ocultarse. Desde ahí vieron a lo lejos a tipos montados en motocicleta, iban gritando en árabe, disparando a mansalva. Se pusieron pecho tierra para no morir. Cuando ya no escucharon más tiroteos, se levantaron para reanudar el paso.

¿Hacia dónde seguir, a dónde ir? A donde los llevaran sus cuerpos, a donde los encaminara su intuición. Sobrevivir era una moneda al aire, la suerte estaba echada. En el desierto es difícil camuflarse, es una planicie eterna de arena en tonos ocres. El sol subía, generaba destellos y resplandores. El calor era creciente. No había tiempo para lamentos. Tampoco para pensar. Durante cerca de tres horas corrieron los cuatro juntos, tomando decisiones con el oído alerta, alejándose de las detonaciones que seguían y seguían y seguían. No pasaba un minuto entre una y otra. Explosiones y más explosiones. Ráfagas y más ráfagas. Y en el cielo los misiles. Había heridos y muertos sembrados por doquier. Estaban exhaustos, pero no había alternativa.

Cerca de las diez de la mañana, Sasha decidió no seguir. No podía más. Encontró un hueco bajo un árbol, el tronco bajaba al piso y ahí se metió, ahí se enconchó. Aseguró que no daría un paso más, estaba en *shock*, le temblaba el cuerpo entero. Como no cabía nadie más que él, como no había otro espacio, como Daniela, Nitah y José estaban muy expuestos, les pidió que siguieran, que fueran a pedir ayuda, él les mandaría su ubicación para que regresaran por él.

José tomó de la mano a Daniela para seguir, ella se paralizó, decía que sin Sasha no iría a ninguna parte, insistía que no podían abandonarlo, pero Sasha estaba en lo suyo. Ni un paso más, repetía, se tapó la cabeza con su chamarra, se echó ramas encima y así escondido, casi enterrado, les imploró que siguieran. Sólo él tenía pila en el celular, poca, pero suficiente para mandar su ubicación al chat de Eudaimonia. Lo hizo a las 10:31. Insistía que cuando ellos estuvieran en un sitio seguro, cuando cargaran sus teléfonos, tendrían el sitio exacto donde él había quedado. Daniela decía no, él que sí. Fue el momento más duro, el de la despedida de Sasha.

Los ataques proseguían, estallaban explosivos en las proximidades. A Daniela se le dobló el tobillo, la plataforma de la bota no aguantó más, se desprendió y su pie tronó. Se quitó las botas, deseó que sólo fuera algo muscular. No podía desmoronarse, no en ese momento. Por suerte llevaba calcetines y así, casi descalza, siguió adelante con Nitah y José. Ella no se quedaría por ningún precio.

Pasos después, a un costado del camino, encontraron a un conductor muerto en el interior de un coche, su acompañante imploraba ayuda, estaba muy mal herido, pero los motores de las motocicletas se escuchaban demasiado fuerte. Daniela se conmovió, quiso detenerse a ayudar al hombre, pero Nitah no se lo permitió. Si se quedaban, a ellos también los matarían. No había espacio para la conmiseración, para el humanismo. Había que seguir corriendo. Los malos estaban cercándolos. Se movieron cautelosos tratando de alejarse del sonido de las balas, luego se dieron cuenta de que habían corrido en círculo porque regresaron al mismo lugar, ahí donde estaba el hombre que pedía ayuda, pero ya estaba muerto.

Sin rumbo, sin saber cómo sobrevivir, agarraron para otro lado. Era como si estuvieran dentro de una escena de guerra, actores en una película. Correr… correr… correr… sin saber si lograrían volver a sonreírle a la vida. Correr para dejar el infierno atrás.

Alrededor de las 3:30 de la tarde se toparon con otra plantación de olivos, a lo lejos había un enorme contenedor de fierro con tierra y piedras a tope. Esa podía ser su trinchera. Cuando llegaron constataron que había más gente de la fiesta en ese mismo sitio, siete personas más buscando guarecerse. Todos silenciosos, todos con miedo, todos en alerta máxima. Daniela que es muy chiquita se metió debajo del contenedor. Nitah y José se colocaron a un costado con los otros sobrevivientes del Nova. Había heridos: uno tenía un disparo de bala en el tobillo, otro tenía fracturado el brazo. Todos estaban en profunda conmoción, nadie hablaba, nadie se quejaba, no había llanto. Sólo alerta máxima. Para entonces los disparos sonaban a lo lejos. Se habían acostumbrado a contar los segundos entre balazo y balazo y, por vez primera, se sentían un poco más seguros. Hacía demasiado calor, a pesar de haber corrido siete horas no sentían sed ni cansancio, cada uno a su manera estaba en modo sobrevivencia, con el cortisol a tope.

Una chica dijo que era militar. Se llamaba Neta. No estaba trabajando, había ido a la fiesta. Trató de contactar a alguno de sus compañeros, mandarles su ubicación para ver si los podían rescatar. Dos horas después, sobre el pastizal seco, fueron haciéndose visibles cuatro hombres entre los centelleos del desierto. Venían pecho tierra, hubo momentos de miedo e incertidumbre, era difícil saber si se acercaban a salvarlos o a matarlos. El silencio era absoluto, el calor insoportable. Poco a poco su presencia se hizo más evidente. Eran cuatro militares israelíes que, desde una cierta distancia, tomaron una imagen con su celular de los sobrevivientes que rodeaban el contenedor. Esa foto, en la que Daniela no se ve porque seguía abajo del remolque, quedó para la historia. Los militares pidieron esperar, llamarían a otros compañeros con transporte.

Al cabo de un rato, llegaron dos camionetas, una *pick up* del ejército y un coche especial capaz de maniobrar sobre arena. En este último se llevarían a los heridos. En la parte trasera de la *pick up*, en la caja semiabierta, en un espacio donde hubieran cabido cuatro, iban ocho personas encimadas, abrazadas en el suelo.

—Yo iba agarrada de José. Sólo pensaba: qué pedo, qué fue esto, qué pasó —recuerda Daniela.

Circularon treinta minutos. No veían nada, no escuchaban nada, la arena volaba, les pegaba en los ojos, era imposible respirar, había que cubrirse la cara. Cerca de las 5:30 de la tarde llegaron a una estación de policía donde había más heridos, mucha sangre, más personas sobrevivientes. El *shock* colectivo se extendía como una mancha de denso petróleo. Había jóvenes de la fiesta que habían consumido sustancias o alcoholizados, y se notaba que estaban aún más perdidos. Iban y venían ambulancias.

Daniela y José estaban preocupados porque no veían a sus amigos. Reconocieron a dos chicos que también habían estado en la fiesta de Hungría, pero de Orión, Shani y Kesh, nada. No había la más mínima señal de que hubieran sido rescatados. El tobillo de Daniela estaba muy hinchado, le ofrecieron llevarla a un hospital, no quiso, había otras personas más graves que necesitaban ayuda urgente. Ella podía esperar, no estaba dispuesta a despegarse de José. No encontraron dónde cargar su celular para saber si alguien ya había rescatado a Sasha. Si Orión, Shani y Kesh habían regresado.

Yusel, que cuando lo deportaron de Israel viajó a Rumania, recibió la ubicación de Sasha de las 10:31 am. Para entonces ya era evidente la masacre sorpresiva de los terroristas de Hamás, la crueldad y bestialidad con las que atacaban los *kibutzim* y a los jóvenes del Nova. Los mismos terroristas transmitían en *streaming* directo de Facebook Live su maldad, y las imágenes corrían por el mundo entero.

Yusel pidió ayuda a sus amigos de Israel. Su primera llamada fue a Shove para ver si estaba bien. Le contó que se había salvado de milagro porque, como le tocaba ser DJ en el Nova al medio día de ese sábado, a las 6 de la mañana se salió de la fiesta para ir a buscar su equipo a un *moshav* retirado,[115] donde se hospedaba, y para su suerte no vio nada. Shove fue quien buscó a contactos militares para que fueran a rescatar a Sasha.

Ya entrada la tarde, cuando todavía había terroristas en la zona, varios soldados llegaron en un tanque de guerra con la bandera israelí al árbol donde Sasha estaba oculto. Cuando salió de su escondite le tocó ver el campo sembrado de coches quemados, cuerpos calcinados, muertos por doquier, mujeres violadas y asesinadas —desnudas en sus partes íntimas—, una carnicería humana, la barbarie absoluta… Fue tan brutal lo que vio y vivió, que aún hoy no sale del estupor.

Para las seis de la tarde, a José, Daniela y Nitah los condujeron a un refugio en un barrio de casas, donde había más sobrevivientes. Vecinos israelíes de la zona les ofrecieron agua, comida y fruta, posibilidad de cargar sus celulares, inclusive a Daniela, empanizada de arena, le permitieron darse un regaderazo y le ofrecieron ropa limpia. Las televisiones de las casas estaban encendidas, la gente estaba aterrorizada. En ese momento comprendieron la magnitud de lo que había sucedido. En cuanto pudo, José llamó a Charlotte. Respondió que por fortuna habían localizado a Sasha y que ya iba en camino a Tel Aviv.

Lo que derrumbó a todo el grupo de Eudaimonia y al mundo entero fueron las imágenes de Shani. Iba tirada en

---

115   Un tipo de comunidad rural israelí de carácter cooperativo, parecido al kibutz, pero en donde sí hay propiedad privada.

la parte trasera de una camioneta que desfilaba en las calles de Gaza. Como parte de su propaganda, los militantes de Hamás viralizaban su cuerpo roto e inconsciente, rodeada de terroristas que festejaban la masacre. Iba pisoteada y herida. Semidesnuda. Shani era la cereza del pastel del odio y la infamia, estaba en todos los noticieros, en los chats de WhatsApp, era el primer video de contenido violento y terrorista que se viralizaba. Cuando Daniela la vio comenzó a llorar. No había duda. Era Shani. Supuso que estaba muerta. ¿Cómo podía ser posible? ¿Y Orión y Kesh, dónde estaban?

A Yusel le pasó lo mismo. En Rumania vio las imágenes, estaban en todos lados.

—Lo primero que vi al despertar en Brasov, fue un mensaje de mi amigo Mark (el tatuador). Me preguntó por Orión. Me pidió que viera un video, que hiciera lo posible por reconocer quién estaba ahí, porque él no podía (o no quería) constatar lo que sus ojos le dictaban. No había duda, era Shani. Tenía los tatuajes que Mark le había hecho en las piernas, las rastas en el cabello, el short y el top que compró con nosotros en Europa. Se ponía bonita, con mucho estilo. Era ella, era la mujer tierna y fuerte que conocíamos. Me pareció que estaba muerta. Fui yo quien llamó a la familia de Shani, pero el papá, que es policía, me dijo que, hasta no tener pruebas, para él, Shani estaba viva. Secuestrada, inconsciente, pero viva. Su madre también se resistía, su niña tenía apenas veintidós años. Su nombre pasó a la lista de secuestrados por Hamás. Así nos mantuvimos con el paso de los días, entre la esperanza y la incertidumbre. Yo estuve muy cerca de la familia de Shani, rezando, pidiendo, exigiendo.

Ricarda Louk, la mamá de Shani, convertida en figura mediática, declaró que tenía "evidencia" de que a su hija la estaban atendiendo en Gaza: su tarjeta de crédito la habían utilizado cerca del Hospital Indonesia. Fue hasta el 30 de octubre, 23 días después del atentado que, con un hueso de su temporal encontrado cerca del festival y rastreado con pruebas de ADN, confirmaron su muerte.

Ese 7 de octubre en la tarde, dos vecinos se ofrecieron a llevar a José y Daniela a donde pudieran tomar un camión a Tel Aviv. Los condujeron al estacionamiento de un centro comercial donde había decenas de refugiados; les tomaron nombres, apellidos, nacionalidades. Un chofer voluntario y un militar armado los condujeron a Tel Aviv. Aún había terroristas en todo Israel. Al llegar al departamento como a las 10:30 de la noche, se abrazaron con Sasha, también venía llegando. Lloraron juntos, no podían creer que estaban vivos. Los tres del coche rentado estaban a salvo. El destino de los otros tres amigos era de absoluta incertidumbre.

Durante la noche las alarmas siguieron incesantes. Había misiles y ataques. A cada rato corrían al refugio antibombas del departamento. En Israel, todos los espacios tienen un refugio, y por los ataques constantes, la sociedad está acostumbrada a que una vez que suenan las alarmas cuentan con escasos segundos para resguardarse. El Domo de Hierro, el poderoso escudo antimisiles de Israel, logra detectar y destruir en el aire gran parte de los cohetes, pero no todos. La amenaza persistía.

Héctor, un amigo mexicano de Eudaimonia, se animó a marcar al celular de Orión. Contestaron en árabe. Al minuto le colgaron. ¿Dónde estaba Orión? Héctor llamó a Daif, un refugiado kurdo que habla árabe, parte de la familia multicultural de los festivales, y le pidió que él llamara. Tuvo suerte, le contestaron.

Narra Yusel esa parte de la historia:

—Daif habló en árabe, con todos los respetos de su lengua, con la forma que ellos hablan. Le dijeron que no se preocupara, que Orión estaba con otro grupo de secuestrados. No con Hamás, quizá con la Yihad Islámica. Nuestra esperanza era que le hubiera tocado otra clase de personas, que no lo trataran mal.

Sasha, Charlotte, Daniela y José querían irse cuanto antes de Israel. Se avizoraba una guerra cruenta. No había vuelos, pero ese domingo, un amigo de Sasha que trabajaba en Arkia Airlines, una de las únicas aerolíneas disponibles, les consiguió un vuelo para el martes rumbo a Atenas. También hay una imagen de ellos en ese vuelo.

El miércoles encontraron el cuerpo de Keshet en las inmediaciones del festival. Había muerto baleado. Su esperanza, desde ese momento de desconsuelo, sigue puesta en Orión. Ser fuertes para Orión.

Por su liberación

Cuando Orión fundó Eudaimonia en 2017 —con nombre griego, una invitación a la "felicidad", a "estar bien", a disfrutar la "vida buena", a "florecer"— nunca imaginó que estaba construyendo un ejército de amigos de todo el mundo que, inmersos en la contracultura, se unirían para pedir por él, por su liberación.

Hoy, cansados de esperar, con el apoyo de Sergio Hernández y Pascale Radoux, papás de Orión, levantan la voz en el Parque México de la capital, en Tepoztlán, en San Cristóbal, y lo harán en ciudades de Europa, donde sea necesario, para pedir que Orión vuelva a casa.

Eudaimonia conjuntó los mundos antagónicos con los que creció Orión. Fue el guion perfecto, la síntesis para fundir la industria de la hospitalidad de su papá, restaurantero y dueño de bares, con el mundo zen y artístico de la mamá con tintes de budismo, amor a la naturaleza, silencio y paz interior.

Al nacer Orión en 1992, Sergio fundó el restaurante Vucciria, frente al Parque México, uno de los detonantes de la Condesa; y la Planta Baja, en la Obrera, que dio vida al centro. También más de diez bares como: Interior 1 y la discoteca del Continental. A Pascale no le gustaba ese entorno. Hija de un militar francés y una madre vietnamita que no quisieron hacerse cargo de ella (Indochina era colonia francesa), intentó reconstruirse en México a donde llegó a los dieciséis años deseosa de librarse de años de abandono y rechazo. Fue modelo de *Vogue*, fue la imagen en los videoclips promocionales de "La chica robot" de Maná y la joven de "Las mil y una noches" de Flans, pero al nacer Orión se empeñó en dejar la frivolidad atrás. Se dedicó a su hijo y a pintar paredes con sentido artístico.

Educar a Orión fue un campo de batalla entre Sergio y Pascale, y el niño lo resintió formando su carácter duro, rebelde y resiliente. Fueron idas y vueltas, temporadas con papá, otras con mamá, en Cozumel, París, Tepoztlán, Ciudad de México, de regreso a Tepoztlán, Uzes (pueblo medieval al sur de Francia), Tulum, Cancún, Valle de Bravo, de nuevo a Francia donde Pascale vivía en un centro budista, para finalmente regresar a México con su padre.

De adolescente fue campeón de patineta, hacía piruetas en el Parque México como nadie, y pasaba sus tardes grafiteando paredes, ponía Radoux en letras danzarinas de todos colores. Traía un collar de púas en el cuello y lo corrían de todas las escuelas. A los diecisiete años se independizó, vendía sushis y ensaladas y se fue a vivir con su novia. A los diecinueve, ya hacía fiestas con música electrónica y eso derivó en los festivales con yoga, consciencia ecológica, masajes, arte, tatuadores y amor por las artesanías locales. Así creó su sello.

Con el enorme ángel que lo caracteriza formó Eudaimonia, ese gran equipo, su nueva familia, la banda que hoy reclama su liberación…

Tras ocho meses de agonía y espera, creyendo que Orión estaba secuestrado, el 24 de mayo de 2024 las IDF encontraron su cuerpo en Gaza. Lo asesinaron el mismo 7 de octubre, probablemente en el mismo sitio donde mataron a Keshet y a Shani Louk. Los terroristas de Hamás se llevaron los cuerpos de Orión y Shani a Gaza. Una semana antes de hallar a Orión, específicamente el 17 de mayo, las IDF dieron también con Shani. Las cenizas de él regresaron a México, donde fue honrado por la banda de Eudaimonia y por sus padres y amigos en una ceremonia indígena. Ella fue enterrada en Israel.

ABRIL 4, 2024:
El periodismo que glorifica el mal[116]

Se dijo que es una fotografía icónica y que por eso Foto del Año, un concurso convocado por el Instituto de Periodismo Reynolds de la Universidad de Missouri, la premió la semana pasada en su categoría de "Historia fotográfica del año

---

116   Publicado el 4 de abril en el periódico *Excélsior.*

en equipo". Es la imagen que Ali Mahmud capturó el 7 de octubre en el sur de Israel, publicada por Associated Press, desde "un lugar privilegiado", siguiendo muy de cerca la *pick up* blanca Mitsubishi de doble cabina en la que los miembros de Hamás regresaban a Gaza con su trofeo, logró captar todos los detalles de esa escena en la que los terroristas iban altivos y orgullosos llevando consigo el cadáver semidesnudo de la joven Shani Louk.

Ali Mahmud estaba en primera fila. Iba tan próximo a los miembros de Hamás que logró captar sus muecas de gozo, su fervor, adrenalina y prisa, también la placa en árabe de la camioneta. Pudo capturar el horror y el drama del salvajismo del patriarcado yihadista, detener en el tiempo la euforia de cuatro machos que, sentados encima de Shani, enredaban sus sucias piernas sobre la cabeza y el cuerpo inerte de la joven. Sostenían misiles y kalashnikovs en los brazos, la fuente de su poder. Un quinto terrorista va colgado de la puerta de la camioneta; algunos más, incluyendo al que maneja, van al interior. Sus rostros saborean la gloria de llevar consigo a su objeto sexual, su botín.

Mahmud consiguió estremecer, transmitir la necrofilia y la pornografía del mal. Aprehender la soledad y la humillación del cuerpo de esa jovencita de veintidós años que hizo su último viaje en la batea de una camioneta con sus pechos y su vientre descubiertos sobre el fierro del piso; con su pierna derecha bien abierta, colgando; con su intimidad violentada, apenas tapada con un calzoncito negro. Parte del cráneo de Shani, la joven israelí-alemana que flechó a Orión Hernández, el mexicano aún secuestrado en Gaza,[117] se ha-

---

117   Durante casi ocho meses se creyó que Orión estaba secuestrado en Gaza, hasta que el ejército israelí encontró su cuerpo el 24 de mayo de 2024,

llaría después en las inmediaciones de la sede del Festival
Nova. La asesinaron a golpes, sabrá dios qué hicieron con
ella, si fue víctima como tantas más de la barbarie sexual
con la que violaron de manera grupal a una tras otra, hasta
romperles las pelvis.

Según quedó documentado en videos posteriores, estos
criminales pasearon el cuerpo de Shani por las calles de Gaza
para que los niños y los jóvenes gazatíes pudieran escupirle,
soltarle puñetazos celebrando la masacre. Shani-mutilada.
Shani-cadáver. Shani-rehén. Shani-cosa. Shani-medalla.

Ese retrato icónico del salvaje pogromo a manos del
fanatismo islámico que dio origen a una guerra, es premiado. La pregunta es ética. Sin duda la imagen determina la
memoria histórica de una época como lo hizo la niña des-
nuda cubierta de napalm que corre hacia la cámara de Nick
Ut, llorando de dolor con los brazos abiertos. Esa fotografía
capturada hace medio siglo durante la guerra de Vietnam y
que apareció en la portada del *New York Times*, a Nick Ut lo
hizo acreedor del Pulitzer y del World Press Photo. Hubo po-
lémica en su momento por presentar desnudo el cuerpo de
una niña, pero el dramatismo fue tal que merecía todos los
premios porque esa imagen generó conciencia política y un
sentido moral, determinó al movimiento antibélico, que ya
de por sí se desarrollaba previo a la guerra. Además, según se
supo, Nick Ut capturó la imagen, pero luego dejó la cámara
en el piso, se acercó a socorrer a Kim con el agua de su can-
timplora y la llevó desmayada en la camioneta de su agencia
a un hospital cercano para ser atendida. Cuando se negaron,
los amenazó con publicar su negligencia y así cambió la vida
de la niña.

---

en un túnel de Gaza. Lo habían matado desde el 7 de octubre.

Nick Ut no acompañó a los verdugos de la niña, se topó con el hecho y dio testimonio de él desde un lugar ajeno. A diferencia, hoy los fotoperiodistas no se alían con las víctimas, sino con los victimarios. Según se ha probado, Alí Mahmud participó y celebró con los terroristas. HonestReporting denunció en noviembre pasado que fueron seis los fotoperiodistas que entraron a Israel a las 5 o 6 de la mañana, acompañando a los terroristas: Hassan Eslaiah (CNN y AP), Yousef Masoud (AP y *New York Times*), Yasser Qudaih y Mohammed Fayq Abu Mostafa (Reuters), así como Ali Mahmud y Hatem Alia (de AP). Inclusive hay una imagen de Hassan Eslaiah, corresponsal independiente de CNN y AP, en la que recibe un beso de Ismail Haniyeh, quien concibió cada detalle del horror y el salvajismo con los que Hamás atacó a Israel el 7 de octubre.

Todos ellos, documentaron y participaron de la barbarie, estoicos fotografiaron las escenas del máximo horror esa mañana cuando tres mil terroristas entraron a los *kibutzim* del sur de Israel a quemar vivas a familias enteras, a violar, decapitar, masacrar, torturar, secuestrar y asesinar a 1 240 personas, muchas de las cuales sacaron de camas y cunas en camisón y pijama. Seis meses han pasado y aún hay 137 personas secuestradas,[118] incluidos bebés y mujeres que siguen siendo objeto de crímenes sexuales.

Un guion perverso en el que, además, el periodismo dio fe de la complicidad, falta de sentido moral y sesgo en la zona, porque resulta imposible que los reporteros supieran lo que iba a acontecer a las cinco o seis de la mañana, si no hubieran tenido nexos con el grupo Hamás. Y porque no se sabe de un solo periodista que dijera basta, de alguno que

---

118   Ése era el número de secuestrados que se manejaba en aquel momento.

llevara a un niño en sus brazos para protegerlo como lo hizo Nick Ut.

Hoy se les premia por ser parte, por haberse sumado al mal con complicidad. Por eso, insisto, la pregunta es ética porque al premiar esa imagen sin una denuncia clara, se glorifica el terrorismo. Al enaltecer al fotógrafo con su medalla de primer lugar hay un mensaje, se ensalza y santifica el fanatismo y la crueldad. Al no ponernos del lado de las víctimas, honramos y celebramos la brutalidad. Al permitir las actitudes represoras contra las mujeres, calamos aún más hondo en las enseñanzas machistas y criminales. Al reproducir la cantaleta de moda contra Israel negando los hechos de los yihadistas islámicos que pretenden hacer la guerra santa contra los infieles, atentamos contra las libertades, la decencia y la moral de Occidente.

Los periodistas a diario y en cada momento tomamos decisiones éticas y es preciso dar cuenta de la verdad con responsabilidad e independencia. Un periodista que se precie de ser una persona decente no acompañaría a un violador a ver cómo masacra a una mujer para documentar escenas de horror y sadismo, y menos, creo, habría quien lo premie por haber dejado testimonio de ello.

Bien lo decía Gabriel García Márquez: "la ética no es una condicional ocasional, sino que debe acompañar siempre al periodismo como el zumbido al moscardón". Mucho que reflexionar al respecto...

A MANERA DE CONCLUSIÓN

El judaísmo no es sólo para los judíos.
La lucha contra Israel no es sólo contra Israel.
Lo que está en juego con la supervivencia
de Israel es el futuro de la libertad misma:
la disyuntiva entre la violencia con terror, misiles y bombas,
o la voluntad por la vida con hospitales,
escuelas, libertades y derechos.

RABBI LORD JONATHAN SACKS

TODOS PODEMOS HACER ALGO

El extremismo religioso islámico es, sin duda, la mayor amenaza de Occidente, un foco rojo para la humanidad por su intolerancia y violencia, porque justifica su verdad mediante actos de terror. Porque educa para matar. Porque adoctrina, miente y manipula. Porque por miedo se le excusa y tolera. Porque ha estremecido a gran parte del mundo sin discriminación. Porque parte de la izquierda lo abraza. Porque muchos se dejan llevar por lo que se dice, por el odio que se cultiva. Porque nutrido por el dinero del petróleo, despeja el camino a un oscurantismo que podría ser nuestra condena.

La periodista argentina Karina Mariani escribió en *La Gaceta* el pasado 4 de noviembre de 2023 sobre el enorme riesgo que vivimos en Occidente, el franco atentado a nuestras libertades:[119]

---

119 *La Gaceta*, periódico digital español.

Por demasiado tiempo, Occidente tuvo la creencia lujosa del poder sanador de la condescendencia multiculturalista. Por demasiado tiempo sus élites se mantuvieron a la distancia necesaria para que sus creencias lujosas no las acercaran a los problemas de quienes padecían una sociedad cada vez más violenta y humillada.

Occidente sabe ahora, porque está viviendo la amenaza en su cara, porque se lo están gritando sin tapujos ni medias tintas, que contiene en su seno a un gran número de personas que abiertamente son antioccidentales.

Occidente está pagando, y esto recién empieza, el costo de sus *luxury beliefs*, el más grande de los cuales es la estúpida y suicida cultura *woke*. Ese no es conflicto de Israel, es de Occidente, porque las multitudes pro-Hamás que ocupan plazas, estaciones de tren, universidades, puentes y capitolios no lo hacen en Israel. Lo hacen en Europa y EUA y los tontos no se animan siquiera a decirles que se limpien los zapatos antes de pisotearlos.

La contrariedad no es el joven país que es Israel, que ya se ha defendido otras veces con y sin permiso de este raído y pusilánime Occidente. El inconveniente es el decadente conglomerado de países occidentales que, infectados por el virus *woke*, son incapaces de defenderse de la ideología que les está chupando la sangre, ideología que sirve de canal de transmisión de la podredumbre racista de la que creyó haberse librado…

Hay que tratar las reacciones contra Israel no como "el problema", sino como un síntoma de algo más profundo. Estamos viendo un renacimiento del antisemitismo, pero es porque encontró una correa de transmisión inimaginable hasta hace pocos años. El antisemitismo encontró un dogma que resultó un magnífico anfitrión para su brutalidad, sumado a una sociedad tan culposa, tan poco respetuosa de su historia, de su ética y de su propio futuro, que está dispuesta a dejarse pisotear...

Esta tendencia tan relativista, tan nuestra a ver a otras culturas como iguales o incluso mejores que la propia, es la que permitió durante todos estos años que las "otras culturas" fueran tratadas con condescendencia, aun si eran añejas dictaduras como la cubana o la coreana, o brutales regímenes atroces con las mujeres, los niños o los homosexuales, al punto de dejarlos ser jueces y parte de nuestros comités de derechos humanos. Ésa fue otra creencia lujosa que nos hemos permitido porque total no éramos afganos, coreanos o iraníes sojuzgados, ni éramos israelíes sistemáticamente bombardeados.

La distancia con el peligro nos volvió empecinadamente tontos... El consabido buenismo es la creencia lujosa de los privilegiados que no han visto a sus propios bebés ser degollados... Israel deberá encarar para sobrevivir, la tarea que Occidente no está dispuesto a hacer... Dos poderosísimas bestias se han asociado contra el diminuto país judío: el *wokismo* y el antisemitismo, las dos fuerzas que más odian a Occidente. Se ha consagrado, finalmente, el socialismo de los tontos.

Es terrible, pero es cierto. Al fanatismo y al odio les hemos permitido crecer, engordar y hacer trizas las prerrogativas de la cultura judeocristiana de las que tanto nos enorgullecemos porque, bajo la excusa de no limitar la sacrosanta libertad de expresión, nos hemos acobardado y hemos permitido que engorde el discurso del odio. No hemos querido reconocer que nuestros derechos están siendo usados en contra nuestra. No hemos querido llamar a las cosas por su nombre.

Es hora de hacer un alto en el camino porque ya se está haciendo tarde. Hay demasiada confusión y la locura, la ideología del mal y el oscurantismo parecieran estar ganando la partida. El islam, que tuvo momentos luminosos, padece, quizá, uno de sus peores episodios en la historia a manos de fanáticos.[120]

La guerra que hoy está librando Israel en Gaza no la provocó Israel, jamás la hubiera querido y tiene claros motivos para eliminar la red de terrorismo que durante dieciocho años ha construido Hamás para exterminarlo, aunque, por supuesto, duelen y apesadumbran las muertes inocentes de ambos lados. En la carta a Santa Clós con la que muchos soñamos, está claramente escrito el deseo de que Hamás deponga las armas, desmantele la red de terror y devuelva a los secuestrados, porque, si tan sólo los regresara, si reconociera a Israel su legítimo derecho a existir, encontraría un socio para la paz y para construir una sociedad digna y productiva.

El conflicto bélico, sin embargo, lo enturbia todo. No es blanco y negro, es mucho más complejo de lo que parece. Para Hamás, la mera existencia de Israel como sociedad plural, liberal, igualitaria y democrática entre naciones teocráticas, es una afrenta y se siente con la autoridad moral de liquidarlo. Por el contrario, la mayoría de los israelíes quisieran que exista un Estado Palestino con el que puedan vivir en paz, con mutuo reconocimiento, pero ese Estado no puede ser gobernado por Hamás.

---

120 Inmolarse no está en la tradición islámica. El islam fue una sociedad avanzada en otros momentos de la historia, baste recordar el avance de la ciencia, las matemáticas y la astronomía que desarrollaron en Al-Andalus, en la Península Ibérica, conservando el conocimiento helenista y de otras culturas que el cristianismo medieval de la Inquisición pretendió liquidar.

El 7 de octubre se abrió una ventana a esa cultura que no respeta la vida y que goza con el sádico placer de matar y violar.

Muchas naciones árabes como Arabia Saudita, Jordania y Egipto también temen al fundamentalismo irracional de Irán. Y es que al final, el terrorismo supone una embestida a la dignidad humana. A través de sus *proxies* como Hamás, Hezbolá, la Yihad Islámica Palestina, los hutíes de Yemen, las milicias iraquíes y las iraníes en Siria, la República Islámica de Irán lleva años preparándose para este momento. Para golpear y herir a Israel. Para generar ira y miedo. Para iniciar la guerra como un primer paso. Para que Israel sea linchado en la opinión pública mundial. Para aceitar los canales del odio y ganar correas de transmisión para avanzar en su lucha yihadista.

Irán no se maneja con los criterios de libertad y verdad de Occidente. Con sus socios de bloque: Qatar, Rusia, China y Corea del Norte, mueve las fichas del tablero geopolítico mundial buscando imponer sus intereses económicos, religiosos y políticos. Tienen muchas herramientas a su alcance para construir la narrativa, manipular a la opinión pública con simplistas dicotomías de buenos y malos, y promover el linchamiento de Israel, de Estados Unidos y, sobre todo, de los judíos donde quiera que se encuentren. Tienen, también, al Ministerio de Salud de Hamás inventando datos y cifras, que Al Jazeera divulga. La maquinaria de propaganda para tergiversar los hechos justificando la barbarie está bien engrasada.

La República Islámica de Irán y Qatar nos tienen presos a los países libres porque se han infiltrado en nuestras universidades, en los medios de comunicación, en las redes y en los sitios de poder, sabiendo lograr adeptos usando el dolor y el sufrimiento de los palestinos. Cuanta más miseria soporten los palestinos en Gaza, más convincentes son blanqueando a Hamás y acusando a Israel de genocida.

Quizá, querido lector, escuchaste aquella falsa nota que afirmaba que los soldados israelíes habían violado a mujeres palestinas en sus incursiones a Gaza, una nota a la que Al Jazeera le dio vuelo, queriendo minimizar la violencia sexual de los terroristas, queriendo decir que la inmoralidad era "en ambos frentes". Dejaron correr la información libremente durante algunos días, para luego eliminarla de su página. Días después de que se lanzó esa bomba mediática, Yasser Abuhilalah, columnista y exdirector de Al Jazeera, tuiteó que "a través de investigaciones de Hamás se reveló que la historia de las mujeres palestinas era inventada", que habían sido "exageraciones", un "discurso incorrecto para despertar el fervor y la hermandad de la nación". Jilad Khelles, un predicador pro-Hamás de Gaza, tuiteó que no había pruebas comprobadas de los hechos, que "el testigo contó una historia que había oído y no presenciado", pero bien lo saben: golpe dado nadie lo quita.

El mazazo de la información dio en el blanco, una vez más, porque las redes continúan diseminando de forma exponencial esa mentira y tantas más, usando el fervor de los más de 1 500 millones de musulmanes en todo el mundo que, con base en la repetición, esparcen odios e información apócrifa. Lo mismo pasa con las mentiras sobre la ayuda humanitaria y el juicio severo a Israel, con la indignación selectiva. Desde el 7 de octubre han entrado miles de toneladas de alimentos de Israel a Gaza, pero eso no se escucha. Tampoco trasciende. Está plenamente documentado que Hamás secuestra y acapara la ayuda humanitaria para sacar raja de ella y venderla a su población.[121] Además, nunca se habla de Egipto, que también tiene frontera con Gaza; la opinión pública parece haberlo olvidado.

A Hamás ni en letras pequeñitas le interesa la paz para dos pueblos, lo quieren todo, inclusive que el yihadismo triunfe en Occidente. Imponer la *sharía* como único código de conducta en nuestras naciones libres, que su ley islámica rija la moral, el culto y todos los aspectos de la vida cotidiana en nuestras familias y en nuestra vida social. Eso ya sucedió antes en la historia, podemos volver al medioevo en pleno siglo XXI.

La manipulación es tremenda. Por ello, aunque el ruido impida escuchar, yo te pido que cuestiones las modas y "las buenas costumbres" que imperan, la enorme dosis de manipulación diseminada. Cada uno de nosotros podemos hacer nuestra parte para no permitir que se sigan difundiendo mentiras en las redes, para frenar los estereotipos, el odio y los prejuicios. Para tener más compasión y no justificar el fanatismo ni los extremismos religiosos de verdugos que buscan imponernos su verdad única.

Chamberlain, que creyó en la buena voluntad de Hitler, regresó a Inglaterra pensando que había firmado la paz con Alemania, y lo que firmó fue la guerra. No podemos fumar la pipa de la paz con Hamás o con Irán, ni siquiera con esa izquierda *woke* que en su fanatismo se tapa los ojos y los oídos, porque si Hamás subsiste volverá a atacar una y otra vez.

---

121 Tampoco se divulgó en medios internacionales que Hamás impidió la entrada de incubadoras y terapias intensivas al hospital Al Shifa, cuando Israel intentaba salvar vidas antes de la incursión terrestre de su ejército.

No podemos perder el norte, ni vender nuestras almas al yihadismo islámico que, con el valor del dinero, con la ideología del oprimido, con los actos terroristas que horrorizan al mundo, nos condenan, nos confunden, nos vuelven torpes e incapaces de deslindar lo moral de lo inmoral.

Lo peligroso es que, si el adoctrinamiento y el proselitismo siguen su curso, si nada hacemos para evitar que se sigan minando nuestros privilegios y autonomía, nuestras libertades y democracias, si seguimos siendo tolerantes y albergando a personajes que nos odian y tienen en la mira asesinarnos, corremos un enorme riesgo, porque el yihadismo no tiene un pensamiento cortoplacista como el de Occidente.

Su intención es tomarnos de la mano para llevarnos siglos atrás, a un oscurantismo que pone en juego el pensamiento crítico y nuestras libertades. Las tuyas y las mías. Las de nuestros hijos y futura descendencia...

PUEDES ACUSARME DE SER SOÑADORA...

Dice Yuval Noah Harari que todo tiene que ver con las historias,[122] que el conflicto palestino-israelí no es irresoluble y que para cada problema político siempre hay varias soluciones. Está convencido de que zanjar los tiempos de oscuridad dependerá de las motivaciones y la voluntad humanas, de la posibilidad de nuevos liderazgos que permitan pensar con otro discurso, contarnos la vida con nuevas palabras, con perspectivas inexploradas, con nuevos relatos.[123]

122 Yuval Noah Harari (Israel, 1976) es autor, entre otros, de: *Sapiens: De animales a dioses*, *Homo Deus: breve historia del mañana* y *21 lecciones para el siglo XXI*, todos *best sellers*, traducidos a más de cuarenta idiomas.

123 Heráclito decía que la condición humana es tiempo: "Ningún hombre

Estudiando la historia de la humanidad, Noah Harari revolucionó la forma en que entendemos la vida social y planteó un nuevo paradigma: que el hombre dejó de ser nómada no por el descubrimiento de la agricultura, como siempre aprendimos, sino por un paso previo aún más importante: por el poder de la imaginación, que fue capaz de determinar las relaciones humanas.

Gracias a las narrativas compartidas, dice él, individuos inconexos, grandes grupos de tribus, comenzaron a organizarse a través de mitos y creencias, y personas que quizá nunca hubieran tenido la posibilidad de conocerse, comenzaron a cooperar, intercambiar y generar reglas de convivencia que han evolucionado hasta llegar a nuestro mundo globalizado.

Por vivir en Israel, desde niño se preguntaba el porqué de las guerras y después de estudiar historia, filosofía y otras disciplinas, Noah Harari entendió que los humanos no pelean como los animales por tierra o comida, sino por "historias imaginarias". Según él, hacen la guerra por "dioses e ideas sagradas", por "rocas existenciales" que han fincado en sus mentes y que defienden a muerte.

Las historias, es decir: la religión, los credos y los nacionalismos, sostiene, establecen el orden en una sociedad, pero también pueden ser usados para destruir y fincar el mal. Son como un cuchillo que sirve para cortar lechuga en una ensalada, para salvar a alguien en una cirugía o para matar. Los sentimientos patrióticos o religiosos pueden generar ideas democráticas, unificar a las sociedades con leyes y consensos, o ser empleados para sembrar perversión, maldad y crueldad a fin de aniquilar al diferente.

---

puede cruzar el mismo río dos veces, porque ni el hombre ni el agua serán los mismos".

El presente y el futuro dependen de nosotros, hombres y mujeres de este siglo XXI. Del poder de nuestras narrativas. De los líderes y maestros que elegimos y a quienes les damos autoridad moral. De lo que se enseña en nuestros hogares y escuelas, de los valores que mamamos y transmitimos. De los *likes*, de lo que retuiteamos, de lo que popularizamos. De cuestionar las ideas que asumimos como individuos por seguir la moda, muchas veces con total desinformación e irresponsabilidad. De las veces que nos atrevemos a levantar la voz. De lo que leemos, o de la posibilidad de viajar para ver con ojos propios, de hablar con la gente y escuchar con los oídos y el corazón abiertos. De razonar y rebatir la construcción social de la realidad, de reflexionar en torno a la selección y jerarquización de la información, de quién nos manipula y para qué. De analizar los relatos de moda que corren en las redes y que suelen desfigurar verdades, maquillar contenidos y condicionarnos a actuar de tal o cual forma.

Estoy segura de que, si hay voluntad, si nos inspira el amor, podremos generar nuevas narrativas basadas en la voluntad de aceptarnos y de reconocernos para vivir con justicia, correción, compasión, generosidad y bondad. Podremos desafiar y combatir a esos dueños de verdades absolutas que, creyendo en paraísos celestiales y regodeándose en el delirio de la muerte, han impuesto una narrativa para demonizar a Israel y a Occidente, ocultando su deseo de llevar la "guerra santa contra los infieles" a sus máximas consecuencias, porque nada justifica su manera de actuar, porque no hay posibilidad de ningún compromiso racional con grupos fundamentalistas que imponen una única verdad, porque ningún dios debería de glorificar la muerte.

Debemos de condenar al terrorismo sin miedo: en la ONU, en los medios, en las redes, en las marchas, incluso con sanciones económicas. Hagamos un llamamiento inequívoco contra la violencia y el terrorismo. Que nos escuchen las izquierdas y los progresistas, los activistas y los académicos, los líderes del mundo, cualquiera a nuestro alcance: vecinos, hijos, hermanos o amigos, porque las redes se han inundado de odio y de mentiras, porque la Carta de los Derechos Humanos debería de ser para todos.

Sueño con que tú, querido lector, si has llegado hasta aquí, puedas desafiar lo que se dice. Puedas rebatir con conocimiento de causa las ideas, brindar argumentos a quienes dudan, a quienes no entienden a cabalidad, también a quienes se han dejado corromper con la narrativa del odio. Mostrar a otros que el problema no es dicotómico como parece, no es de buenos y malos como se hace creer. Porque no es Israel quien tendría que estar en el banquillo de los acusados. Porque debemos de temerles a los grupos yihadistas que, con una visión maximalista, atentan contra nuestras libertades.

Sobre todo, porque somos muchos más quienes amamos la vida y creemos en el derecho de existir de todos los individuos, con igualdades y prosperidad. Porque somos muchos quienes quisiéramos ver a Israel y a Palestina conviviendo en paz, con reconocimiento mutuo y deseos de cooperación. Sueño con tener líderes sensatos que guíen a ambos pueblos a venerar la vida; a crecer con bienestar, sentido de progreso, compasión y amor al prójimo. Lo merecen. Lo merecemos todos.

Atrevámonos a mirar con otros lentes. Levantemos nuestra voz por lo correcto: en primer término, que liberen a los secuestrados que Hamás aún mantiene como rehenes, porque con eso, sólo con eso, se acabaría esta guerra absurda que ha dejado tantos muertos.

Atrevámonos a decir no al antisemitismo. Los judíos no torturan ni violan, no secuestran aviones, no matan atletas, no se hacen estallar en nombre de dios, no llaman a la muerte de infieles. Las organizaciones terroristas más grandes, prósperas y sanguinarias son yihadistas y son ellas quienes violentan con terrorismo nuestro mundo y quienes manipulan la narrativa.

Atrevámonos a cuestionar las marchas y el hostigamiento antisemita, porque con algoritmos que dictan "la verdad" y se multiplican en cajas de resonancia, la izquierda radical y supuestos defensores de los derechos humanos construyen realidades, fabrican chivos expiatorios, blanquean el terrorismo y manipulan a la opinión pública con mentiras, notas falsas, *likes* y ecos prolongados que se proyectan como principio inalterable. Porque de nada sirve quemar banderas de Israel o de Estados Unidos, nada bueno trae consigo la violencia de esas marchas que se multiplican. Porque la vida es hoy y aquí, en este mundo, no en los paraísos que promueven los yihadistas fanáticos.

Si Israel depusiera las armas, podría desaparecer.

Si los palestinos depusieran las armas, habría paz.

Apelemos a esa paz justa y con verdad, sin intimidaciones, sin calumnias y falsificaciones, porque defender los derechos humanos de algunos, y no de otros, no es ser defensor de los derechos humanos.

Imagine all the people… Livin' life in peace.[124]

---

124 Cantaba John Lennon: imagina a toda la gente… viviendo la vida en paz.

Lo sé, quizá peco de un optimismo desbordado, pero mientras viva, mientras siga aferrada a la vida, seguiré imaginando nuevas realidades y pugnando para que surjan líderes éticos y valientes capaces de inspirar con nuevas narrativas. Seguiré luchando para rescatar la bondad humana, esa capacidad de contribuir a este mundo nuestro, en este instante en el que nos toca coincidir.

You may say I'm a dreamer, but I'm not the only one. I hope someday you'll join us, and the world will be as one...[125]

La alarma está sonando, la narrativa de la *sharía* repiquetea. Busca condenarnos a vivir presos en la cárcel del oscurantismo. Actuemos con valentía, luz y verdad, antes de que sea demasiado tarde...

---

125 Puedes decir que soy un soñador, pero no soy el único. Espero que algún día te unas a nosotros y el mundo será uno...

LÍNEA DEL TIEMPO

*Tenemos derecho de tener puntos de vista propios,
pero no tenemos derecho de inventar
la realidad con hechos propios.*

YUVAL NOAH HARARI

S. XVII a.C.

Los patriarcas Abraham, Isaac y Jacob, iniciadores de la creencia en un único dios, se establecen en Israel.

1000 a.C.

Se establece el reino de David en Israel, con Jerusalén como capital.

960 a.C.

El Primer Templo, centro nacional y espiritual del pueblo judío, es construido en Jerusalén por el rey Salomón.

930 a.C.

El reino se divide en dos: Judea e Israel.

722-720 a.C.

Israel es vencido por los asirios, diez tribus son exiliadas.

586 a.C.

Judea es conquistada por Babilonia.

El Primer Templo en Jerusalén es destruido.

La mayoría de los judíos son exiliados a Babilonia, pero siempre y hasta el día de hoy habrá presencia judía en la zona.

538-142 a.C. **PERIODO PERSA Y HELENISTA**

Alejandro Magno conquista esas tierras.

Algunos exiliados judíos comienzan la construcción del Segundo Templo, para sustituir al Templo de Salomón o Primer Templo.

Hay una cierta autonomía judía bajo la dinastía hasmonea.

63 a.C.-313 d.C. **DOMINIO ROMANO**

41-4 a.C. Herodes gobierna la Tierra de Israel.

20-33 d.C. Tiempos de Jesús de Nazaret.

66 d.C. Rebelión judía contra Roma.

70 d.C. Los romanos destruyen el Segundo Templo y Jerusalén.

73 d.C. Última resistencia de los judíos en Masada.

132-135 d.C. Levantamiento de Shimon bar Kojba contra Roma.

136 d.C. Los romanos renombran la tierra de Judea (tierra de los judíos) como Palestina (de los filisteos), a fin de restar a los judíos la conexión con su tierra. Le pusieron el nombre de antiguos enemigos de los judíos de tiempos del rey David, un pueblo del mar que ya había desaparecido.

210 d.C. Se completa la codificación de la Mishná, ley oral judía.

313-636 **DOMINIO BIZANTINO**

636-1099 **DOMINIO ÁRABE**

691. El califa Abd el-Malik construye el Domo de la Roca, en el espacio donde estuvieron el Primer Templo y el Segundo Templo de los judíos.

1099-1291 **DOMINIO DE LOS CRUZADOS**

1291-1516 **DOMINIO MAMELUCO**

1517-1917 **DOMINIO OTOMANO**

1860. Construcción del primer barrio judío fuera de las murallas de Jerusalén.

1882-1903. Primera Aliá (inmigración en gran escala) de judíos de Rusia.

1897. Primer Congreso Sionista Mundial convocado por Theodor Herzl en Basilea, Suiza. Se funda la Organización Sionista Mundial.

1904-1914. Segundá Aliá, principalmente de Rusia y Polonia.

1909. Se funda el primer kibutz, Degania, y la primera ciudad moderna judía, Tel Aviv.

1912. Abre sus puertas el Technion de Haifa, Instituto Tecnológico de Israel.

1917. Con la conquista británica concluyen cuatrocientos años de dominio otomano sobre Palestina.

1917-1948 **DOMINIO BRITÁNICO**

1917. Lord Balfour, ministro de Relaciones Exteriores de Gran Bretaña, promete el apoyo para favorecer el establecimiento de un "hogar nacional para el pueblo judío en Palestina".

1918. Se coloca la primera piedra de la Universidad Hebrea de Jerusalén.

1919-1923. Tercera Aliá, principalmente de inmigrantes de Rusia que huyen de las matanzas y pogromos.

1920. Se funda la Histadrut, Confederación General de Trabajadores, y la Haganá, organización de defensa judía.

1921. Se funda Nahalal, el primer *moshav* (comunidad rural israelí de carácter cooperativo, similar al kibutz, pero formado por granjas agrícolas individuales).

1922. Gran Bretaña recibe el mandato sobre Palestina (Tierra de Israel) de la Liga de las Naciones. Establece Transjordania sobre tres cuartas partes del territorio y deja sólo una cuarta parte para el hogar nacional judío. Se establece la Agencia Judía para representar a la comunidad judía frente a las autoridades del mandato.

1925. Se inaugura la Universidad Hebrea de Jerusalén. Su primer consejo de rectores incluyó a: Albert Einstein, Sigmund Freud, Martin Buber y Jaim Weizmann, quien llegaría a ser el primer presidente de Israel.

1924-1932. Cuarta Aliá, principalmente de Polonia, migran por las mismas razones de odio que padecieron sus antecesores.

1928. Hasan al-Banna funda la Hermandad Musulmana en Egipto. La preocupación era la influencia del poder británico sobre el pueblo egipcio. Asumió como propia la causa palestina. Su lema era: "El islam es la solución" y su objetivo era la *da'wa*, hacer proselitismo entre musulmanes y no musulmanes para predicar el mensaje de Alá y llevar un código de conducta como el de Mahoma. El movimiento religioso se fue radicalizando y se expandió fundando escuelas, comunidades y mezquitas en otros países árabes. Hoy siguen este movimiento entre 100 y 150 millones de personas, con presencia en Gaza, Cisjordania, Siria, Jordania, Sudán y Líbano, entre otros.

1929. Los judíos de Hebrón son masacrados por militantes árabes.

1931. Se funda el Irgún, organización paramilitar clandestina para la defensa judía.

1933-1939. Quinta Aliá, principalmente de Alemania.

1936-1939. La Gran Revuelta Árabe en Palestina surgió en oposición al establecimiento de un hogar nacional judío, contra la inmigración judía a la zona y, también, contra el mandato británico. Comenzó con una huelga general y un boicot económico que duró seis meses. Las manifestaciones se tornaron violentas con asaltos a instalaciones eléctricas, atentados contra las fuerzas británicas y asesinatos a colonos judíos. Los grupos clandestinos paramilitares sionistas de extrema derecha, Irgún y Leji, en franca desobediencia a la Haganá, la fuerza oficial judía de autodefensa, se vengaron de los ataques. Hubo centenas de muertos árabes, judíos y británicos.

1936. El gobierno británico encomienda a la Comisión Peel investigar las causas de los disturbios en el Mandato británico de Palestina. La conclusión es que el mandato es inviable y recomienda la partición. El gabinete británico aprobó el plan propuesto. Los judíos aceptaron, los árabes se opusieron.

1939. El Libro Blanco del Mandato británico limita la inmigración judía a Palestina a un máximo de 75 mil personas en los siguientes cinco años. Eran momentos en los que los judíos buscaban salir de Europa para sobrevivir al nazismo.

1939-1945. Segunda Guerra Mundial y el Holocausto, seis millones de judíos son asesinados por el régimen nazi y por sus cómplices. Gran parte de ellos en cámaras de gas. Fue un genocidio que ultimó a dos terceras partes de los judíos que vivían en Europa.

1941. Se crea el Palmaj, una unidad élite de la Haganá. Sus miembros combinaban trabajo agrícola en los *kibutzim* y formación militar.

1944. Más de 30 mil judíos del Mandato británico de Palestina se ofrecieron como voluntarios para servir en las Fuerzas Armadas Británicas y pelear contra el régimen nazi en la Segunda Guerra Mundial. A este grupo de infantería se le llamó la Brigada Judía.

1947. La ONU propone el establecimiento de un Estado árabe y otro judío en Palestina. Plantea el Plan de Partición, reparte la tierra en concordancia con la población de cada barrio o ciudad (56.47% Israel; 43.53% árabe). Israel dice sí, los árabes dicen no. El territorio que iba a ser la nación de los árabes que vivían en Palestina es ocupado por Egipto, que se apropia de Gaza; y Jordania, de Cisjordania.

1948 **ESTADO DE ISRAEL**

14 de mayo de 1948. Concluye el Mandato británico. Israel proclama su Independencia ofreciendo ciudadanía a todos los árabes que desearan ser ciudadanos del Estado de Israel. Algunos sí se

quedan, hoy 21% de la población israelí es árabe y desciende de esa población que confió en el Estado de Israel.

15 de mayo de 1948-10 de marzo de 1949. Israel es invadido por cinco Estados árabes y se libra la guerra de Independencia. La mayoría de los árabes que habían vivido en el Mandato británico de Palestina se dejan convencer por los países árabes invasores, les dicen que van a ganar la guerra y les piden que migren, que se refugien en Gaza y Cisjordania, y que una vez que venzan a Israel y expulsen a los judíos, podrán volver a esa tierra. Esos son los "refugiados palestinos" que aún hoy, más de 75 años después, se mantienen en ese estatus de apátridas. Nunca fueron absorbidos por el mundo árabe.

1948. Como castigo por el establecimiento del Estado de Israel, 850 mil judíos son expulsados de las naciones árabes. Eran comunidades milenarias, con más de mil años de antigüedad. Los obligan a migrar. La mayor parte de ellos se convierte en ciudadanos del Estado de Israel; ningún descendiente de esos migrantes se mantiene como refugiado.

1949. Se firman acuerdos de armisticio con Egipto, Jordania, Siria y Líbano, que no abrieron camino a una paz permanente. Jerusalén es dividida bajo dominio israelí y jordano. Se elige a la primera Knéset e Israel es admitido en las Naciones Unidas como el 59° miembro.

1948-1952. La mayoría de los judíos que sobrevivieron al Holocausto y de los judíos que fueron expulsados de los países árabes migró a Israel.

1956. Egipto impide el paso por el Canal de Suez, viola una resolución de la ONU y, en alianza con Siria y Jordania, comete asesinatos y sabotaje. Da inicio a una nueva guerra. Tras ocho días de enfrentamientos, las Fuerzas de Defensa de Israel toman la Franja de Gaza y toda la península del Sinaí.

1961. Juicio al nazi Adolf Eichmann, capturado en Argentina y sentenciado en Israel como culpable de haber cometido crímenes de lesa humanidad como coordinador, organizador y director de la deportación de judíos a los guetos y a los campos de la muerte. Por vez primera 108 testigos sobrevivientes hablaron del horror que padecieron en el Holocausto. Eichmann fue declarado culpable de crímenes contra el pueblo judío, crimenes contra la humanidad y crímenes de guerra. Fue ejecutado en 1962.

1964. Se crea la Organización para la Liberación de Palestina, OLP, bajo los auspicios de la Liga Árabe. Su objetivo es la destrucción del Estado de Israel. Con el auspicio de la URSS se convierten en un grupo que comete actos terroristas para ganar la atención del mundo.

5 al 10 de junio 1967. Guerra de los Seis Días. Una coalición árabe formada por la República Árabe Unida —nombre de Egipto entonces—, Siria, Jordania e Irak traslada grandes fuerzas militares al desierto del Sinaí y bloquea el Estrecho de Tirán. Su intención era asfixiar a Israel por varios frentes. Egipto atacaría desde el sur; Jordania, desde el este; Siria, por los Altos del Golán, es decir, desde el norte. Israel supo lo que venía, y antes del ataque destruyó los tanques y aviones en tierra. Tras seis días de contienda, las líneas del cese al fuego anteriores fueron reemplazadas por nuevas. Quedaron bajo control israelí: Judea, Samaria, Gaza, la península del Sinaí y los Altos del Golán. Los pobladores del norte

de Israel terminaron con diecinueve años de constantes bombardeos sirios, se aseguró el paso de embarcaciones israelíes por el Canal de Suez y el Estrecho de Tirán. Jerusalén fue reunificada bajo autoridad israelí.

Agosto de 1967. Al término de la guerra, Israel quiso negociar territorios por paz, pero el mundo árabe, humillado por el fracaso bélico, se reunió en la Cumbre de Jartum y pronunció los famosos "tres noes": no a la paz con Israel, no a negociaciones con Israel, no al reconocimiento de Israel.

1968-1970. Guerra de Desgaste de Egipto contra Israel. Ataques continuos a Israel en los márgenes del Canal de Suez. Egipto aceptó un cese al fuego en el verano de 1970, después de miles de muertos de ambos lados.

1970. Tras lo que se llamó Septiembre Negro, Jordania aniquiló a 25 mil palestinos y expulsó al Frente Popular para la Liberación de Palestina de su territorio. El rey Hussein se opuso a los continuos ataques terroristas que se organizaban desde su territorio. Temiendo que los palestinos desestabilizaran su gobierno, que crearan un Estado dentro de otro Estado, los echó de Jordania. El FPLP, luego OLP, se refugió en Líbano.

1972. Fedayines de campos de refugiados de Siria, Líbano y Jordania, miembros del grupo Septiembre Negro y del Frente Popular para la Liberación de Palestina, cometen un acto terrorista en la Olimpiada de Múnich y masacran a once deportistas israelíes.

6 de octubre de 1973. Egipto y Siria llevan a cabo un ataque sorpresivo a Israel en el Día del Perdón, la festividad más sagrada del judaísmo. A ese conflicto bélico se le conoce como

la guerra de Yom Kipur. Egipto cruzó el Canal de Suez y Siria invadió los Altos del Golán. En tres semanas de guerra, el ejército israelí logró pasar a la ofensiva, cruzar el Canal de Suez y avanzar 32 kilómetros de la capital siria hacia Damasco. Logró reponerse sin perder ninguno de los territorios conquistados y ocupados con anterioridad.

1975. Tras dos años de negociaciones, Israel se retiró de parte de los territorios capturados durante esa guerra.

Mayo de 1977. El Likud forma gobierno, después de treinta años de regímenes laboristas. Menajem Begin forma una coalición y es nombrado primer ministro de Israel.

Noviembre de 1977. Tras doce días de conversaciones secretas entre Israel y Egipto, Anwar el-Sadat anuncia su voluntad de ir a la Knéset en Jerusalén para discutir un plan de paz con Israel. Es el primer líder árabe en hacerlo. Menajem Begin lo invita de manera formal. A Menajem Begin y a Anwar el-Sadat les otorgan de manera conjunta el Premio Nobel de la Paz, en 1978.

1 de febrero de 1979. Ruholla Musavi Jomeini, ayatola iraní y líder político espiritual de la Revolución islámica derrota al shá Mohammed Reza Pahlevi e instaura un califato en Irán. Su sucesor, el ayatola Alí Jamenei, continúa el mismo mandato clerical islámico. Deseando ser la autoridad del mundo musulmán, Irán auspicia a grupos terroristas de la Hermandad Musulmana en numerosos países árabes, con el deseo de combatir a Occidente y a los infieles.

26 de marzo de 1979. En la Casa Blanca, con la interlocución del presidente norteamericano Jimmy Carter, se firma el Tratado de

Paz Israel-Egipto pactado en Camp David, el fin de treinta años de hostilidades y cinco guerras entre ambos países. Israel acepta entregar a Egipto todo el Sinaí, tierra rica en minerales, piedras preciosas y petróleo, a cambio de paz. Egipto pide que Gaza no sea incluido, no quiere el problema de los refugiados palestinos.

6 de octubre de 1981. Un integrante de la Yihad Islámica asesina a Anwar el-Sadat durante un desfile militar en Egipto. El argumento fue haber roto el pacto árabe de no reconocimiento a Israel, haber firmado la paz.

Septiembre de 1982. Durante años la OLP perpetró actos terroristas desde el sur de Líbano contra los poblados del norte de Israel, por lo que las Fuerzas de Defensa de Israel cruzaron la frontera (Operación Paz para la Galilea), a fin de combatir la infraestructura militar de la OLP, mantener una pequeña zona de seguridad y proteger a su población de nuevos ataques. En aquel momento, cuando correspondía a Israel cuidar esa zona, un grupo de falangistas cristianos libaneses asesinó a cientos de refugiados palestinos en Sabra y Chatila. Ariel Sharón era entonces ministro de Defensa. El Parlamento israelí, tras investigar la matanza, imputó a Sharón una responsabilidad indirecta y lo obligó a dimitir.

Diciembre de 1987-septiembre de 1993. Los palestinos de Cisjordania inician la primera Intifada, un levantamiento popular contra los israelíes. Enfrentan al ejército israelí con piedras, palos, bombas molotov y armas caseras. Ese mismo 1987, el jeque Ahmed Yasín funda Hamás en Gaza —es el acrónimo de Movimiento Islámico de Lucha—, que luego se presentaría como rama de la Hermandad Musulmana para imponer la *sharía* (ley islámica), combatir infieles y exterminar a Israel.

Octubre de 1991. Se lleva a cabo la Conferencia de Paz de Madrid, convocada por EUA y la URSS, a la que asisten: Israel, Siria, Líbano, Jordania y una delegación palestina. Arafat acepta la resolución 242 del Consejo de Seguridad de Naciones Unidas que incluye el reconocimiento de Israel —un hito— y la retirada del ejército israelí de los territorios ocupados durante la guerra de los Seis Días.

13 de septiembre de 1993. En una ceremonia pública en los jardines de la Casa Blanca en Washington, Yasir Arafat, representante de la OLP, Itzjak Rabin, primer ministro de Israel y Bill Clinton, presidente de Estados Unidos, firman los Acuerdos de Oslo que reconocen a la Autoridad Palestina como el germen de un futuro Estado palestino.

26 de octubre de 1994. Reunidos en el valle de Aravá, Itzjak Rabin, primer ministro de Israel, y el rey Hussein I de Jordania, se estrecharon la mano para sellar el tratado de paz entre ambas naciones, acuerdo conocido como Wadi Araba. Bill Clinton fue el promotor de la normalización de relaciones y el testigo de la histórica firma.

1994. Itzjak Rabin y Yasir Arafat ratificaron en El Cairo la puesta en marcha de los Acuerdos de Oslo. La paz parecía estar más cerca que nunca.

1994. Desde el comienzo del proceso de paz en Oslo, hasta 2003, a lo largo de casi una década, Hamás y la Yihad Islámica enviaron a Israel a 198 yihadistas cargados con bombas, dispuestos a perpetrar atentados terroristas. Los suicidas se inmolaron en restaurantes, calles, centros comerciales, estaciones de autobús de Jerusalén y Tel Aviv, ensombreciendo la posibilidad de cualquier acuerdo.

1994. Baruch Goldstein, un judío de ultraderecha, abrió fuego sobre una multitud de musulmanes en Hebrón. Asesinó a 29, antes de ser linchado por los sobrevivientes. Aunque fue condenado en Israel, fue un golpe al proceso de paz.

4 de noviembre de 1995. En una concentración masiva de apoyo a los Acuerdos de Oslo en Tel Aviv, Yigal Amir, un fanático ortodoxo judío, asesinó a Itzjak Rabin, obstaculizando el camino de la paz.

1999. Por iniciativa de Bill Clinton se reanudan las conversaciones de paz después de tres años de distancia entre israelíes y palestinos. Los temas incluían entre otros: refugiados, asentamientos, seguridad, fronteras, Jerusalén.

2000. En Camp David, ahí donde se firmó la paz con Egipto, Clinton invita a una nueva cumbre para intentar descongelar el proceso entre Israel y los palestinos. Ehud Barak, primer ministro israelí, puso sobre la mesa una oferta muy atractiva, aún mayor de lo acordado antes: un 10% adicional de Cisjordania y el reconocimiento total del Estado palestino. Tanto Clinton como Barak pedían posponer los temas espinosos: Jerusalén y refugiados, y seguir adelante con el establecimiento de un Estado palestino en Gaza y Cisjordania. Arafat exigía el "derecho de retorno" de millones de palestinos a Israel, no a Palestina donde construirían su nación (Israel por supuesto no exigía el derecho de retorno de los judíos expulsados de los países árabes en 1948) y, con esa justificación, Arafat dinamitó cualquier posibilidad de acuerdo. Tanto Bill Clinton como el príncipe Bandar de Arabia Saudita y Ehud Barak culparon a Arafat del fracaso de la cumbre.

2001. A consecuencia del fracaso de las negociaciones, de los continuos ataques suicidas y del desplome de la popularidad de Ehud Barak, el gobierno laborista cayó. Ariel Sharón, de derecha, fue electo primer ministro israelí. Con la aparente autorización de Jibril Rajoub, jefe de la Seguridad palestina en Cisjordania, Sharón realizó una visita al Monte del Templo, donde se ubica la Cúpula de la Roca y la mezquita de Al-Aqsa, lugares sagrados para el islam. Fue la excusa idónea para justificar un nuevo levantamiento popular y para que la violencia contra Israel estallara desde Gaza y Cisjordania, comenzando la segunda Intifada. Hordas de palestinos apedrearon desde la Explanada de las Mezquitas a los judíos que rezaban en el Muro de los Lamentos. La violencia regresó. Comenzó una campaña de terror y violencia indiscriminada con atentados suicidas en todo Israel, provocando un enorme número de víctimas que superaron los muertos de guerras y enfrentamientos previos.

2003. A Mahmud Abás, también conocido como Abu Mazen, miembro del partido palestino Al Fatah —enemigo de Hamás—, lo nombran primer ministro de la Autoridad Palestina. Un cargo nuevo dependiente del presidente Arafat.

2004. Muere en Francia Yasir Arafat, presidente de la OLP. Mahmud Abás toma el liderazgo y un año después es electo presidente de la Autoridad Nacional Palestina.

2005. Ariel Sharón, confiando en el liderazgo de Mahmud Abás, dictamina la retirada unilateral de Israel de toda la Franja de Gaza. Saca por la fuerza a los colonos judíos que se negaban a dejar sus casas y sus *kibutzim*. Todas las instalaciones, incluidos los invernaderos con los que exportaban flores a Europa, fueron dejados intactos. Todo sería quemado por Hamás.

2006. Hezbolá secuestra a dos soldados israelíes y bombardea el norte de Israel. Comienza así la segunda guerra del Líbano con cuatro mil cohetes disparados contra Israel.

2006. Hay elecciones en Gaza, triunfa Hamás que ataca el cuartel de Al Fatah y toma el control absoluto de la Franja, aplastando a la disidencia. Desde entonces, invierte los millones de dólares que recibe de la UNRWA en túneles, armamento y educación para exterminar al Estado de Israel, no para construir una sociedad de progreso y bienestar. Nadie escruta el destino de los fondos internacionales.

2007. Bajo el paraguas de EUA y durante la presidencia de George W. Bush, hay un nuevo intento de negociaciones bilaterales para la creación de un Estado palestino independiente. Los protagonistas son Ehud Olmert y Mahmud Abás. Olmert ofrece una carta aún más ambiciosa que sus antecesores: 94.2% de Cisjordania, la totalidad de Gaza y 5.8% de territorio israelí adicional; asimismo, la evacuación de casi todos los asentamientos israelíes en la zona y que Jerusalén fuera dividido en dos ciudades, con la posibilidad de ser administradas por Arabia Saudita, Jordania y Estados Unidos, también por el Estado palestino e Israel. Israel aceptó además a cinco mil palestinos como derecho de retorno, una muestra de buena fe para llegar a un acuerdo final. Condoleezza Rice dijo que la oferta era inmejorable, pero Abás no firmó.

2008, 2012, 2014 y 2021. Hamás lanza continuos ataques de misiles contra la población civil israelí.

2020. Emiratos Árabes, Bahréin, Sudán y Marruecos, gracias al liderazgo de Donald Trump, formalizan la normalización de relaciones con Israel, en lo que se ha llamado Acuerdos de Abraham o "acuerdos del siglo", sellando la paz, abriendo vínculos de comercio e inversiones entre naciones, y uniéndose en contra del peligro del fundamentalismo islámico que promueve Irán. Los perdedores de este acuerdo fueron los palestinos que quedaron al margen de los reacomodos y compromisos.

22 de septiembre de 2023. Benjamín Netanyahu anunció que comenzarían las pláticas para la normalización de relaciones con Arabia Saudita. Este acercamiento, que parecía inminente, se congeló por tiempo indefinido tras el ataque de Hamás. Se dice que esa fue la intención del golpe barbárico: sabotear la posibilidad de una paz histórica con Arabia Saudita, enemigo de Irán. Una paz que hubiera podido normalizar las relaciones entre Israel y la mayor parte del mundo árabe.

7 de octubre de 2023. Con apoyo de Qatar e Irán, Hamás invade Israel con tres mil terroristas, un ataque masivo por cielo, mar y tierra desde Gaza, tomando por sorpresa al Estado judío. Fue una incursión terrorista cruel, masiva, sanguinaria y sin precedentes, en donde hubo violaciones multitudinarias a mujeres, secuestro de 252 personas, incluidos niños, y torturas a familias enteras a las que cercenaron y quemaron vivas. 1 240 personas fueron asesinadas en un día, incluidos jóvenes que bailaban en el Festival Nova por la paz. El objetivo fue aniquilar a Israel. Paradójicamente, ello despertó oleadas de antisemitismo en el mundo entero. El ataque dio origen a una guerra para desmantelar la red terrorista de Hamás e intentar hallar a los secuestrados; en ella han muerto miles de inocentes de ambos lados.

AGRADECIMIENTOS

Agradezco infinitamente a Penguin Random House, mi casa editorial, su apertura, valentía y disposición para publicar este libro, una visión a contracorriente que me resulta imprescindible. En especial, mi gratitud eterna a Roberto Banchik, David García Escamilla, Andrea Salcedo y César Ramos, porque cada uno de ustedes, con su amistad, cariño, guía y consejos han sido y son vitales en mi camino. También a Amalia Ángeles, por su muy acertada portada y, por supuesto, a Xavier Velasco por su amistad, por sus letras agudas y generosas en el prólogo de este libro. Mi gratitud, asimismo, a Adriana Mojica, esposa de Xavier.

En estos meses aciagos sentí el respaldo amoroso y solidario de una infinidad de viejos amigos que estuvieron atentos al dolor y a las grandes injusticias. Son muchos y muy queridos. A reserva de ser injusta con tantos que se sumaron a cada una de las iniciativas, quiero destacar y agradecer el amoroso abrazo solidario de Lourdes Melgar y Gaby de la Riva, quienes desde el 7 de octubre son sostén y propuesta. También: Lourdes Christlieb, amiga y retratista de altos vuelos que hizo mi fotografía para este libro; Gabriela Riveros, Patricia Ortiz Monasterio, Fátima Fernández Christlieb,

Julieta Lujambio, Deborah Apeloig, Sebastián Arrechedera, Mario Nissan y Adina Chelminsky.

Memo Treistman, gracias por siempre decir sí. Gracias por el video que realizamos a finales de octubre de 2023 con grandes figuras, queridos amigos, que se sumaron para pedir la liberación de Ilana, Orión y de todos los secuestrados. Gracias por su solidaridad: Lourdes Melgar, Laura Carrera, Irma Gómez Cavazos, Leo Zuckerman, Vanessa Rubio Márquez, Mónica Salmón, Martha Smith, Ángel Ferrusca, Georgina Trujillo, Guadalupe Gómez Maganda, Claudia de Buen, Jorge Suárez Vélez, Gabriela de la Riva, Lolita Béistegui, Margarita Zavala, Paco Calderón, Sylvia Sánchez Alcántara, Elena Estavillo, Patricia Espinosa Torres, Javier Lozano, Mónica Loaiza, Paloma Porraz, Sophie Goldberg, Héctor Aguilar Camín, Martha Chapa, Teresa Carrera y Claudia Calvin.

Mis Amigas del Libro, como nos llamamos, siempre son primeras lectoras y su mirada enriquece mis textos y cada una de mis palabras e ideas. Gracias adoradas Esther Shabot, Ariela Katz y Paloma Sulkin. Ahí, desde donde se encuentre, está con nosotras Frida Staropolsky de Shwartz.

Gracias, Dana Cuevas, por tus observaciones siempre puntuales e inteligentes, también por tu amistad.

Gracias a Sergio Hernández y Pascale Radoux, padres de Orión, por su apertura y confianza. También agradezco a Glenda Salazar, su abuela, y a los miembros de Eudaimonia, la tribu de Orión: Yusel, Tlachi, José, Daniela y Sasha. Asimismo, a la familia de Ilana Gritzewsky, quien pasó dos meses en cautiverio. Ilana sigue pidiendo por la liberación de Matán, su novio. Gracias a sus padres, Benito Gritzewsky Sissa y Miriam Camhi; asimismo a Silvia Camhi y Dalit Gritzewsky, tía y hermana de Ilana.

Gracias a Einat Kranz Neiger, embajadora de Israel en México, por compartir conmigo dolor, propuestas y cariño, también por invitarme a ser voz en la manifestación frente a la Embajada de Israel y en varias mesas redondas y conferencias a lo largo de estos meses de duelo y angustia. Mi gratitud también a Dahlia Neumann y Mónica Diner. Asimismo, a Zvi Michaelli y Nir Dor.

Gracias a todos quienes respaldaron los desplegados que publicamos, gracias por difundirlos, por brindar apoyo económico, por firmarlos y por su compromiso activo. Logramos en escasos días juntar recursos y miles de firmantes. Agradezco al grupo Unidos: a Benito Gritzewsky Desatnik y Mauricio Eichner, que pasaron días y noches conmigo ordenando nombres y datos; a Sophi Jasqui que creó las matrices; también a Rachel Katz, Orly Beigel, Sara Robbins, Silvia Kleinberg, Isaac Ajzen y Amelia Saed.

Gracias a las mamás y a los educadores que sumaron su voz y la de sus niños a la manifestación frente a las oficinas de UNICEF México. Gracias a las escuelas Tarbut y Bet Hayladim. Gracias: Raquel, Salo, Pepe y Dorit Shabot, y Jony Schatz. Gracias: Shifra Radosh, Sergio Herskovits, Shmuel Boanish, Ada Blank, Natalie Marcushamer, Grace Levy, Tamara Porteny, Becky Sigal, Caro Arditti, Tania Cohen, Ruthy y Raquel Dayan, Taly Glatt, Grace Levy y Sophie Jasqui Roffe. Gracias, asimismo, a Linda Shabot-Anzarut, Kipi Turok y Marco y Dani Hop.

Gracias a los niños que prepararon cartas, carteles y discursos. Pequeñitos que por vez primera se manifestaron y aprendieron a levantar su voz como ejercicio cívico, como legítima defensa de causas justas. Jamás olvidaré sus rostros y su emoción sosteniendo los carteles de los secuestrados que ustedes mismos elaboraron, su emoción de pronunciar las palabras adecuadas sosteniendo globos azules y blancos de esperanza. Los nombro sin sus apellidos, pero ustedes bien saben quiénes son: Nicole, Giselle, Andrés, Moy, Moisés, Sylvia, Vivian, Ariela, Judith, Alexander, Alessa, Ofir, Victoria, Jacobo, Sofía, Sonia, Fredelle, Mauricio, Alejandra, Liam, André, Alexa, Michelle, Alberto, Celia, Daniel, Elías y Lulú.

Gracias a los medios de comunicación que me permitieron publicar las crónicas, notas y reflexiones que se reproducen en el bloque "Tiempos de oscuridad": Roberto Zamarripa de *Reforma*, Claudio Ochoa Huerta y Areli Quintero de LatinUs, Pamela Cerdeira de Opinión 51 y Pascal Beltrán del Río de *Excélsior*. Agradezco a todos mis colegas que me han invitado a sus programas o me han entrevistado en estos meses de tanta amargura e incomprensión. En especial mi gratitud a: Fernanda Familiar y Emilio Vallesvidrio (Grupo Imagen), Janett Arceo (Radio Fórmula), Carmen Aristegui y Karina Maciel (Aristegui Noticias y CNN), Rafael Pérez Gay (Milenio) y Luis Ernesto González (Stereotipos). Gracias, Melina Ochoa de Uno TV.

El viaje a Israel fue inesperado. Aunque había externado mi deseo de viajar a la zona, la invitación llegó casi de un día para otro. Gracias Einat Kranz Neiger y Dahlia Neumann, embajadora de Israel en México y portavoz de la embajada, por elegirme y confiar en que yo sería la persona indicada para mirar el horror y transmitirlo. Gracias Nurit Tinari, jefa de la Oficina de Diplomacia Cultural del Ministerio de Relaciones Exteriores de Israel, por haber concebido la idea y organizado una excepcional agenda.

Gracias a mis compañeros de aventura, en especial a Laura Medina Ruiz (*influencer* colombiana radicada en España), Nick Potter (periodista inglés con sede en Alemania), Mauro Mejía (actor colombiano), Susan Yang (escritora de Taiwán, radicada en Jerusalén), Katerina Weissova (directora de un *think tank* en Praga), Kenny Lim (de Singapur) y Julia Gershum (Miss Ucrania). Gracias a Eduardo Vázquez, preocupado en todo momento de que yo pudiera llegar a Israel; a Hadar Baram de WeRIsrael por la logística y a Ron Sinai, gran guía de Israel. Gracias Nitzán Peled del kibutz Be'eri; Omer Hadad y Chen Malca, sobrevivientes del Nova; Sharon Sharabi, cuyos hermanos fueron secuestrados. Asimismo, Alón Pénzel por compartirme tu libro testimonial del 7 de octubre, recién salido del horno. Gracias, mayor Sarit Zehavi, directora y creadora de Alma Research and Education Center por la información en torno a la frontera norte. Gracias, Gali Morag, cabeza del Foro de Sobrevivientes.

Gracias a gigantes del mundo cultural: Moshe Kepten, director artístico del Teatro Habimá y aclamado en Eurovisión; Roy Horovitz, director teatral; Tsahi Halevi, protagonista de *Fauda*, y su mujer, la periodista Lucy Aharish; Carmit Blumensohn, curadora de una magnífica exposición alusiva al 7 de octubre en el Museo de la Diáspora; la dramaturga Maya Arad Yasur; los *influencers* Daniel Braun y Eviatar Ozeri, y el famoso mentalista Shachar Livne.

Gracias, embajadores: Dan Oryan, Peleg Lewi, Daniel Shek, Ido Daniel, Rodica Radian-Gordon, Jonathan Peled y Yosi Livne. Gracias, Arie Geronik. También: Sara Weiss Maudi, por tu franca y experimentada visión de la

ONU. Agradezco a Wahib Seef, jefe del Consejo de los pueblos de Yanuh-Jat y a Asia Halabi Daher, quien nos abrió su hogar para compartir delicias culinarias e historias de los drusos, tan comprometidos con Israel. Mi gratitud total al doctor Rafi Beyar, toda una institución en el Hospital Rambam, y a Mónica Davidovich. Finalmente, gracias a Aarón Ciechanover, Premio Nobel de Química, a quien de cariño yo también le digo Cheja, y a su esposa Menucha e hijo por recibirme en su hogar.

Agradezco las voces críticas que, desde el mundo árabe, me han buscado para dialogar e intercambiar puntos de vista; respeto la petición de quienes me pidieron no externar sus nombres. Mi gratitud, asimismo, a Ale Okret, Jana Beris, Natalio Steiner, Roni Kaplan, Gabriel Ben Tasgal, Nathán y León Shteremberg, May Samra, Ethel Barylka, Susy Anderman, Rubén y Susana Lerner, Brent Brookler, Marcos Metta Cohen, Anabella Jaroslavsky y tantos autores que cito en este libro, porque cada uno alimentó conceptos e ideas.

Gracias Rita Yedid por las horas que pasaste haciendo 252 palomas de la paz de origami deseando que vuelvan a casa cada uno de los secuestrados. Agradezco a las Hijas de la Pandemia, a mis aliadas del IWF, a los Amigos Consentidos por su cariño solidario. Gracias por sus consejos y apoyo: Sary Cherem, Betina Saadia, Silvia y Fito Kalach, Diana Cover, Patsy Stillman, Sari Cohen Shabot, Clara Lau, Vivian y Steven Gimbel, Flora Aurón, Nicole Cesarman, Roberto Salomón, Renée Dayán, David Bassan y Carol y Berele Shapiro.

Gracias Ruth Renner May, por tu lectura acuciosa y tu dedicación para traducir este libro al inglés.

Sobre todo, gracias a mi familia y amigos —por siempre a Moy, mi cómplice y sostén; a mis hijos, nuera, yerno y a mis amadísimos nietos; a mi Mamina y a mi suegra; a mis hermanos de sangre y a los elegidos—, porque frente al abismo, hoy más que nunca estamos juntos para recordarnos que ahí, en el pantano de la oscuridad, también hay atisbos de luz.

Por ustedes, por todos nosotros —y en recuerdo de José Cherem Haber y Salomón Shabot Lobatón, eslabones de la cadena— sumo mi voz al esclarecimiento, al diálogo y a la esperanza por un mejor mañana...

Esta obra se terminó de imprimir
en el mes de octubre de 2024,
en los talleres de Lyon AG, S.A de C.V.,
Ciudad de México.